LES DENTS DU DRAGON

ELLERY QUEEN | *ŒUVRES*

LE MYSTÈRE DU THÉÂTRE ROMAIN	*J'ai lu* 2103***
LE MYSTÈRE DE L'ÉLÉPHANT	
LE MYSTÈRE DU SOULIER BLANC	
DEUX MORTS DANS UN CERCUEIL	
LE MYSTÈRE ÉGYPTIEN	*J'ai lu* 1514***
LA MORT À CHEVAL	
LE MYSTÈRE DES FRÈRES SIAMOIS	
LE MYSTÉRIEUX MONSIEUR X	*J'ai lu* 1918***
LE MYSTÈRE ESPAGNOL	
LA MAISON À MI-ROUTE	*J'ai lu* 1586***
LE MYSTÈRE DU GRENIER	*J'ai lu* 1736***
LE MYSTÈRE DE LA RAPIÈRE	
LE QUATRE DE CŒUR	*J'ai lu* 1876***
LA VILLE MAUDITE	*J'ai lu* 1445***
IL ÉTAIT UNE VIEILLE FEMME	*J'ai lu* 1489***
LE RENARD ET LA DIGITALE	*J'ai lu* 1613***
LA DÉCADE PRODIGIEUSE	*J'ai lu* 1646***
GRIFFES DE VELOURS	*J'ai lu* 1675***
COUP DOUBLE	*J'ai lu* 1704***
L'ARCHE DE NOÉ	
LE ROI EST MORT	*J'ai lu* 1766***
LETTRES SANS RÉPONSE	
LE VILLAGE DE VERRE	
LE CAS DE L'INSPECTEUR QUEEN	
LE MOT DE LA FIN	*J'ai lu* 1797***
L'ADVERSAIRE	
ET LE HUITIÈME JOUR...	*J'ai lu* 1560***
SHERLOCK HOLMES CONTRE JACK L'ÉVENTREUR	
FACE À FACE	
UN BEL ENDROIT PRIVÉ	*J'ai lu* 1811***
LA DERNIÈRE FEMME DE SA VIE	*J'ai lu* 2052***
LES DENTS DU DRAGON	*J'ai lu* 2148***

Recueils

LES AVENTURES D'ELLERY QUEEN
LE DRAGON CREUX
CALENDRIER DU CRIME
BUREAU DE RECHERCHES

Romans sous le nom de Barnaby Ross

LA TRAGÉDIE DE X
LA TRAGÉDIE DE Y
LA TRAGÉDIE DE Z
LA DERNIÈRE AFFAIRE DU DRURY LANE

ELLERY QUEEN

LES DENTS DU DRAGON

TRADUIT DE L'AMÉRICAIN
PAR S. LECHEVREL

ÉDITIONS J'AI LU

Ce roman a paru sous le titre original :

THE DRAGON'S TEETH

LES PERSONNAGES

Cadmus COLE, milliardaire original.
Edmund de CARLOS, ami et homme de confiance de Cole.
Margo COLE, nièce et héritière de Cadmus Cole.
Kerrie SHAWN, nièce et héritière de Cadmus Cole.
Lloyd GOOSSENS, avoué de Cadmus Cole.
Capitaine ANGUS, commandant du yacht *Argonaute*.
Violet DAY, amie intime de Kerrie Shawn.
Beau RUMMELL, un jeune homme sympathique.
L'inspecteur QUEEN, de la Brigade des Homicides.
Hecuba PENNY, secrétaire de l'inspecteur Queen.
Le procureur du district SAMPSON.
Le sergent VELIE, de la Brigade des Homicides.
Ellery QUEEN, fils de l'inspecteur Queen, ami et associé de Beau Rummell.

La scène se passe aux Etats-Unis

PREMIÈRE PARTIE

1

Le fantôme de Wall Street

Permettez-moi de vous présenter Beau Rummell. (Ne pas confondre avec Beau Brummel, né en 1778 et devenu, par la suite, l'arbitre des élégances londoniennes.) Beau Rummell avait vu le jour en l'an de grâce 1914, à New York, et il ne portait pas légèrement – loin de là – son nom ronflant ! Le pauvre garçon avait même recouru à ce subterfuge : « Beau » était devenu « Buck », « Butch » et autres prénoms à mâles consonances... Peine perdue !

– Rummell ? Par exemple ! A quoi vos parents ont-ils pensé en vous appelant Beau ? *Beau Rummell.* Ah ! Ah ! Ah !

Dès l'âge de douze ans, ayant appris que son homonyme – ou presque – s'était illustré par le culte de l'élégance, Beau prit vigoureusement le contre-pied. De nos jours encore, si vous rencontrez un grand garçon qui paraît ne pas s'être déshabillé depuis deux mois, sachez que c'est Beau Rummell et non, comme vous pourriez le croire, un vagabond affamé.

Pour le plus grand désespoir de son père, l'inspecteur Johnny Rummell, de la Brigade des Stupéfiants, Beau s'enfuit trois fois de Columbia Law School (1).

(1) Ecole de droit.

Durant ses fugues, il exerça divers métiers : terrassier, agent publicitaire pour le compte d'un cirque de troisième ordre, et même riveur... dernière expérience qui faillit lui coûter la vie. Au cours d'une discussion qui avait éclaté à quarante étages au-dessus de la Sixième Avenue – toujours à propos de son malheureux nom – Beau en était venu aux mains avec un compagnon de travail, et il s'en était fallu de peu qu'il ne dégringolât dans le vide ; à la suite de cet incident, le jeune étudiant en droit avait sagement regagné son école.

Beau s'était également enfui pendant les vacances : une fois pour Hollywood, une fois pour l'Alaska, une autre fois pour le sud, sur un cargo qui se rendait à Rio de Janeiro. Ce voyage resta un des mauvais souvenirs du jeune Mr Rummell ; le commandant, un homme cultivé, prit un malin plaisir à passer le « bon mot » à tout l'équipage. L'océan devint un champ de bataille et, cette fois, la malheureuse tête de Turc, ne put échapper à ses tourmenteurs qu'en s'enfuyant à la nage.

Mr Ellery Queen apprit l'existence du jeune homme à la mort de l'inspecteur Johnny. Très affecté par la disparition de son vieil ami, l'inspecteur Queen s'intéressa au sort de l'orphelin. Il dit à Ellery :

– Ce garçon est sans situation. Il est docteur en droit, mais il refuse d'embrasser la carrière de rond-de-cuir et je puis difficilement l'en blâmer. C'est un numéro peu ordinaire, le fils de mon pauvre ami John ! Il a navigué, posé des rivets, visité l'Alaska, ramassé des oranges en Californie, creusé des puits de pétrole... En un mot, Beau a fait tous les métiers et n'a toujours pas trouvé sa voie.

– Comment l'appelez-vous ? demanda Ellery.

– Beau, répéta l'inspecteur.

– Beau Rummell ?

Ellery sourit.

– Je l'aurais parié ! s'écria l'inspecteur. Ce malheureux nom fait sourire tout le monde ; c'est la croix de Beau, ici-bas. Mais, à la moindre trace d'ironie, il voit rouge.

– Pourquoi n'en faites-vous pas un détective ?

– Parce qu'il est incapable de se plier à une discipline quelconque. Sans quoi il aurait toutes les qualités pour réussir dans la carrière. Au fait, entre autres projets, Beau caresse celui d'ouvrir une agence de police privée... (L'inspecteur sourit en ajoutant :) ... J'imagine qu'il a lu quelques-uns de tes romans policiers !

Ellery dit vivement :

– Votre hurluberlu m'intéresse. Tâchons de mettre la main dessus.

Les Queen père et fils trouvèrent Mr Rummell dans un grill-room proche de Central Street.

– Hello, Beau ! dit l'inspecteur.

– Salut, inspecteur. Le crime va bien ?

– Pas mal, merci. Beau, je vous présente mon fils, Ellery.

– Beaujour, Beau, dit Mr Queen.

Le jeune homme posa son sandwich pour examiner attentivement les yeux et la bouche d'Ellery ; ceux-ci ne trahissant pas la moindre trace d'hilarité contenue, Beau tendit sa grande main mal soignée et il appela le barman. Peu après, l'inspecteur s'éclipsa en dissimulant un sourire entendu dans son épaisse moustache.

Ainsi commença une merveilleuse amitié entre Mr Ellery Queen et ce grand garçon à l'allure décidée, au regard cynique et aux vêtements impossibles.

Par la suite, après la fondation de l'*Agence d'enquêtes privées Ellery Queen and Co.*, Mr Queen se demanda souvent comment cette association était née. Plusieurs sujets avaient été abordés au cours de cette première – et mémorable – conversation : l'effondrement des valeurs morales, la méchanceté des hommes envers leurs semblables, les ambitions personnelles de Beau... Soudain, sans savoir comment cela s'était produit, Mr Queen se trouva en train de poser avec Mr Rummell les premiers jalons d'une agence de police privée.

– Mon père m'a laissé quelques milliers de dollars, dit Beau. Au lieu de continuer à les croquer, je ferais mieux de les placer en vue d'assurer mon avenir.

– Certes. Mais...

Ici, Mr Rummell énuméra ses capacités. Il était jeune, actif, courageux et débordant de bonne volonté ; de plus, il connaissait le droit, l'usage des armes à feu, les mœurs des bas-fonds new-yorkais et les méthodes employées par la police.

– Le fils d'un policeman possède forcément ce petit bagage, acheva-t-il en souriant. Vous devez le savoir comme moi ! Alors, que pensez-vous de mon idée ?

– Mais pourquoi me prendriez-vous pour associé plutôt qu'un autre ?

– Parce que votre réputation est faite. A New York, le nom de Queen est synonyme de détective. Je mise sur votre réputation, voilà tout.

– Vraiment ?

– Un bon mouvement, Ellery. Vous n'aurez qu'à vous tourner les pouces ; je ferai tout l'ouvrage, je trimerai vingt heures par jour, je fournirai les capitaux... Je ne vous demande qu'une chose : votre nom sur la porte !

Mr Queen promit d'examiner la question.

Le lendemain, Mr Rummell l'invita à visiter un certain appartement situé dans un immeuble commercial de Times Square. La première chose que Mr Queen vit, en arrivant, fut son nom inscrit en lettres d'or sur la porte.

Rasé de frais pour la circonstance, Mr Rummell lui fit les honneurs d'un appartement de trois pièces, entièrement aménagé.

– Le mobilier vous plaît-il, mon cher ? Voici notre nouvelle secrétaire, miss Hecuba Penny.

Engagée depuis une heure à peine, miss Penny – une vieille fille ultra comme il faut – couvait déjà l'irrésistible Mr Beau Rummell d'un regard débordant d'une timide adoration.

Quant à Mr Queen, il capitula avec l'impression plutôt agréable d'avoir fourni une course de plusieurs kilomètres...

Un beau jour de mai, Beau téléphona à son associé pour le prier de venir immédiatement au bureau. Sa voix trahissait une telle surexcitation que même l'impassible Mr Queen fut impressionné.

Il trouva Beau en train d'ajuster son informe cravate d'une main tandis que, de l'autre, il rangeait les meubles du bureau. A ces indices, Ellery pressentit un événement important. Beau l'accueillit par ces mots :

– Cette fois, il ne s'agit ni d'un divorce, ni de retrouver une jeune fille envolée, ni d'une escroquerie. Enfin, voici une affaire digne de nous, mon cher !

– Quel genre d'affaire ?

– Vous m'en demandez trop long. Il ne m'a donné aucune explication, mais il est assez riche pour que l'affaire soit importante.

– Il ?

– L'homme que nul ne connaît. Le fantôme de Wall Street... Cadmus Cole en personne !

Le grand homme avait téléphoné lui-même pour demander un rendez-vous avec Mr Queen... Il tenait à rencontrer Mr Queen et nul autre. Mr Rummell s'était engagé à le lui présenter ; il lui aurait aussi bien promis la lune !

Beau poursuivit avec jubilation :

– ... Cole sera ici dans un quart d'heure. Quelle aubaine ! C'est vous qu'il veut voir, donc je resterai dans l'ombre. Que savez-vous sur lui ? J'ai téléphoné à Tom Cerevich, du *Herald*, et il a exhumé ces quelques renseignements.

Les deux associés lurent ensemble le court rapport suivant :

« Cadmus Cole, né en 1873 à Windsor, Vermont. Fils aîné d'une famille aisée, il hérita de l'usine métallurgique paternelle. Marié en 1901, il divorça en 1903 à la suite d'un scandale qui prouva d'une façon éclatante l'infidélité de son épouse. Celle-ci se remaria quatre fois avant de mourir quelques années plus tard de mort violente. (Son dernier mari lui brûla la cervelle, en Italie.)

» L'affaire métallurgique ne cessa de prospérer jusqu'à la guerre de 1914. Puis Cole se mit à fabriquer des munitions et il gagna des millions de dollars. La guerre finie, il quadrupla son immense fortune à la Bourse ; après quoi il se retira des affaires et acheta l'énorme château de Tarrytown, sur l'Hudson, qu'il n'habita presque jamais.

» Depuis 1921, le milliardaire n'a plus quitté son yacht, l'*Argonaute*, sur lequel il navigue sans cesse avec son homme de confiance, Edmund de Carlos. »

Beau compléta ces renseignements :

– L'*Argonaute* ne fait escale que pour se ravitailler. Cole, lui, ne descend jamais à terre ; de Carlos le remplace en tout et pour tout.

– Apparemment, Cole est une espèce de phénomène qui s'est, sur le tard, découvert une vocation de marin ?

– Il est complètement piqué, répondit Beau avec une satisfaction évidente.

– Si vos renseignements sont exacts, il n'a pas remis les pieds à New York depuis dix-huit ans ?

– Tout l'honneur est pour nous, mon cher associé. Oui, monsieur, je regrette de n'avoir pas mis mon costume numéro un !

Puisqu'elle s'offre à nous, saisissons l'occasion d'observer un de ces fameux « milliardaires américains ». Les jours de Mr Cadmus Cole sont trop comptés pour que nous ne lui accordions pas un intérêt particulier.

Remarquez, messieurs et mesdames, que son premier geste, en entrant dans le bureau de l'*Agence d'enquêtes privées* est de se heurter au chambranle de la porte. Le fait est assez curieux en soi et il mérite d'être classé dans notre mémoire. Non, Cadmus Cole n'est pas ivre.

L'obstacle franchi, il avance en levant les pieds très haut et en les posant tout d'une pièce sur le tapis... On croirait qu'il s'aventure sur un terrain incertain. Il attache sur Mr Queen et Mr Rummell un regard perçant, malgré un strabisme assez prononcé. Le strabisme a pu être contracté à force de regarder les ondulations miroitantes de l'océan, mais la pénétration du regard a certainement des racines plus profondes.

Le visage du « loup de mer » est desséché et hâlé, son crâne complètement dénudé et, entre ses lèvres minces, on aperçoit des gencives aussi édentées que celles d'un nouveau-né.

Droit comme un I, dans un costume de yachtman bleu aux boutons de cuivre ternis par l'âge, le milliardaire louche d'un associé à l'autre... Il apporte à cet examen une animation comparable à celle d'un mannequin de tailleur !

– Très honorés, enchantés... dit vivement Ellery. Veuillez vous asseoir, Mr Cole.

– Etes-vous Queen ? bredouille le grand homme.

L'absence de dents a le double inconvénient de gêner son élocution et de le faire crachoter en parlant.

– Oui, répond Ellery.

– Je désire vous parler sans témoin...

Mr Rummell passa discrètement dans la pièce voisine, – mi-laboratoire, mi-cabinet noir – d'où il pouvait tout voir, tout entendre, et se livrer à des occupations machiavéliques.

– ... Nous appareillons ce soir pour les Antilles. Avant, je tiens à régler une affaire. Je sors de l'étude de Lloyd Goossens. Connaissez-vous le jeune Goossens ?

– De réputation seulement, Mr Cole. Il a pris la succession de son père, voici cinq ans. L'étude jouit d'une excellente réputation.

– Je viens de remettre à Goossens mon testament cacheté. Je connaissais et j'estimais son père. Puisqu'il est mort, j'ai institué celui-ci co-exécuteur testamentaire et co-administrateur de ma succession.

– Co ? demanda poliment Mr Queen.

– Mon ami, Edmund de Carlos, remplira les mêmes fonctions. Mais tout ceci ne vous regarde pas, il me semble ! Voici ce qui m'amène, Queen. Vous avez la réputation de connaître votre métier ; je veux que vous me promettiez de vous occuper personnellement de cette affaire. Pas d'assistant, vous m'entendez ?

– Quelle affaire ?

– Je ne vous le dirai pas.

– Pardon ?

– Je ne vous le dirai pas. Le cas ne s'est pas encore produit.

– Voyons, cher monsieur ! Vous ne pouvez me demander d'enquêter sur une affaire dont j'ignore le premier mot. Je suis un détective et non un devin !

– Je ne vous demande pas l'impossible, bredouilla le milliardaire. Dans l'immédiat je loue vos services pour l'avenir, voilà tout. En temps voulu, vous obtiendrez les renseignements nécessaires.

– Permettez-moi une question, Mr Cole. Pourquoi retenez-vous mes services à l'avance ?

– Dites-le-moi, puisque vous êtes un détective.

Mr Queen releva le défi.

– *A priori*, je ne vois qu'une explication possible... Mais j'hésite à la formuler.

– Au diable les hésitations !... (Les narines de Mr Cole palpitèrent de curiosité.) ... Quelle raison, je vous prie ?

– Votre décision de prendre les devants semble indiquer que vous craignez de ne pouvoir le faire, le jour où la nécessité se présentera.

– Des bêtises ! Parlez clairement.

– Puisque vous y tenez, voici le fond de ma pensée, Mr Cole : vous envisagez la possibilité de n'être plus de ce monde, quand une certaine enquête s'avérera nécessaire.

– Ah ! Par exemple...

On eût dit que le milliardaire était arrivé à l'âge de soixante-six ans sans avoir rien entendu d'aussi stupéfiant. Mr Queen poursuivit :

– Vous attendez-vous réellement à un attentat criminel ? Avez-vous un ennemi mortel, Mr Cole ? Vos jours ont-ils déjà été menacés ?

Le grand homme ferma les yeux, puis il les rouvrit lentement pour déclarer :

– L'argent permet d'acheter ce qu'il y a de mieux,

dans tous les domaines. Pas de marchandage. Acceptez-vous l'affaire, Queen ?

– Certes.

– Dès mon retour à bord, j'adresserai une lettre recommandée à mon avoué. Ce pli contiendra mes instructions et une seconde enveloppe cachetée à joindre au testament qui se trouve déjà entre les mains de Goossens. Le papier secret stipulera que je vous ai engagé (en vue de certains services), moyennant une rétribution convenue entre nous. Quels sont vos honoraires, Queen ?

Les ondes magnétiques transmirent à Ellery l'imploration muette de Mr Beau Rummell : « Fixez un chiffre astronomique ! »

– Vu que j'ignore le genre et la quantité de travail que j'aurai à fournir, je puis difficilement vous demander autre chose qu'une provision, répondit Mr Queen.

Mr Cole porta sa main droite à sa poche.

– Combien ?

Ellery hésita pendant une fraction de seconde avant de lancer un chiffre :

– Dix mille dollars ?

– Va pour quinze mille... (Le nabab tira un carnet de chèques et un stylo de sa poche.) ... Vos frais doivent être couverts. Cédez-moi votre place, jeune homme.

Mr Cole fit le tour de la table et il s'affala sur le siège d'Ellery. Il remplit rapidement un chèque.

– Je vais vous donner un reçu, Mr Cole...

– Inutile. J'ai inscrit sur le talon : « Provision en vue de services futurs. » Au revoir.

Mr Cole se leva et il coiffa son crâne dénudé d'une casquette de yachtman ; puis il s'avança d'un pas mal assuré vers la porte. Mr Queen se précipita... mais il arriva trop tard pour empêcher son extraordinaire client de se cogner au chambranle. L'air à la fois majestueux et détaché du milliardaire semblait dire : « Comment pourrais-je me soucier d'un mur, alors que j'ai tant de choses importantes en tête ? »

Il s'écarta de l'obstacle, rit doucement et demanda :

– A propos, d'après vous, pourquoi ai-je retenu vos services, Queen ?...

Vainement, Mr Queen se creusa la cervelle pour trouver une réponse. La question n'avait ni queue ni tête.

– ... Peu importe, déclara Mr Cole.

Sur ces mots, il sortit du bureau et de la vie de Mr Queen.

Quand Mr Queen rentra dans le bureau, plus de chèque sur la table ! Il se frotta les yeux et s'écria :

– Abracadabra !

Mais Beau sortit en courant du laboratoire, tenant le précieux papier à la main.

– A tout hasard, je l'ai photographié, dit-il. Ce vieux singe au crâne poli se trompe s'il croit pouvoir me refiler impunément un faux chèque de quinze mille dollars !

– Vous n'êtes pas content ? demanda Mr Queen, brusquement alarmé.

Il s'assit et endossa le chèque, comme s'il craignait de le voir s'envoler.

– C'est un évadé de cabanon ou un mauvais plaisant, déclara Beau. Nous serons les dindons de la farce, mon cher. Ce piqué fera opposition au chèque.

Cette simple possibilité consterna Mr Queen. Il sonna.

– Vous voyez ce bout de papier, miss Penny ? demanda-t-il à la secrétaire.

– Oui, répondit celle-ci, avec un tendre regard vers Mr Rummell.

– Ce soir, il est trop tard. Mais, dès demain matin, vous présenterez ce chèque à la banque sur laquelle il est tiré. Si la signature est authentique, vous porterez le chèque à notre banque et vous le déposerez à l'encaissement.

– Vous êtes optimiste ! bougonna son associé.

Miss Penny emporta le précieux papier. Beau se jeta sur un canapé et il se mit à mâchonner rageusement une barre de chocolat.

– Quelle est votre impression sur l'ami Cole ? lui demanda Ellery. Ne lui avez-vous pas trouvé un je ne sais quoi de particulier ?

– Il cache quelque chose, c'est sûr et certain.

– Mais ce n'est pas tout. Son incompréhensible curiosité est autrement plus surprenante ! Pourquoi voulait-il connaître mon opinion sur ses motifs de louer à l'avance mes services ?

– C'est un fou, je le répète.

Ellery se percha sur la table. Soudain, il fit une grimace... Il venait de s'asseoir sur un objet dur et allongé.

– Tiens, notre milliardaire a oublié son stylo ! s'écria-t-il.

– Ce sera probablement notre seul profit...

Beau se mit à lécher, à la manière d'un chat, ses doigts couverts de chocolat. Puis il alluma une cigarette pendant qu'Ellery examinait sa trouvaille.

– Que pensez-vous de ce stylo, Beau ? lui demanda son associé en s'approchant du canapé pour lui présenter l'objet.

Mr Rummell le prit. C'était un gros stylo noir avec une bague et une agrafe d'or ; le capuchon portait des marques qui formaient un cercle... Certaines égratignures étaient assez profondes.

Visiblement surpris par l'expression d'Ellery, Beau dévissa le capuchon pour examiner la plume d'or.

– Ce que j'en pense ? murmura-t-il. C'est un stylo démodé, ayant beaucoup servi, semblable à des millions d'autres.

– A mon avis, il est unique en son genre, déclara Ellery.

– Comment cela ?

– Bah ! J'imagine que ces petits mystères s'éclairciront un jour ou l'autre. En attendant, Beau, prenez plusieurs microphotographies et les mesures exactes de ce stylo ; puis nous le renverrons à son propriétaire par un commissionnaire. Si j'avais la certitude...

– Quelle certitude ?

– Je pensais au chèque. Puisse-t-il être bon...

– Amen !

La journée du lendemain fut radieuse entre toutes. Le commissionnaire rapporta que, la veille au soir, il avait remis sans encombre le stylo à un matelot de l'*Argonaute* ; de son côté, miss Penny arriva en retard mais triomphante. A la banque sur laquelle le chèque était tiré, on lui avait garanti d'une façon formelle l'authenticité de la signature de Cadmus Cole.

Restait la possibilité d'une mauvaise plaisanterie. Mr Cole ferait-il opposition au paiement ?

Trois journées d'attente mêlées d'anxiété... Enfin, le chèque fut encaissé.

Quinze mille dollars venaient de tomber dans la caisse de l'*Agence d'enquêtes privées, Ellery Queen and Co.* Beau décida d'arroser dignement cette affaire en or.

2

Dernier voyage de l'*Argonaute*

Le pourcentage de la mortalité est forcément élevé parmi les milliardaires de soixante-six ans qui, brusquement, rédigent leur testament et retiennent – d'avance et pour des raisons secrètes – les services de détectives privés.

Mr Cadmus Cole mourut dans des circonstances assez mystérieuses.

Mr Ellery Queen l'avait prévu. Mais ce qu'il n'avait pas prévu, c'est qu'il serait lui-même sur le point de précéder son client dans l'éternité.

La foudre tomba le jour où le fameux chèque fut encaissé ; elle terrassa Ellery comme celui-ci venait d'apprendre – par téléphone et de la bouche d'un secrétaire – que Lloyd Goossens était parti, la veille au soir, pour Londres où l'appelait une affaire urgente.

Frappé d'un coup de poignard dans le ventre, Mr Queen eut tout juste la force de raccrocher le récepteur et de sonner miss Penny.

Une heure et demie après, le même Mr Queen dormait sur une table d'opération, tandis qu'un célèbre chirurgien lui retirait un appendice gangrené. En sortant de la salle d'opération, l'homme de l'art prononça le mot redoutable : « péritonite ».

Toute la nuit, l'inspecteur Queen et Beau montèrent une garde silencieuse devant la porte de la chambre occupée par Ellery. Dans son délire, le malade demandait à une invisible pythonisse la révélation de divers secrets. Les mots : « Cole » et « stylo » revenaient souvent dans son fiévreux monologue, entrecoupé de gémissements et de stridents éclats de rire.

Le lendemain matin, à l'issue d'une importante consultation médicale, le chirurgien annonça que son client avait une chance de s'en tirer... Mr Queen était (paraît-il) rattaché à la vie par une idée fixe concernant un stylo et une personne appelée Cole.

– Comment voulez-vous tuer un type comme lui ? dit Beau d'une voix enrouée.

Pendant plusieurs jours, Mr Queen oscilla entre la vie et la mort. La nouvelle du décès de Cadmus Cole mit un terme à ces alternatives d'espoir et de désespoir si cruelles pour l'entourage du patient ; les médecins eux-mêmes restèrent stupéfaits devant la volonté farouche que l'opéré déploya pour hâter sa guérison.

– Beau, parlez, je vous en conjure, dit Ellery.

Son associé résuma la situation. Quelques heures après la visite de Cole, l'*Argonaute* avait appareillé avec quinze hommes à bord : son propriétaire, Edmund de Carlos, le commandant Herrold Angus et l'équipage.

– Personne d'autre à bord ? demanda vivement Ellery.

– Pas à notre connaissance. Le 13 juin, l'*Argonaute* mouilla au large de Port of Spain, pour faire le plein d'eau douce et de mazout ; puis il remonta au nord-ouest. Le 21 juin, dans la mer Caraïbe, le yacht croisa un paquebot avec lequel il échangea les signaux habituels de courtoisie.

» Puis, dans la nuit du 30 juin, pendant un grain, l'*Argonaute* lança un S.O.S. adressé à tout navire proche ayant un médecin à bord. D'après le message, Cadmus Cole avait été terrassé par une crise cardiaque extrêmement alarmante. Bien que possédant des notions médicales et une pharmacie assez complète, le capitaine Angus sollicitait d'une façon pressante un conseil plus autorisé.

» Le paquebot *White Lady*, qui se trouvait à environ deux cents milles au nord-est, répondit immédiatement à l'appel de l'*Argonaute*. Toujours par T.S.F., le médecin-chef du bord demanda des détails relatifs au pouls, à la respiration et à la pression artérielle du malade. Le capitaine Angus lui ayant fourni ces précisions, le médecin conseilla, entre autres soins, des injections de digitaline et des applications de glace. Pendant que le *White Lady* faisait route, à toute vitesse, vers le yacht, celui-ci émettait, de cinq en cinq minutes, un bulletin de santé du milliardaire.

» Le dernier message parvint au paquebot une heure, très exactement cinquante minutes, après le S.O.S. Signé par le capitaine Angus et par Edmund de Carlos, il annonçait que Cadmus Cole venait de s'éteindre doucement. Après force remerciements, l'*Argonaute* déclarait n'avoir plus besoin d'aide ; avant de mourir, son propriétaire avait exprimé le vœu d'être immergé.

– Non, non ! s'écria Mr Queen. Arrêtez-les !

– Trop tard, soupira Beau. Depuis huit jours, la dépouille de Cole, enveloppée dans un voile, repose au fond de la mer Caraïbe.

– Huit jours, dites-vous ! Serions-nous déjà en juillet ?

– Nous sommes le mercredi 5 juillet.

– Bien. Dans ce cas, il va falloir interroger de Carlos, Angus, le radiophoniste et le reste de l'équipage. Où sont-ils tous actuellement ?

– Le surlendemain du décès de Cole (autrement dit, dimanche dernier), l'*Argonaute* entra dans le port de Santiago de Cuba. Dès le lundi, le commandant et l'équipage furent payés et licenciés.

– Carlos ? demanda Ellery après un profond silence.

– Carlos, oui. Après avoir fait mettre l'*Argonaute* en cale sèche et expédié à Tarrytown, par mer, les affaires personnelles du défunt, il prit le chemin du retour par la voie des airs ; on l'attend à New York, ce soir ou demain matin.

– Bizarre, murmura Mr Queen. Une crise cardiaque, en haute mer, pendant un orage propice... Le malade meurt avant l'arrivée d'un médecin, la dépouille est immergée avant qu'une autopsie ait pu être ordonnée et, pour couronner le tout, le commandant et l'équipage sont licenciés avant d'avoir pu être interrogés !

– Ne vous emballez pas, mon cher, dit Beau. Le public, lui, trouvera normal que le cœur d'un homme de soixante-six ans ait flanché ; Cole n'ayant pas posé le pied sur la terre ferme depuis dix-huit ans, il eût été surprenant qu'il mourût ailleurs que sur son yacht... Enfin, le vœu d'être immergé est naturel dans la bouche d'un mourant à l'âme de marin. Reste l'initiative de Carlos. Certes, il aurait pu ramener l'*Argonaute* à bon port au lieu de le laisser à Santiago de Cuba, mais on comprend parfaitement sa hâte de regagner New York et l'avion est le moyen de transport le plus rapide.

– Au diable l'opinion du commun des mortels ! bougonna Ellery avec irritation. Cole rédige son testament, fait appel à nous, se comporte d'une façon mystérieuse, meurt... Un vilain mot me vient aux lèvres, Beau. Meurtre !

– Et après ? En admettant – contre toute vraisemblance – que nous acquérions la preuve du meurtre, nous serions obligés de produire une dépouille, n'est-ce pas ? Où est celle de Cole, je vous prie ? En train de servir de pâture aux poissons de la mer Caraïbe ! Gardons nos soupçons pour nous, mon cher. Dans notre métier, les présomptions égalent zéro.

– Vous oubliez la provision de quinze mille dollars versée par le défunt. Puisque nous l'avons acceptée, nous ne pouvons laisser courir l'assassin de Cole !

– Bah ! Ces quinze mille dollars n'auront pas moisi dans notre caisse. Je comptais vous épargner cette mauvaise nouvelle jusqu'à ce que vous fussiez en état de la supporter... Il va falloir verser cette somme à la succession, Ellery.

– Pourquoi ?

– Parce que Cole a engagé vos services personnels. Or, vous serez incapable de fournir un travail quelconque d'ici longtemps ! Les médecins exigent un repos complet, pendant six semaines ou deux mois.

– Ne faites pas l'imbécile, Beau. C'est vous qui dirigez l'*Agence Ellery Queen and Co.*, n'est-ce pas ? Vous conduirez l'enquête et le tour sera joué.

L'autre secoua la tête avec une sombre obstination.

– Impossible, soupira-t-il. Un contrat pour services personnels est nominatif. Faisons notre deuil des quinze mille dollars et de notre rêve de fortune !

– Taisez-vous, prophète de malheur !... (Mr Queen s'abîma dans une profonde songerie dont il sortit avec un sourire sardonique.) Beau, qui Cole a-t-il désigné comme exécuteurs testamentaires et administrateurs de sa succession ?

– Lloyd Goossens et ce fameux Carlos.

– Vous connaissent-ils ?

– Non. Et pour ma part, je ne les ai jamais vus. Pourquoi ?

– Ils ne me connaissent pas non plus... (Le sourire du malade s'épanouit.) ... Comprenez-vous, maintenant, jeune imbécile ?

– Par exemple ! s'écria Beau. Ils sont propres, ces hommes de confiance !

– Quand Goossens demandera Ellery Queen, vous répondrez : « Présent. »

– Puis je continuerai à me faire passer pour vous, et Mr Goossens et Mr de Carlos n'y verront que du feu. Hurrah ! (Beau se jeta sur le malade.) ... Je tiens à serrer la main d'un génie.

– Aïe ! N'oubliez pas que je viens d'être opéré. Vous savez naturellement qu'il s'agit d'un délit ?

– Vraiment ? (Le jeune homme se gratta la tête.) ... Oui, vous devez avoir raison. Mais j'ai la conscience tranquille. Au diable le reste. *Adios*, Mr Queen, acheva Mr Rummell.

– *Vaya con Dios*, Mr Quenn, répondit Mr Rumell.

Lloyd Goossens téléphona le lendemain matin.

Mr Queen, alias Mr Rummell, accourut. L'avoué frisait la quarantaine, il était grand, bien de sa personne et d'une sobre élégance. D'après les renseignements recueillis par Beau, Mr et Mrs Lloyd Goossens fréquentaient la meilleure société new-yorkaise.

« La fortune doit être une belle chose ! » songea Beau en serrant la main de cet homme riche.

– Carlos est à côté, dit Goossens. Il arrive de Floride, en avion. J'imagine que vous savez de qui je parle, Mr Queen ?

« Mr Queen » se retourna machinalement pour chercher le vrai Mr Queen des yeux. Puis, comprenant enfin que la question s'adressait à lui, il répondit :

– Mr de Carlos était l'homme de confiance et l'ami de Cole, n'est-ce pas ? A propos, quelle est la raison de tout ce mystère, Goossens ?

L'autre écarquilla les yeux.

– Quel mystère ?

– Cole a refusé de dire pourquoi il engageait mes services.

– Tiens, c'est curieux ! La lettre recommandée qu'il m'adressa à votre sujet expose clairement la nature de vos attributions ; de plus, son testament est très explicite sur ce point.

– Je serais curieux de connaître mes attributions, répondit Beau.

– Venez. Je vais vous présenter à Carlos et nous examinerons l'affaire ensemble.

L'instant d'après, Beau serrait la main d'un homme de taille moyenne, bronzé comme un vrai loup de mer. Pour accompagner sa toison de cheveux noirs et ondulés, Carlos portait une barbe qui lui donnait un air de pirate ; derrière des lunettes à monture d'argent, ses yeux avaient une expression presque trop candide...

En quittant les deux exécuteurs testamentaires, Beau était préoccupé ; il courut à la clinique afin de satisfaire la fiévreuse curiosité d'Ellery.

– Carlos ressemble à un pirate maure...

– Oui, oui, l'interrompit le malade. Mais dites-moi d'abord ce que Cole attendait de nous.

– Préparez-vous à une surprise. Il s'agit simplement de retrouver deux héritières manquantes !

– Non ? C'est impossible. Avez-vous lu le testament ?

– Oui. Ce n'est pas un testament ordinaire, jugez-en...

Beau énuméra les dernières volontés du défunt.

Après un silence, Ellery demanda :

– Comment Cole ignorait-il l'adresse actuelle de ses héritières ?

– A la suite de ses déboires conjugaux, Cadmus Cole avait pris en aversion l'institution matrimoniale, répondit Beau. En 1906, son jeune frère Huntley (qu'il avait envoyé à New York pour lui faire suivre les cours des Beaux-Arts) épousa secrètement son modèle, une certaine Nadine Malloy. En 1907, une fille, Margo, naquit de cette union. A ce moment-là, Cadmus apprit le mariage de son cadet et, en guise de représailles pour ce qu'il considérait comme une noire ingratitude de la part du jeune Huntley, il lui coupa les vivres ; de plus, il jura de ne plus jamais revoir son frère.

» Celui-ci emmena sa femme et son bébé à Paris où le ménage végéta pendant deux ans sur les maigres cachets de Nadine Cole qui avait repris son métier de modèle. Huntley était trop fier pour tendre la main à son frère, le riche Cadmus ; mais que ne ferait pas une mère dont l'enfant meurt de faim ? Nadine écrivit à son beau-frère pour implorer sa pitié. (C'est ainsi que nous connaissons l'épisode parisien de la branche Huntley.)

» Cadmus répondit à sa belle-sœur par une fin de non-recevoir catégorique. Apparemment, sa lettre tomba entre les mains de Huntley car, deux ou trois jours après son arrivée, le pauvre diable se brûla la cervelle. Qu'advint-il de Nadine et de la petite Margo ? Mystère. Une de nos tâches consistera donc à suivre cette piste, trente ans après.

» Si on la retrouve et si elle remplit les conditions stipulées dans le testament, Margo Cole est une des deux héritières de Cole. Passons maintenant à la seconde.

» Cadmus et Huntley avaient une sœur cadette : Monica. Ayant appris le suicide de Huntley, à Paris, et lisant entre les lignes, Monica blâma la conduite de son frère aîné, et elle refusa de continuer à vivre sous le même toit que lui. Un beau jour de 1909, la jeune fille quitta la vieille demeure familiale, sans laisser d'adresse.

» Grosso modo, voici l'odyssée de la pauvre Monica. Jusqu'en 1911, elle vécut tant bien que mal de son travail ; à cette date, se trouvant à Chicago, elle rencontra et épousa un petit comptable appelé Shawn. En 1918 Monica mit au monde une fille, Kerrie ; peu après, son mari mourut d'une méningite cérébro-spinale dans un hôpital de Chicago.

» Veuve et dans la misère, Monica écrivit à son frère Cadmus pour lui expliquer sa situation et implorer son aide. Cadmus fut aussi impitoyable pour elle qu'il l'avait été, neuf ans plus tôt, à l'égard de sa belle-sœur, Nadine Cole. Monica ayant commis le crime impardonnable de se marier, elle pouvait aller au diable... Et ainsi de suite. La lettre avait été timbrée de Chicago, le 8 septembre 1918 ; à partir de cette date, Cadmus n'entendit plus parler de Monica et de la petite Kerrie.

– Cet adversaire enragé du mariage n'a rien laissé à sa sœur, j'imagine ?

– Rien, naturellement. Sous les conditions que vous savez, ses nièces Margo Cole et Kerrie Shawn se partageront son immense fortune.

– Ne pourrait-on prouver la démence du testateur ? demanda Ellery.

– Rien à faire de ce côté, déclara Beau. Goossens a déjà exposé le cas à des psychiatres. Médicalement parlant, Cadmus Cole jouissait de ses facultés mentales. Du point de vue légal, un homme a le droit de disposer de sa fortune comme il l'entend et d'exiger les conditions les plus insensées. Pour sa part, Carlos affirme que son défunt ami avait toute sa tête... Mais le contraire serait étonnant ! Cole lui a laissé un million de dollars en espèces et la possibilité d'habiter, sa vie durant, un appartement du château de Tarrytown.

– Avez-vous interrogé Carlos sur les circonstances qui entourèrent la mort de Cole ?

– Oui. Mais il m'a répété textuellement l'histoire que je connaissais déjà. Ensuite, je lui ai vivement reproché d'avoir licencié, avec le reste de l'équipage, le capitaine Angus et le radiophoniste.

– Pourquoi cette double restriction ?

– Carlos, Angus et le radiophoniste contresignèrent le testament de Cadmus Cole. Or, d'après la loi, deux des témoins doivent – si possible – comparaître avant qu'un testament ne soit homologué... Mais, à la rigueur, un témoignage suffit. De ce fait, en l'absence du capitaine Angus et du radiophoniste, Carlos aura la part belle !

Mr Queen fit une grimace.

– C'est ennuyeux, déclara-t-il.

– Il est probable que le tribunal exigera une expertise en vue d'authentifier la signature de Cole et celle des témoins absents, répondit Beau. J'imagine que le défunt a laissé des centaines d'autographes, ils seront examinés, et...

– Et les médecins m'envoient dans les montagnes ! soupira Mr Queen. Maudit appendice !

Beau dépêcha à Santiago de Cuba deux détectives munis des noms et signalements du commandant Angus et des hommes composant l'équipage de l'*Argonaute*. D'autre part, il chargea une sérieuse agence parisienne de police privée de l'enquête relative à Nadine et Margo Cole ; puis, il fit une copieuse publicité dans les journaux français et américains. Enfin, il se mit personnellement à la recherche de Kerrie Shawn.

La rage au cœur, Ellery partit dans les Adirondacks. De là-haut, il suivit, grâce à la chronique mondaine new-yorkaise, les faits et gestes de Mr Edmund de Carlos qui – avant l'homologation du testament – avait obtenu l'autorisation de s'installer au château de Tarrytown.

L'ancien gardien de la propriété était mort en 1937 ; Cole ayant négligé de le remplacer, Tarrytown avait été abandonné depuis cette date. Carlos s'y installa, avec une équipe de décorateurs et un nombreux personnel. Pour lui, la belle vie commençait. Bientôt, son nom parut régulièrement dans les journaux, accompagné parfois d'une photographie ; son visage de pirate aux dents menaçantes, à la barbe et aux cheveux noirs, devint vite familier à des milliers de lecteurs. Carlos fréquenta les salles de jeu et les champs de courses, il entretint des danseuses... Bref, il jeta de l'argent par toutes les fenêtres possibles.

« A ce train-là, il aura vite croqué son gros héritage » songea Mr Queen, exilé sur son pic.

Edmund de Carlos était le fils d'un planteur brésilien et d'une Anglaise. Il était né en 1889. D'après ses photographies, le pirate transformé en viveur portait moins de cinquante ans... Brusquement, Mr Queen décida qu'il serait bon de le surveiller.

Entre-temps, Beau suivait, avec vingt et un ans de retard, la piste de Monica Shawn, piste qui partait d'un hôpital de Chicago dans lequel Shawn était mort. Dans une école de secrétariat, il retrouva la trace de la jeune veuve qui s'était courageusement remise au travail pour élever son enfant.

Chicago, Saint-Louis, Minneapolis, New York...

Pauvres maisons meublées, petits appartements, un malodorant hôtel fréquenté par des acteurs, un cours enfantin de danse et de diction. Fiévreusement, Beau fouilla Broadway. Enfin, dans les archives poussiéreuses d'une agence théâtrale, il trouva la photographie d'une ravissante fillette appelée Kerrie Shawn. Hélas ! la piste s'arrêtait là.

Beau en était là de son enquête quand il apprit par Goossens que le testament avait été homologué, après que les signatures du défunt et du capitaine Angus eurent été authentifiées.

– De votre côté, où en êtes-vous, Queen ? avait ajouté l'avoué. Il ne manque plus que les principales héritières !

Beau poursuivit ses recherches. Il découvrit une piste qui l'amena à Cincinnati. Là, nouvelle déception.

Au cours d'une conversation téléphonique avec Ellery, Beau exprima son découragement.

– Comment cette Kerrie Shawn n'a-t-elle pas répondu à une des innombrables annonces que j'ai fait insérer dans les journaux ? A moins d'avoir quitté l'Amérique ou d'être morte, elle aurait dû donner signe de vie !

Mr Queen réfléchit un moment, puis :

– Vous avez acquis la preuve que Monica faisait suivre à sa fille des cours de danse et de diction. Donc, si on s'attache au côté professionnel de la piste...

Beau l'interrompit avec colère.

– Je connais mon métier, que diable ! Les agences théâtrales et les managers new-yorkais ont menacé de me faire arrêter si je continuais à leur empoisonner l'existence au sujet de la jeune Kerrie Shawn ! Gardez vos conseils pour d'autres, mon cher.

Ellery se contenta de demander doucement :

– Quel est l'endroit qui attire comme un aimant

toutes les Américaines ambitieuses pour leurs filles, quand celles-ci sont jolies et douées d'un talent réel ou supposé ?

– Je suis un imbécile ! rugit Beau. Bonne nuit.

Dix jours plus tard, Ellery reçut ce télégramme de Hollywood : « Victoire ! Kerrie retrouvée. Amitiés. Beau. »

3

Le bon saint Nicolas

A l'agence centrale cinématographique de Hollywood, Beau n'avait pas trouvé le nom de Shawn ; par contre, trois figurantes inscrites répondaient au prénom de Kerrie. Notre enquêteur se fit montrer leurs photographies. Kerrie Acres était une négresse, Kerrie St. Alban avait passé la cinquantaine, Kerrie Land était une jeune et jolie fille... Une très jolie fille aux yeux clairs, pétillants comme du champagne, au nez retroussé, aux boucles sombres.

Beau compara la photo de Kerrie Land avec celle qu'il possédait de Kerrie Shawn enfant. Il y avait une certaine ressemblance, mais il ne fallait pas s'emballer à la légère !

Après avoir obtenu l'adresse et le numéro de téléphone de Kerrie Land, Beau appela le numéro indiqué. Une voix féminine lui répondit.

– Ici, l'Agence cinématographique centrale, dit le jeune homme. Kerrie Land est-elle chez vous actuellement ?

La logeuse répondit que miss Land était absente depuis deux mois, mais qu'elle était sur le point de rentrer, son contrat venant à expiration.

Beau regagna son hôtel, il constata dans la glace qu'il était assez mal habillé pour endormir la méfiance d'une logeuse de Hollywood, il rendit les clefs de sa chambre et, chargé d'une vieille valise, il prit à pied le chemin d'Argyle Avenue.

En sonnant à la porte d'une misérable maison meublée, plus sordide encore – si cela était possible – que ses voisines, Mr Rummell ressentit pour la première fois l'impression d'être une sorte de saint Nicolas.

Une grosse femme débraillée vint lui ouvrir.

– Vous désirez ? demanda-t-elle d'un ton méfiant.

– Une chambre, répondit Beau.

– Figurant ?

– Je cherche un emploi cinématographique.

– Voici les conditions : six dollars de cautionnement, ni savon ni serviettes de toilette... (Avant de lui montrer les chambres à louer, la logeuse tint à examiner le contenu de sa valise.) ... Ah ! reprit-elle, vous êtes nouveau venu ici. Bien, suivez-moi. Donnez-vous des « réceptions » ?

– Je ne connais âme qui vive à Hollywood.

– Tourné comme vous l'êtes, vous ne tarderez pas à vous faire des relations.

– Je suis un garçon sérieux, répondit Beau avec un sourire.

– Tâchez de le rester. Je tiens à la bonne réputation de ma maison. Comment vous appelez-vous ?

– Ellery Queen.

– Montons...

Beau se fit montrer plusieurs chambres avant de fixer son choix. Il ne se décida qu'après avoir vu, sur une porte du même palier, un petit carton portant ces deux noms : « Kerrie Land. Violet Day. » Le nouveau locataire paya d'avance une semaine de loyer, puis il s'installa pour attendre le retour de la jeune héritière.

Nuitamment, Beau s'introduisit dans la chambre partagée par Kerrie « Land » et Violet Day. Aux murs, des photographies de Kerrie et d'une grande blonde à l'expression désabusée. Le mobilier ressemblait à celui de sa chambre, mais il comprenait deux lits jumeaux.

L'un exhalait un violent parfum bon marché : « Violet Day », décida le jeune homme. L'autre répandait une délicieuse odeur, fraîche et naturelle... Le lit de Kerrie, sans aucun doute.

« Pauvre petite ! » murmura involontairement Beau. Mais il se ressaisit aussitôt. L'héritière de Cadmus Cole n'avait que faire de sa pitié !

Les voyageuses arrivèrent quatre jours plus tard. Beau entendit un taxi s'arrêter devant la porte, une voix joyeuse, des pas légers dans l'escalier. Le cœur battant, il sortit sur le palier.

Chargée de deux grosses valises qu'elle portait avec l'aisance née de l'habitude, la grande blonde montait derrière une jolie brunette qui, dans la pénombre du palier, se heurta à Beau. Elle lâcha son petit sac et s'écria :

– Oh ! Excusez-moi.

– Il n'y a pas de quoi.

– Vous habitez ici ?

– Oui, depuis quelques jours.

– Puisque nous serons voisins, je me présente : Kerrie Sh... Kerrie Land, veux-je dire. Et voici ma compagne de chambre, Violet Day.

– Queen. Ellery Queen...

Beau était trop fasciné par la brune pour regarder la blonde !

– Venez, Kerrie, dit celle-ci. Méfiez-vous des « voisins de palier ». Celui-ci pourrait bien vous taper de cinq dollars avant longtemps !

Kerrie dit, avec un sourire à Beau :

– Il a cependant l'air gentil et il ressemble à Bob Taylor. Ne faites pas attention, Mr Queen, Violet est toujours désagréable avec les étrangers.

Notre héros se retrouva seul sur le palier. Au bout de dix minutes, il alla frapper à la porte des deux amies.

– Entrez ! répondit Kerrie.

Elle portait un déshabillé à grosses fleurs rouges, de petits pieds nus, était tout ébouriffée... gentille à croquer. Kerrie vidait la valise ouverte sur son lit ; celui qui sentait bon, naturellement. Violet était étendue sur l'autre et elle remuait avec volupté ses doigts de pieds gonflés.

– C'est encore lui ! s'écria-t-elle. Kerrie, vous devriez rougir de recevoir un inconnu dans ce désordre.

– Ne vous fâchez pas, dit Beau avec un sourire.

Il se sentait en veine de bonté, comme s'il avait bu au moins cinq verres.

– Sortez, ordonna l'intraitable Violet. Ma mission sur terre consiste à protéger cette innocente étourdie contre les garçons entreprenants qui croient ressembler au beau Taylor. Je...

– Taisez-vous, Vi, l'interrompit Kerrie. Entrez, Queen, elle ne vous mangera pas. Avez-vous du whisky chez vous ?

– Non, mais je sais où en trouver.

Violet s'assit vivement sur son lit.

– Où ? demanda-t-elle. Je retire tout, Queen.

– Je viens d'arriver à Hollywood, reprit Beau. J'avais le cafard et...

– Il a le cafard, mais il sait où trouver du whisky ! s'écria Violet. Ah ! Ah ! Au fait, Kerrie, c'est vrai qu'il ressemble à Taylor.

Beau l'ignora.

– Miss Land, me feriez-vous le plaisir de dîner

avec moi, ce soir ? Il y aura du whisky, je vous le promets.

– Nous acceptons avec joie... (Kerrie appuya légèrement sur le « nous ».) ... Tout le monde a ses moments de cafard, Queen. Entendu, dînons ensemble tous les trois.

– Tous les trois ?

– Vi et moi, nous payerons notre quote-part. C'est convenu ?

– Jamais de la vie ! Pour qui me prenez-vous ?

– Si vous refusez mes conditions, vous dînerez seul, déclara la jeune fille d'un ton péremptoire. Votre compte en banque n'est pas inépuisable. D'ailleurs, nous sommes en fonds, n'est-ce pas, Vi ? Nous terminons un engagement de deux mois, comme figurantes hawaïennes, et une semblable aubaine s'arrose. Donnez-nous une demi-heure pour prendre une douche et nous habiller... A tout de suite, Ellery.

Son sourire creusa une adorable fossette qui transperça le cœur de Beau comme une flèche. Avec un dernier sourire, Kerrie le poussa gentiment dehors et elle ferma sa porte.

Les jambes coupées, Mr Rummell dut s'appuyer contre le mur. Que lui était-il donc arrivé ? Il ne manquait plus que cela !...

Beau courut expédier à son associé le télégramme que l'on connaît.

Les trois jeunes gens dînèrent aux frais de « Mr Queen » à l'*Ambassador*. Beau fit danser les amies à tour de rôle ; Vi dansait bien, mais Kerrie avait la grâce et la souplesse d'un elfe. Par elle, Beau goûta pour la première fois l'enivrement de tourner au son d'un orchestre.

Soudain, Violet Day fut prise d'une violente migraine ; elle resta sourde aux protestations de Kerrie et rentra se coucher.

Après son départ, Kerrie dit en riant :

– Vous êtes admis, cher monsieur. Etes-vous content ? Vi a la spécialité des migraines diplomatiques ; le fait de m'avoir laissée sous votre garde prouve qu'elle vous tient pour un honnête garçon.

– Et vous ? demanda Beau en la dévorant des yeux.

– Je réserve mon jugement jusqu'à nouvel ordre.

– Méchante ! Connaissez-vous Vi depuis longtemps ?

– C'est ma meilleure amie... (Kerrie tourna lentement son verre de vermouth entre ses doigts fuselés.) ... Depuis la mort de maman, Vi m'a prise sous son aile comme une mère poule. A vrai dire, je ne valais guère mieux qu'un poussin abandonné.

– Pauvre petite ! Quand avez-vous perdu votre mère ?

– L'année dernière. Une pleurésie l'a emportée en quelques jours... Elle avait rêvé de faire de moi une nouvelle Garbo et s'est usée à la peine, Monica...

– Monica ? demanda Beau.

– Ma mère, Monica Cole Shawn. De mon vrai nom, je m'appelle Kerrie Shawn. Monica s'était entièrement dévouée à moi et je ne pardonnerai jamais... Parlons d'autre chose, voulez-vous ?

– A qui ne pardonnerez-vous jamais ? insista Beau.

– A un oncle, le frère de maman, qui est un monstre d'égoïsme. Mais en quoi ces petites histoires de famille peuvent-elles vous intéresser ?

– Monica Cole Shawn, répéta Beau. C'est singulier. Votre oncle s'appelait bien Cole ?

– Cadmus Cole, oui. Pourquoi ?

– Ces temps derniers, j'ai lu plusieurs fois son nom dans les journaux. Vous êtes donc sa nièce !

– Je n'ai pas ouvert un journal depuis deux mois. Quelle est la dernière excentricité de l'oncle Cadmus ? A-t-il mitraillé une mairie pendant un mariage ?

Beau la regarda dans les yeux pour lui demander :

– Ignorez-vous que votre oncle vient de mourir ?

Kerrie pâlit légèrement.

– Je ne le savais pas, répondit-elle après un court silence. C'était mon dernier parent, mais il se conduisit abominablement envers ma mère et je suis incapable de verser des larmes de crocodile pour un vieux fou que je n'ai jamais vu. Comment est-il mort ?

– A bord de son yacht, pendant une croisière aux Antilles. Une crise cardiaque. Selon sa volonté, il fut immergé. Comme vous devez le savoir, il était extrêmement riche.

– Monica me l'avait dit. Quand on pense qu'il a laissé sa propre sœur mourir de privations, lui qui avait de l'argent à ne savoir qu'en faire ! Mais l'oncle Cadmus avait une sorte de phobie pour l'institution matrimoniale ; il ne pardonna jamais à ma mère de s'être mariée. Restée veuve, elle lui écrivit... Pauvre chérie, si vous saviez comment il lui répondit ! J'ai encore sa lettre... (La lèvre de Kerrie se mit à trembler.) ... En voilà assez, mon cher. Si je ne me retenais pas, je sangloterais déjà sur votre épaule.

– Vraiment ? Kerrie, j'ai un aveu à vous faire.

– Un aveu ?

– Je vous ai menti. Je ne suis pas un figurant en quête d'engagement. En venant à Hollywood je n'avais qu'un seul but : vous trouver.

– Me trouver ? Je ne comprends pas.

– Je suis un détective privé.

– Oh !

– De son vivant, votre oncle confia à l'agence Queen la mission de retrouver ses héritiers, quand son heure aurait sonné.

– Ses héritiers ? L'oncle Cadmus m'aurait-il laissé quelque chose ?

– Oui. Cela vous étonne ?

– Il aurait mieux fait de secourir sa sœur ! Je ne veux pas...

Beau enferma ses mains glacées dans sa grande patte.

– Je vous comprends, ma petite, murmura-t-il. Mais le mal est fait... L'argent laissé par Cadmus vous revient légitimement, ainsi qu'à votre cousine Margo Cole – la fille de votre oncle Huntley – si nous pouvons la retrouver. N'hésitez pas à en prendre votre part ; elle transformera votre existence. Aimez-vous Hollywood ?

– Je hais cet endroit, répondit Kerrie d'une voix sourde. Ici, seul le talent compte, or je n'en ai pas. J'aurai beau travailler, je ne deviendrai jamais une actrice. Quelle perspective ai-je devant moi ? Une existence comme celle de Vi : aller de maison meublée en maison meublée, manger rarement à ma faim, remmailler de vieux bas qui coûteraient trop cher à remplacer...

Elle frissonna.

– Dois-je continuer ? demanda Beau.

Kerrie sourit et elle retira ses mains.

– Je vous écoute.

– Votre oncle a laissé une immense fortune... Cinquante millions de dollars, d'après la dernière estimation.

– Cinquante millions...

Etranglée par l'émotion, Kerrie ne put achever. Elle avait l'expression émerveillée d'une petite fille qui, le matin de Noël, trouve une montagne de joujoux devant la cheminée.

– Halte-là ! s'écria Beau. Sur les cinquante millions de dollars en question, le fisc commencera par en prendre trente-cinq. Ajoutez à cela environ cinq cent mille dollars de frais divers... Net, il restera donc quatorze millions et demi ; placé à quatre pour cent, ce capital rapporte, annuellement... (Beau fit, sur la nappe, de rapides calculs.) ... Cinq cent quatre-vingt mille dollars, annonça-t-il enfin.

– Pardon ? murmura Kerrie en rouvrant les yeux.

– Vous ne toucherez pas le fonds, je vous en donnerai la raison par la suite. D'après le testament, deux héritières se partagent ce revenu : Kerrie Shawn et Margo Cole.

– Comment allez-vous, Margo ? dit la jeune fille avec un sourire extasié. Voulez-vous acheter avec moi une baignoire en or ?

– Vous la connaissez donc ? Mais non, c'est impossible... De toute façon, votre part annuelle s'élève à deux cent quatre-vingt-dix mille dollars. L'impôt sur le revenu en prendra environ cent soixante mille... Vous toucherez donc, net, cent trente mille dollars.

– Combien cela fait-il par semaine ? demanda Kerrie. Je n'ai jamais été forte en calcul.

Beau fit une dernière division sur la nappe.

– Deux mille cinq cents dollars, répondit-il.

– Je toucherai deux mille cinq cents dollars tous les huit jours ? Vous en êtes sûr ?

– Certain.

– Je crois rêver... Pincez-moi pour me réveiller.

– Ce n'est pas un beau rêve, Kerrie. Mais...

– Ah ! il y a un « mais » ?

– Votre oncle a cru devoir poser certaines conditions... A propos, je suis chargé de vous ouvrir un crédit illimité en attendant votre arrivée à New York. Dès demain, vous pourrez commencer à acheter tout ce qui vous tentera... Si vous acceptez les conditions imposées, bien entendu.

– Quelles conditions ?

– Primo, avez-vous jamais été mariée ?

– Non, mais je n'ai pas fait le vœu de rester vieille fille. Pourquoi ? Songeriez-vous à épouser une héritière, par hasard ?

Beau rougit.

– Je suis hors de cause, bougonna-t-il. Etes-vous fiancée ?

– Je suis libre, sage, et je viens d'avoir vingt et un ans.

– Dans ce cas, il vous suffira d'accepter les conditions de votre oncle et la moitié, au moins, de sa fortune est à vous. Primo, vous devez prendre l'engagement d'habiter pendant un an avec l'autre héritière – si on la retrouve – le château de Tarrytown que le défunt possédait, sur l'Hudson. L'année écoulée, vous serez libre d'aller où vous voudrez.

– Ouf ! s'écria Kerrie. Avec vos restrictions, vous aviez fini par m'inquiéter. Cette fameuse condition est une bénédiction ! Un beau château, des domestiques, des voitures, des robes et le reste à l'avenant... Merci, oncle Cadmus ! Quelles sont les autres conditions ?

Beau tira un papier de sa poche.

– Voici la copie d'un paragraphe de son testament...

Il se mit à lire :

« En imposant cette seconde condition à mes héritières, je tiens à les mettre en garde contre la dégradante et fatale institution matrimoniale. Je parle par expérience : au mieux, la vie conjugale est une sorte de bagne ; au pire, c'est l'enfer. Depuis mon divorce, j'ai vécu et je mourrai célibataire. Mon seul ami, Edmund de Carlos auquel je laisse un million de dollars et, s'il le désire, une demeure à vie, a eu la sagesse de ne jamais se marier, et il partage mon opinion sur la question. Le mariage – ou, plus exactement, les effets du mariage sur les individus – a engendré la plupart des maux qui accablent l'humanité : haine, crimes, guerres, traîtrises de toutes sortes... Je suis vieux ; mes héritières (si elles vivent encore) seront jeunes quand je disparaîtrai. De ce fait, j'ai le devoir de leur imposer le fruit de mon expérience ; libre à elles de rejeter mes sages conseils, naturellement. Mais il leur en coûtera la fortune que je leur laisse. Si elles acceptent mes directives... »

Beau remit le papier dans sa poche ; puis il reprit :

– ... Je vous fais grâce de la suite. Vous en avez entendu assez pour être éclairée sur les idées originales de votre oncle.

– Il était fou ! murmura Kerrie.

– Non, hélas ! A la suite d'une union malheureuse, il avait voué une haine mortelle à l'institution matrimoniale, voilà tout ; sur les autres sujets, il raisonnait sainement. Mais, sur ce point déterminé, Cadmus ne transigeait pas ! D'après son testament, la rente versée à une de ses héritières cesserait automatiquement et à jamais le jour où la bénéficiaire viendrait à se marier.

– Oh ! fit Kerrie. Si je comprends bien, je dois choisir entre cette fortune et le mariage ?

– C'est cela.

– Qu'arriverait-il si je préférais garder ma liberté ou si, après avoir accepté la clause antimatrimoniale, je renonçais à l'héritage pour fonder un foyer ?

– Votre part reviendrait à votre cousine Margo, si elle remplissait les conditions requises. Au cas où ni l'une ni l'autre des héritières naturelles de Cadmus Cole ne réunirait ces conditions, les administrateurs de la succession devraient en verser le revenu à une œuvre charitable de leur choix. Je dis bien le « revenu » car, de toute façon, Lloyd Goossens et Edmund de Carlos conserveront la gestion de la fortune. Le testament prévoit tous les cas ; si les deux héritières remplissent les conditions, la survivante recueillera la part de l'autre. Enfin, à la mort de la dernière, le revenu ira aux bonnes œuvres. Comme vous le voyez, votre oncle Cadmus mettait le mariage et la mort dans le même sac.

Kerrie resta longtemps silencieuse. L'orchestre jouait un tango et les couples de danseurs évoluaient sous les ampoules multicolores. Beau attendit sa décision avec une inexplicable anxiété. Elle ne pouvait refuser cette fortune. Aucune femme normale ne laisserait échapper une telle occasion... Et Kerrie était une femme comme les autres, Beau qui l'avait tenue dans ses bras en dansant pouvait le certifier. D'autre part, elle n'était pas de celles qui acceptent et donnent un amour illégitime. Avec elle, pas de compromis ; elle aurait à choisir entre l'argent et le bonheur.

Beau pouvait lire dans ses pensées. Actuellement, elle n'aimait personne... Peut-être n'avait-elle pas aimé encore ? Certes, les hommes avaient dû tourner autour d'une aussi jolie fille ; mais, tous, pour le mauvais motif. Au fond de son cœur, Kerrie nourrissait un certain mépris pour le sexe fort... A quoi lui demandait-on de renoncer, en somme ? A ce qui n'était sans doute qu'une illusion. Et que lui offrait-on, en échange ? Tout le luxe dont elle avait été sevrée.

Soudain, la jeune fille dit, avec un petit rire forcé :

– Vous avez gagné, oncle Cadmus. Je mourrai vierge... Peut-être serai-je béatifiée, un jour ou l'autre ? Sainte Kerrie ! Cela sonne bien. Qu'en pensez-vous, Ellery ? (Beau n'ayant pas répondu, elle reprit avec une sorte de défi :) ... Je ne peux tout de même pas refuser cet argent. Un tel geste est au-dessus des forces humaines. Le feriez-vous ?

– Pour moi, la question ne se poserait même pas, déclara le jeune homme d'un ton bourru.

– Pour moi, non plus, articula Kerrie. Mais je crois que nous parlons de sujets différents.

– Mes félicitations.

C'était fatal et, naturellement, Kerrie avait raison. Tous ceux qui connaissaient la faim, les courses après un emploi introuvable, l'amertume de regarder, d'en bas, couler le flot de la vie, approuveraient son choix.

Kerrie sourit ; puis elle se leva brusquement pour venir à son compagnon.

– Puis-je embrasser le bon saint Nicolas ? demanda-t-elle.

Sans attendre la permission, elle l'embrassa sur la bouche. Beau eut le courage de ne pas répondre à son baiser, mais sa voix tremblait légèrement quand il dit :

– Vous n'auriez pas dû faire cela, Kerrie. C'est mal !

– Tiens, vous voilà devenu le gardien de ma conscience, comme Vi ! s'écria la jeune fille. (Elle l'embrassa une seconde fois, en riant.) ... Tranquillisez-vous, grand-père. Je ne me toquerai pas de vous !

Beau se leva si brusquement que sa chaise se renversa avec fracas. Kerrie lui jeta un regard presque effrayé.

– Venez, miss Millions, grogna-t-il. Allons apprendre la bonne nouvelle à votre amie. Parions qu'elle en mourra.

4

On ne peut pas tout avoir à la fois

Par l'intermédiaire de la logeuse, la nouvelle se répandit dans Hollywood comme une traînée de poudre.

Après une nuit folle, passée avec Kerrie et Vi à boire et à édifier des projets d'avenir, Beau sortit de bonne heure pour régler diverses affaires urgentes : téléphoner à Lloyd Goossens, enfermer dans un coffre-fort les preuves d'identité de l'héritière, s'assurer – par l'intermédiaire de New York – les crédits nécessaires... Et ainsi de suite. Pour terminer, le jeune homme appela Ellery.

– Tout est bien qui finit bien, déclara le convalescent. Conduisez vite Kerrie Shawn à New York et occupez-vous de Margo Cole.

– Laissez-moi le temps de souffler, protesta Beau. Cette petite est sens dessus dessous ; je ne puis l'arracher à Hollywood du jour au lendemain. Dès que cela sera possible, je l'emmènerai.

– Bien, bien, dit Ellery à l'autre bout du fil. Vous paraissez nerveux, Beau. Qu'y a-t-il ?

– Nerveux ? Jamais de la vie !

Beau raccrocha brusquement. Quand il arriva à la banque, Goossens avait déjà fait ouvrir un compte pour Kerrie Shawn, au nom d'Ellery Queen.

Satisfait de sa matinée, notre héros reprit le chemin d'Argyle Avenue. Hélas ! Une foule de curieux stationnait déjà devant la maison de l'héritière ! Cela promettait...

La semaine suivante fut la plus dure de son existence. Ce n'est pas drôle d'être à la fois garde du corps, avoué, banquier, frère aîné, et rempart contre les fâcheux, reporters et autres ! Hollywood était intéressé. Du soir au matin, une figurante inconnue, Cendrillon en guenilles, était devenue une richissime héritière ! Tous les studios lui présentèrent des contrats ; on la supplia de danser, de chanter, de tourner pour les actualités... « Signez ici, je vous en prie, miss Shawn ! » Le syndicat de la presse lui proposa une somme fabuleuse pour son autobiographie ; une armée de photographes la suivit partout où elle allait ; les commerçants lui offrirent, en toute humilité, leurs plus belles marchandises pour rien... Miss Shawn leur ferait-elle l'honneur de visiter leur établissement ? La direction serait trop heureuse de satisfaire, à titre gracieux, tous ses désirs. Si miss Shawn daignait... L'héroïne du jour fut submergée d'offres de services et d'invitations.

Kerrie traversa cette période de folie entre ses deux anges gardiens : Vi, pratique et calme, Beau, silencieux, le bord de son chapeau rabattu sur ses yeux.

La jeune fille tint à donner une réception en l'honneur de tous ses amis, les pauvres, les ratés, ceux qui luttent et peinent avec le sourire fixe des crève-la-faim. Mais, ce soir-là, de nombreux invités étaient vêtus de neuf, tous paraissaient rassasiés et leurs rires sonnaient clair. Kerrie alla des uns aux autres avec l'expression d'un enfant timide et heureux.

– Elle est épatante, n'est-ce pas ? dit Violet Day à Beau. Sans parler de ce qu'elle a fait pour moi en m'attachant à elle, comme une sœur, vous n'imaginez pas le bien que Kerrie a déjà fait. A l'un, elle paye une opération indispensable, à l'autre elle offre une cure de repos...

– Elle est ivre, ma parole ! l'interrompit Beau en souriant.

– Comment ? J'ai l'impression que vous n'aimez pas Kerrie comme elle le mérite, Queen.

– Ah ! fit Beau.

Kerrie refusa de déménager. « Nous quitterons Hollywood dans quelques jours, avait-elle déclaré avec fermeté. Je ne veux pas que mes amis s'imaginent que je leur tourne le dos. Inutile d'insister, Vi. Je reste ici jusqu'au départ. »

Mais elle dut louer deux autres chambres pour y entreposer ses nouvelles malles, remplies de robes, de fourrures et de lingerie. La logeuse exultait ; elle profita même de l'occasion pour porter de six à huit dollars la location hebdomadaire d'une chambre. En apprenant cela, Kerrie la menaça de partir sur l'heure et les prix retombèrent.

Une semaine passa comme un rêve. Puis la conscience de Kerrie se mit à la tracasser.

– Ne dépensons-nous pas trop ? demanda-t-elle à Beau.

– Rassurez-vous, ma petite. La source n'est pas tarie.

– C'est comme dans les contes de fées ! Plus on dépense, plus on a d'argent...

– Kerrie, j'ai reçu trois télégrammes de Goossens... (Notre héros passa sous silence les quatre dépêches d'Ellery.) ... Il ne s'explique pas ce qui nous retient ici. J'ai vainement essayé de le lui faire comprendre.

– Oh, mon chéri, restons encore un peu !

– Ne m'appelez pas « mon chéri ! ». C'est une mauvaise habitude pour une jeune fille qui a promis de rester à l'écart des hommes.

– Ellery, vous êtes le seul... (Kerrie s'arrêta court. Elle rougit et murmura, les yeux baissés :) ... Nous partirons quand vous voudrez, mon ami.

Le départ fut fixé au surlendemain. A la suite de cet entretien, Kerrie perdit son sourire d'enfant comblé ; de son côté, ce fut avec une gravité inaccoutumée que Beau fit les dernières démarches.

Kerrie passa dans sa chambre sa dernière journée à Hollywood. Quand Beau rentra, le soir, Vi lui fit part de sa préoccupation.

– Kerrie a quelque chose... Sa mère est enterrée ici ; la pauvre petite a certainement beaucoup de peine à quitter tous ses souvenirs. Vous devriez l'emmener faire un tour, Ellery. Elle est restée enfermée toute la journée.

– Je doute... commença Beau.

Il se tut en rougissant.

Mais Vi entra dans la chambre de son amie. Au bout d'un long moment, Kerrie fit son apparition en tenue de sortie.

– Vous voulez promener bébé, monsieur ? demanda-t-elle avec un pâle sourire.

– Venez.

Au bout de la rue, ils prirent Hollywood Boulevard.

– C'est dur de partir, murmura Kerrie après un interminable silence.

– Je n'en doute pas, répondit son compagnon.

Ils traversèrent le quartier brillamment éclairé des restaurants et des théâtres, auquel firent suite des rues sombres, bordées d'hôtels particuliers. Soudain, Kerrie s'arrêta pour soupirer :

– J'ai mal aux pieds. Il me semble pourtant qu'avec des souliers à vingt-deux dollars et demi il ne devrait pas y avoir de problème !

— La rançon de la fortune, dit Beau. Mais l'argent a ses avantages.

— Asseyons-nous un moment, voulez-vous ?

— Sur le trottoir ?

— Pourquoi pas ? On se croirait dans un désert...

Quand ils furent assis côte à côte, Kerrie reprit :

— ... Je vous ai bien mal remercié, Ellery. Depuis huit jours vous avez été comme... comme un grand frère pour moi.

— Bah ! J'étais payé pour m'occuper de vous. J'étais payé, avec votre argent, Kerrie. Vous voyez donc qu'il est inutile de me remercier.

— L'argent ! soupira la jeune fille. Ce n'est pas tout, je...

Elle s'arrêta, effrayée par ce qu'elle allait dire.

— Vraiment ? Des millions de femmes donneraient leur bras droit pour être dans vos souliers, même trop étroits.

— Je sais, mais... Oh ! oui, c'est agréable de pouvoir faire du bien, d'acheter tout ce qui vous plaît sans s'occuper du prix ; surtout quand on était obligé d'attendre les soldes et d'arranger de vieilles robes. Mais...

— Il n'y a pas de « mais ». Vous êtes une veinarde ; ne gâchez pas tout en étant déraisonnable.

— Je suis parfaitement raisonnable, protesta vivement Kerrie. Mais je ne puis m'empêcher de penser à...

Elle s'interrompit.

Beau rit.

— Ne me dites pas que vous regrettez déjà la clause antimatrimoniale !

— Avez-vous pensé qu'elle pourrait être très dure pour une honnête fille si... si elle venait à s'éprendre de quelqu'un ?

Kerrie poussa un cri et elle se jeta contre son

compagnon. Un museau mouillé et froid venait de lui effleurer la nuque. Ce n'était qu'un brave scotch-terrier, attiré par son parfum.

Beau la serra dans ses bras. Elle s'abandonna, les lèvres entrouvertes.

– Kerrie, murmura-t-il d'une voix méconnaissable. Restez ici. Renoncez à cette fortune.

Leurs bouches allaient se joindre. Inondée de bonheur, Kerrie ferma les yeux ; mais Beau la repoussa si brutalement qu'elle poussa un nouveau cri. Effrayé, le scotch-terrier s'enfuit avec un gémissement.

Debout, le jeune homme lui demanda :

– Vous seriez capable d'abandonner deux mille cinq cents dollars par semaine ?

– Oui, souffla-t-elle.

– Je vous croyais moins bête !

Blessée au cœur, Kerrie referma les yeux. Beau poursuivit avec véhémence :

– ... Si j'étais à votre place, croyez-vous que j'y renoncerais, moi ? Pas si sot ! Allez vous faire examiner par Freud !

– Mais vous m'avez demandé... Vous m'avez dit...

Beau l'arrêta d'un regard dur. Il était furieux contre lui-même, furieux contre elle qui lui avait fait perdre la tête. Comment avait-il pu oublier la promesse qu'il s'était faite ? Il la vit, les joues creuses, allant de studio en studio dans l'espoir toujours déçu de trouver un engagement... S'il cédait à la tentation, l'existence de cette innocente serait gâchée. Pour la sauver, il l'insulta :

– Vous ne valez pas mieux que les autres ! Toutes les femmes sont prêtes à tomber dans les bras du premier venu !

Kerrie se leva brusquement et elle s'enfuit en courant.

Le lendemain, au moment de partir pour la gare, Beau reçut deux télégrammes.

L'un, signé de Goossens disait :

Margo Cole retrouvée en France.

L'autre, rédigé par Mr Ellery Queen, était plus long :

Margo retrouvée. Le meurtre paraît de plus en plus certain. Au travail !

Beau avait les yeux un peu rouges et deux plis profonds creusaient ses joues. Il regarda Kerrie à la dérobée.

Mais elle passa devant lui, au bras de Vi, sans lui prêter la moindre attention.

Le jeune homme accueillit l'affront avec un sombre sourire.

DEUXIÈME PARTIE

5

L'autre héritière

Dès son arrivée à New York, Kerrie fut prise dans un tourbillon d'occupations. Après avoir fourni les preuves de son identité à Lloyd Goossens et à Edmund de Carlos – qui lui inspira une antipathie immédiate – la jeune héritière fut autorisée à prendre possession du magnifique domaine de Tarrytown, avec ses bois, ses pistes cavalières, ses ruisseaux et ses étangs. Kerrie choisit ses domestiques personnels, ses voitures et la décoration de son appartement privé, elle accorda des interviews, courut les magasins... Bref, elle fut entièrement absorbée par l'organisation de sa nouvelle existence. Mais, au milieu de cette agitation, elle pensa souvent, et avec une impatience mêlée d'anxiété, à l'arrivée de sa cousine Margo.

La présence de Margo, sa seule parente, comblerait peut-être cette impression de vide qu'elle éprouvait depuis un certain temps. Mais, quand Kerrie vit l'objet de son attente, elle comprit que Margo Cole et elle seraient ennemies.

Kerrie, Vi, Goossens, Carlos et Beau, montèrent dans un remorqueur pour aller au-devant du *Normandie,* qui était en quarantaine. Goossens, sa serviette sous le bras, monta à bord du transatlantique. Peu après, il descendit l'échelle de coupée avec deux femmes. Une vedette conduisit le trio jusqu'au remorqueur.

Suivie d'une sémillante femme de chambre française et d'une montagne de bagages, Margo Cole embarqua. Sans cesser de bavarder gaiement avec Goossens, elle examina les inconnus qui l'attendaient. Son regard glissa indifféremment sur Vi, se posa une seconde sur Kerrie, s'accompagna d'un sourire à l'adresse de Carlos et se fixa avec complaisance sur Beau.

Dès cette seconde, Kerrie la considéra comme une ennemie. Margo Cole était d'une beauté majestueuse, froide envers ses semblables, provocante envers les hommes.

Vi pinça le bras de son amie en lui soufflant :

– Gare à la femme fatale, ma chérie. Ne vous laissez pas fouler aux pieds, elle essayera sûrement de le faire. Elle devait être danseuse de « burlesque » ou modèle. Votre belle cousine me déplaît.

– A moi aussi.

– Elle a au moins trente ans.

– Trente-deux, rectifia Kerrie qui s'était documentée sur l'histoire de sa famille.

– Ces imbéciles d'hommes la regardent comme s'ils n'avaient jamais vu une femme bien tournée ! C'est dégoûtant !

Les deux amies se montrèrent extrêmement polies quand Goossens les présenta à la voyageuse ; mais celle-ci était autrement plus intéressée par Beau !

Glissant son bras sous celui du jeune homme, elle murmura :

– C'est vous qui étiez chargé de me retrouver ? Si j'avais su, j'aurais ignoré les annonces mises par Mr Queen dans les journaux français et j'aurais attendu qu'il vînt me chercher.

– Vous m'avez privé d'un grand plaisir, répondit Beau.

– Irons-nous directement à l'étude ? demanda Goossens. Certaines formalités sont nécessaires, miss Cole. Je vous ai retenu un appartement dans un hôtel ; vous y resterez jusqu'à ce que nous ayons... Hum... jusqu'à ce que nous ayons contrôlé les preuves de votre identité. Si vous préférez remettre...

– Non, non, interrompit Margo. Finissons-en le plus vite possible. Vous m'assisterez dans cette épreuve, Mr Queen ?

– Comment pourrais-je résister à ce sourire ?

– Flatteur ! Je compte aussi sur vous, ma chère Kerrie. Que deviendrais-je si vous n'étiez pas là ? J'ai toujours vécu en France et je me sens un peu perdue dans mon pays natal.

Kerrie répondit avec un sourire :

– Je serai charmée d'adoucir votre premier contact avec un monde plus jeune et moins raffiné.

– Pardon, protesta Edmund de Carlos. Ce sera là ma tâche, mesdames.

Il s'inclina galamment devant Kerrie, puis devant Margo.

On accostait.

Au moment de monter en voiture, Kerrie prétexta une migraine pour reprendre sa liberté. Elle emmena Vi dans son roadster neuf.

Margo lui fit de grands signes d'adieu ; puis elle suivit la voiture de son regard froid.

Dans son bureau, Lloyd Goossens examina très attentivement les papiers apportés par Margo Cole ; ils prouvaient d'une manière irréfutable son identité.

L'avoué lui offrit une cigarette et Carlos du feu.

– Merci, dit-elle. Je ne suis plus habituée à m'entendre appeler miss Cole, ni même Margo... Depuis

1925, j'avais changé mon nom contre celui d'Ann Strange.

Goossens finit d'allumer sa pipe avant de demander :

– Comment cela ?

– Ma mère mourut à cette date, en me laissant absolument seule au monde. En France, nous avions mené une vie errante : Dijon, Lyon, quelques années à Montpellier, la Côte d'Azur... Ma mère gagnait sa vie et la mienne en donnant des leçons d'anglais ; elle ne me parla jamais de ma famille paternelle. Mais elle avait gardé son journal et de vieux papiers (entre autres, une lettre de l'oncle Cadmus qui avait poussé mon père au suicide). Par eux, j'appris l'histoire des Cole et, de dégoût, je décidai de rompre définitivement avec le passé en changeant de nom.

– Avez-vous apporté ces papiers et ces lettres, miss Cole ?

– Les voici.

Margo tira de son sac une liasse de papiers jaunis. L'écriture du journal ressemblait tout à fait à celle de la lettre que Nadine Malloy Cole avait adressée à son beau-frère en 1909, lettre découverte dans les affaires du défunt et conservée par Goossens.

Il y avait aussi quelques photographies fanées de Huntley Cole et de sa femme ; l'une d'entre elles, datée « Paris, 1910 », montrait le ménage avec la petite Margo, une blondinette de trois ans aux yeux clairs. Enfin, l'avoué déplia la lettre dactylographiée que Cadmus Cole avait envoyée à sa belle-sœur en réponse à sa demande d'assistance. Goossens et Beau la comparèrent à celle que Monica Shawn avait reçue de son frère en 1918, lettre que Kerrie avait gardée... Les deux refus étaient dans le même style et, pour toute signature, ils portaient les initiales du défunt.

– Par acquit de conscience, ces documents seront

examinés par un expert, déclara l'avoué. Vu l'importance de l'héritage, vous comprendrez, miss Cole...

Margo l'interrompit :

– Faute de pouvoir vous fournir d'autres preuves de mon identité, je suis toute disposée à vous raconter l'histoire de ma vie.

– J'allais vous en prier, répondit Goossens après avoir consulté Beau du regard.

Dans un tiroir de sa table, l'avoué avait le rapport détaillé de l'agence de police privée française à laquelle Beau s'était adressé. Fait surprenant de prime abord, ce rapport s'arrêtait à 1925 ; mais, maintenant, tout s'expliquait. Cette année-là, Margo Cole avait changé son nom contre celui d'Ann Strange ! Il était donc tout naturel que les enquêteurs français eussent perdu sa trace.

Margo évoqua sa vie avec sa mère jusqu'en 1925, date à laquelle l'orpheline revint à Paris sous le nom d'Ann Strange.

– Je me fis mannequin, continua Margo. En 1932, grâce à la générosité de certains amis, je quittai la maison de couture qui m'avait employée pendant sept ans. Depuis lors, on m'a vue un peu partout : Cannes, Deauville, Monte-Carlo, Capri... On se lasse vite de cette vie-là, croyez-moi.

– Vous ne vous êtes jamais mariée, miss Cole ? demanda Beau.

– Oh, non ! Vive la liberté ! N'est-ce pas votre avis, Mr Queen ?

Beau sourit et Goossens déclara :

– Votre amour de la liberté est fort heureux, miss Cole. D'après le testament de votre oncle... Mais n'anticipons pas. Pour nous mettre complètement en règle, nous allons câbler à nos amis français ; il s'agit d'une dernière formalité, afin de contrôler vos faits et gestes depuis 1925 et de nous assurer que vous avez eu l'heureuse inspiration de rester célibataire.

Quinze jours plus tard, tout était en règle. L'agence de police française certifia que le *curriculum vitae* de Margo Cole – sous le nom d'Ann Strange – était exact jusque dans ses moindres détails. L'intéressée ne s'était jamais mariée. Suivait un rapport concernant la brillante « carrière » de miss Strange-Cole. Mais Goossens ignora discrètement ces derniers détails. Le point de vue moral ne le concernait pas.

Quand elle apprit les conditions imposées par son oncle, miss Cole les accepta sans l'ombre d'une hésitation. Puis, escortée d'une foule admirative de reporters et de curieux, elle prit possession du domaine princier de Tarrytown.

– Maintenant que vous avez mené votre tâche à bien, vous n'allez pas m'abandonner, j'espère ? murmura-t-elle à Beau. Ce serait trop triste ! Si vous saviez comme je me sens perdue dans ce grand pays inconnu. Vous viendrez me voir, n'est-ce pas ? Souvent...

Sa prière s'accompagna d'une douce pression de la main.

La scène se passait devant le château, dans le jardin à la française. Personne en vue... Mais, dans la chambre de Kerrie, un rideau de fenêtre remuait légèrement.

Beau enlaça brusquement sa souriante compagne et il l'embrassa. Quand il la lâcha enfin, Margo Cole souriait toujours.

– Vous auriez pu me demander la permission, Mr Queen, dit-elle d'une voix tendre.

– Elle était accordée d'avance, je le savais, riposta Beau.

Là-haut, le rideau retomba et demeura immobile.

– Quel homme intuitif ! murmura la cousine de

Kerrie. Et la chère petite est tellement jalouse ! Revenez bientôt...

Dans le bureau de l'*Agence d'enquêtes privées Ellery Queen and Co.*, Mr Ellery Queen observait son associé avec un intérêt sympathique. Descendu de son pic, le convalescent avait bien meilleure mine que Beau.

– Je ne vous croyais pas aussi bassement intéressé, mon cher, articula Mr Queen.

– Ce n'est pas une question d'argent, je le répète ! J'ai été le premier à accepter les conditions de Goossens et de Carlos. Les quinze mille dollars de provision, plus les frais... Vu le peu que nous avons eu à faire, c'est bien payé.

– D'accord.

– Mais notre tâche est terminée ! Les deux héritières sont retrouvées, que voulez-vous de plus ?

– Je veux savoir pourquoi Cadmus Cole fut si mystérieux au sujet de l'emploi qu'il nous réservait. Pourquoi il nous cacha la simple vérité. En un mot, l'idée qu'il avait derrière la tête.

– Adressez-vous à un médium !

– S'attendait-il à être assassiné ? Fut-il assassiné ? Dans l'affirmative, qui est son meurtrier et quel est le mobile ? Cole a pu nous engager d'avance, pour répondre à ces diverses questions. Dans ce cas, notre tâche n'est pas terminée, elle commence.

– Et qui nous remboursera ces nouveaux frais, je vous prie ? N'espérez pas tirer un cent de Goossens et de Carlos. Vous croiriez-vous milliardaire, par hasard ?

Ellery dit brusquement :

– Beau, je ne vous reconnais pas. Qu'avez-vous ?

– Rien.

– D'où vient votre répugnance à poursuivre cette

enquête ? Je ne crois pas qu'il s'agisse d'une question d'intérêt... Alors ?

Notre héros le foudroya du regard.

– On ne peut rien vous cacher, misérable, bougonna-t-il. Oui, j'ai une raison autre que l'intérêt...

– Une femme ?

– Peut-être.

– Miss Shawn ?

– Allez au diable ! Si cette petite a un sentiment pour moi, ce n'est pas une raison pour que je gâche sa vie... En honnête homme, je dois disparaître de son horizon, voilà tout.

– Oh, fit Mr Queen. Quelle pénible situation. Pouvez-vous me jurer que vous ne l'aimez pas, vous ?

– Mêlez-vous de vos affaires.

– Hum ! Puisque vous l'aimez, vos bonnes résolutions ne tiendront pas longtemps, mon pauvre ami. Mieux vaut retourner tout de suite à Tarrytown. Pour deux excellentes raisons, je ne puis prendre l'affaire en main : primo, l'aveu de notre petite supercherie nous obligerait à restituer les quinze mille dollars ; secundo, nous risquerions d'alarmer malencontreusement une certaine personne.

– Mais sous quel prétexte retournerais-je là-bas ? Goossens et Carlos m'ont donné congé hier, Kerrie est ulcérée contre moi... Il y a bien Margo ; mais...

– Il y a Margo, interrompit Ellery. Vous lui plaisez et aucune loi n'interdit à un jeune homme de faire la cour à une jolie fille. Devenez le visiteur assidu de Tarrytown et surveillez ce qui s'y passe. Une voix me souffle qu'il y aura bientôt du grabuge de ce côté.

– Du grabuge ! M'est avis qu'il y en a déjà assez comme cela ! Au fait, qu'entendez-vous exactement par « grabuge » ?

Mr Queen sourit en répondant :

— Beau, avez-vous été frappé par un à-côté de cette affaire ? Par qui nous fut-elle apportée ?

— Par Cadmus Cole.

— Vous souvenez-vous de la légende de Cadmus — ou Kadmos — roi de Sidon, qui fonda Thèbes et importa l'alphabet phénicien en Grèce ?

— Non.

— Où diable avez-vous été élevé ? soupira Ellery. Apprenez donc que Cadmus, comme tous les héros de la mythologie, fut soumis sur l'ordre des dieux à un certain nombre d'épreuves. Minerve lui fit semer les dents d'un dragon qu'il venait de tuer et...

— Excusez-moi, l'interrompit Beau. Je n'ai pas le temps...

— Les dents du dragon, répéta Mr Queen, songeur, Cadmus les sema et, de chacune d'elles, naquit une cause de trouble.

— Oh ! fit Mr Rummell.

— En écrivant son testament, notre Cadmus sema quelques dents du fameux dragon, Beau. Surveillez toute la maisonnée... Carlos, principalement.

— Carlos ! La façon dont ce pirate regarde Kerrie me déplaît ; et ils habitent sous le même toit... Peut-être avez-vous raison, Ellery. Peut-être ferais-je bien de surveiller ce qui se passe là-bas.

Mr Queen sourit.

— Cette question étant réglée, parlons un peu de Santiago de Cuba. Quelles nouvelles, de ce côté ?

— Aucune. Angus et l'équipage de l'*Argonaute* ont bel et bien disparu de la circulation... (Beau consulta sa montre avant d'ajouter :) ... A bientôt, Ellery. Je vais de ce pas à Tarrytown, voir... Margo.

— Embrassez-la de ma part, murmura Mr Queen.

La princesse de conte de fées, alias Cendrillon, était malheureuse. Tous les raisonnements de la sage

Violet Day, son soutien moral restaient sans effet... Oui, l'argent n'avait pas apporté le bonheur à la pauvre Kerrie.

A la suite de quelques incidents créés par Margo, la guerre était ouvertement déclarée entre les deux cousines ; Beau – Ellery pour les habitants de Tarrytown – ne quittait plus la belle Margo. Il était devenu son chevalier servant et les deux complices semblaient prendre un malin plaisir à narguer Kerrie. Beau était toujours là... Carlos aussi, hélas ! Carlos suivait la jolie délaissée comme son ombre ; depuis un certain soir où il avait voulu l'embrasser de force, Kerrie essayait vainement de fuir son brûlant regard.

– Pourquoi n'en parlez-vous pas à Ellery ? lui demanda Vi. C'est un détective, après tout.

– Plutôt mourir ! s'écria Kerrie. Oh, Vi, s'il n'y avait que la façon dont cet homme me regarde... Mais je sens autre chose dans l'air...

Elle frissonna.

– C'est un effet de votre imagination, déclara Vi. Au lieu de rester repliée sur vous-même, vous devriez sortir davantage, vous faire de nouvelles relations... Il y a des semaines que nous sommes ici et vous ne connaissez âme qui vive !

Kerrie promit de se secouer.

Le lendemain, Vi emmena Beau à l'écart pour lui dire :

– Vous avez un drôle de goût en ce qui concerne les femmes ; mais, à Hollywood, vous m'aviez fait bonne impression. Si vous n'êtes pas le dernier des derniers, vous aurez l'œil sur ce Carlos. Ce vieux faune poursuit Kerrie d'une façon intolérable.

Beau répondit avec une parfaite indifférence :

– Vraiment ? J'avais l'impression que Kerrie encourageait ses assiduités.

Margo avait surpris la fin de la conversation. Faisant glisser l'épaulette de son costume de bain sur son épaule de statue, elle murmura :

– Pauvre petite oie blanche !

– Je ne vous parlais pas, grand-mère ! lança Vi.

Beau intervint vivement :

– Entendu, Vi, dit-il. J'aurai l'œil sur lui.

A la suite de cet entretien, il vint plus fréquemment encore à Tarrytown.

6

Poignard et fer à cheval

Une main frappa dans l'ombre.

Par une chaude nuit d'été, Kerrie lisait dans son lit ; un léger édredon de soie la couvrait jusqu'aux hanches seulement.

Son appartement occupait une aile du château ; il était situé au premier étage, au-dessus de la terrasse circulaire. Une robuste vigne vierge et un treillis couvert de roses montaient jusqu'à ses fenêtres ouvertes.

Ce soir-là, Margo et Beau étaient sortis ensemble. Il y avait longtemps que Kerrie les avait entendus rentrer, puis faire tinter des glaçons dans leurs verres de whisky qu'ils dégustèrent sur la terrasse. Margo avait invité Beau à passer la nuit à Tarrytown et, naturellement, il avait accepté ! Un silence plus pénible que tout avait suivi. Au bout d'un moment, n'y tenant plus, Kerrie s'était levée pour regarder par une fenêtre... La terrasse était déserte.

Plus tard encore, Carlos était rentré lui aussi. Après l'avoir entendu injurier son chauffeur d'une voix avinée, la jeune fille s'était relevée pour pousser le verrou de sa porte. Dans le silence rétabli, elle avait continué sa lecture jusqu'au moment où les lignes commencèrent à danser devant ses yeux. Son réveil marquait plus de trois heures du matin... Kerrie ferma le livre et éteignit sa lampe de chevet.

Instantanément, elle eut la notion d'un péril. On eût dit que la lumière la protégeait contre une puissance maléfique, guettant dans l'ombre extérieure.

L'envie de dormir abandonna Kerrie comme par enchantement. Immobile dans son lit, elle tendit l'oreille. Aucun bruit, sauf le chant des grillons et ce léger grincement... Au fait, d'où provenait-il ? Kerrie essaya de l'identifier ; oui, cela ressemblait au bruit d'un volet tournant lentement sur ses gonds. Mais il n'y avait aucun souffle de vent pour faire battre les persiennes... Donc, ce grincement n'était qu'un effet de son imagination.

Encore !

La jeune fille se dressa sur son séant, les yeux fixés sur les fenêtres. Dans l'obscurité, elle ne distingua que les rideaux. Grands Dieux ! Ils bougeaient ! Non. Si !

Bah ! Le vent avait dû se lever, voilà tout. Pour s'en assurer, il suffisait de sauter du lit, d'aller jusqu'à la fenêtre et de mettre la tête dehors... Mais encore fallait-il que vos jambes puissent vous porter.

Au lieu de se lever, Kerrie se roula en boule sous son édredon qui l'étouffait presque. Son cœur battait à se rompre... Que faire ? Sauter de son lit, bondir jusqu'à la porte du boudoir qui séparait sa chambre de celle de Vi. Oui, chercher refuge auprès de Vi...

Son cœur s'arrêta brusquement dans sa poitrine.

Il y avait quelqu'un dans la chambre. Cette fois, c'était une certitude.

Kerrie suivit les pas qu'aucune oreille ne pouvait entendre. Ils venaient de la fenêtre et se rapprochaient du lit. Ils s'avançaient vers l'endroit où Kerrie formait une boule pantelante, sous l'édredon.

« Glisse à terre. »

La jeune fille obéit à cet ordre muet. A la même seconde, un objet frappa le lit, à la place qu'elle occupait.

« Crie. »

Kerrie cria de toutes ses forces.

Les yeux bouffis de sommeil, Vi se heurta à son amie, dans le boudoir.

– Kerrie ! Qu'y a-t-il ?

– Vi !... (Kerrie se cramponna à elle, comme un noyé à une bouée.) ... Quelqu'un, dans ma chambre, a essayé... a essayé de...

– Vous avez eu un cauchemar, ma chérie.

– Non. J'étais éveillée. Quelqu'un a grimpé jusqu'à ma fenêtre. Je... Je crois qu'on a essayé de me poignarder.

– Kerrie !

– Quand j'ai crié, il... une forme a sauté dehors par la fenêtre. Je... J'ai vu les rideaux s'agiter.

– Qui était-ce ?

– Je n'en sais rien... Oh, Vi...

– Restez ici...

Vi saisit le lourd tisonnier du boudoir, elle courut dans la chambre voisine et alluma l'électricité. Kerrie la suivit jusqu'au pas de la porte d'où elle surveilla tous ses mouvements.

La chambre était vide ; mais les rideaux remuaient encore légèrement.

Vi s'approcha du lit. Sur le soyeux couvre-pied, on apercevait une coupure fraîche, longue d'un pied. Vi releva l'édredon ; les draps et le matelas portaient la même déchirure. Continuant son inspection, Vi examina les fenêtres.

– Parti sans laisser de trace, murmura-t-elle. Kerrie, n'avez-vous aucune idée...

– N-n-non. Je n'ai r-rien pu v-voir. Il faisait trop s-sombre.

– Ma chérie, il faut...

Un coup frappé à la porte interrompit Vi.

Les deux amies s'entre-regardèrent ; puis Vi demanda :

– ... Qui est-ce ?

– Queen. Que s'est-il passé ? qui a crié ?

Kerrie se calma instantanément.

– N'ouvrez pas, souffla-t-elle. Vous... je suis en chemise de nuit.

Vi tira le verrou pour entrebâiller la porte. Beau était ébouriffé et en pyjama.

– Qu'est-il arrivé ? demanda-t-il tout bas. Où est Kerrie ? C'est bien elle qui a crié ?

– Quelqu'un s'est introduit ici par la fenêtre et a essayé de la poignarder. Ses cris ont mis l'agresseur en fuite.

– Grands Dieux !... (Il y eut un silence ; puis il appela :) ... Kerrie !

– Oui ?

– Vous n'avez aucun mal ?

– Je vais très bien, merci.

Beau poussa un soupir de soulagement.

– Qui était-ce ?

– Je n'en sais rien. Il faisait nuit noire.

– Un coup de poignard, murmura le jeune homme. Ne soufflez mot de ceci à personne. Je... Je veillerai. Désormais, fermez hermétiquement vos portes et vos fenêtres, la nuit !

– Oui, murmura Kerrie.

Peu après, brisée d'émotion, la pauvre petite s'endormit dans le lit, entre les bras de son amie. Vi resta longtemps éveillée, les yeux grands ouverts.

Beau, lui, ne se recoucha pas. Rentré dans sa

chambre, il s'habilla et partit faire une silencieuse ronde d'inspection. Le treillis, sous une fenêtre de la chambre de Kerrie, portait des traces qui révélaient le passage de l'agresseur. Beau grimpa comme un chat le long de la vigne vierge, à la lueur de sa lampe électrique, il l'examina pied à pied ; mais il ne trouva que des feuilles piétinées et, à un endroit, un morceau de treillis cassé.

Ensuite, Beau se mit à la recherche du gardien de nuit ; celui-ci n'avait rien vu, rien entendu.

Rentré dans la maison, notre héros se glissa dans la chambre d'Edmund de Carlos. L'électricité était allumée ; la pièce empestait l'alcool ; Carlos était couché sur le dos, tout habillé ; sa barbe pointait vers le plafond et ses lèvres qui découvraient ses dents blanches laissaient passer un ronflement sonore.

Beau le regarda assez longtemps pour se convaincre qu'il faisait semblant de dormir. Mais au moment de le tirer brutalement de son lit, le jeune homme se ravisa et sortit silencieusement de la chambre.

Jusqu'à l'aube, Beau arpenta le corridor qui commandait l'appartement de Kerrie.

Carlos partit le lendemain pour New York ; son absence se prolongea pendant trois jours. D'après les renseignements recueillis par Beau, il fréquentait assidûment un cercle privé de poker.

Quand il reparut à Tarrytown, livide sous sa barbe et maudissant sa déveine, Kerrie éprouva l'irrésistible envie de fuir la maison. Vi et elle revêtirent un costume de cheval, puis elles descendirent aux écuries.

Un groom sella leurs montures : *Panjandrum* (une jument arabe à la robe blanche que Kerrie adorait) et *Gargantua*, le gros alezan attribué à Vi.

Les deux cavalières trottèrent côte à côte dans les bois odorants où régnait une fraîcheur délicieuse. Le cauchemar d'une nuit récente était oublié... Il faisait bon vivre.

— Que diriez-vous d'un petit galop, Vi ? demanda soudain Kerrie.

Et sans attendre la réponse de son amie, elle piqua des deux. *Panjandrum* partit comme une flèche.

— Kerrie ! appela Vi. Pas d'imprudence !

Mais la jument et sa cavalière avaient déjà disparu derrière un tournant de la piste.

Vi éperonna *Gargantua*, mais le brave cheval se contenta de tourner la tête, comme pour demander ce qu'on lui voulait, et il resta tranquillement au petit trot.

— Hue, lambin ! dit Vi.

Gargantua s'immobilisa. Comme lui, Vi avait entendu un cri perçant et le bruit d'une chute.

— Kerrie !

Les flancs labourés, l'alezan prit le galop. A une centaine de yards après le tournant, la jument blanche barrait la piste. Elle était couchée sur la jambe antérieure droite, cassée comme une baguette et elle essayait désespérément de se relever. Kerrie gisait dans le fourré ; elle ne donnait plus signe de vie.

Gargantua s'arrêta de lui-même pour flairer *Panjandrum.* Vi sauta de sa monture et elle se jeta sur son amie.

— Kerrie ! Ouvrez les yeux ! Oh, Kerrie, répondez-moi !...

La jeune fille poussa un gémissement ; puis elle s'assit, étourdie par le choc.

— ... Comment vous sentez-vous ? Vous n'avez rien de cassé ?

— Je ne crois pas, murmura Kerrie.

— Que s'est-il passé ?

— J'ai été projetée. Ce n'est pas la faute de *Panjandrum* ; elle galopait quand, brusquement, elle fit un faux pas. Je volai par-dessus sa tête. Par miracle, je tombai sur ce tas de feuilles. Et elle ?... (Kerrie vit sa chère jument, couchée en travers de l'allée.) ... Vi ! Elle a une jambe cassée !

Kerrie se releva pour courir à *Panjandrum*. Elle lui flatta doucement le naseau et se força de regarder la pauvre jambe cassée. Le fer à cheval pendait du sabot inerte.

– Vi, s'écria la jeune fille d'une voix horrifiée. Regardez !

– Quoi donc ?

– Le fer à cheval de sa jambe cassée. Il... Mais c'est impossible ! Ce matin même, Jeff Crombie l'a ferrée sous mes yeux ! Il a ferré les quatre sabots, vous m'entendez !

– Je ne comprends pas...

Kerrie tomba à genoux. De ses mains, elle gratta fiévreusement les feuilles mortes et les brindilles qui recouvraient la piste.

– Quatre clous manquent, Vi !

– Vous croyez que quelqu'un a...

– Un... Deux !...

Kerrie s'assit pour examiner les deux clous qu'elle venait de trouver. Ils étaient tordus et entaillés dans le haut.

– ... Quelqu'un a tiré sur ces clous à l'aide d'une pince, Vi. Le fer ne tenait plus qu'à peine... Il devait lâcher après un temps de galop. Sans ce tas de feuilles providentiel, j'aurais été tuée sur le coup... Et ma mort aurait été mise sur le compte d'un accident.

Kerrie flatta la soyeuse encolure ; les yeux fixés sur sa maîtresse, la jument se calmait peu à peu.

– ... Retournez aux écuries et dites aux grooms de venir chercher *Panjandrum*, acheva Kerrie d'une voix durcie. Je resterai avec elle.

– Mais c'est impossible, protesta Vi. Si quelqu'un

venait... Non, Kerrie, je ne vous laisserai pas seule ici !

– Dépêchez-vous, Vi. Et gardez pour vous l'histoire des clous.

Le ton de la jeune fille était si péremptoire que son amie remonta sur *Gargantua* et s'éloigna vers la maison.

Ce soir-là, en sortant de table, Kerrie se déclara courbaturée par sa chute et elle monta directement dans son appartement.

Vi l'y rejoignit au bout de quelques minutes ; après avoir verrouillé toutes les portes, elle demanda :

– Vous êtes toujours persuadée qu'il ne s'agit pas d'un accident, n'est-ce pas ?

Kerrie était blême ; elle répondit :

– Personne n'a jamais monté *Panjandrum* en dehors de moi. Jeff Crombie a ferré ses quatre sabots, sous mes yeux, ce matin. Les clous ont été intentionnellement retirés jusqu'à un certain point... Concluez, Vi. Pour la seconde fois en trois jours, quelqu'un a essayé de me tuer.

– Ma chérie ! Qu'attendez-vous pour appeler la police ?

– La police ne se contente pas de simples soupçons. Il nous faudrait des preuves... Et nous n'en avons aucune !

– Parlez à Ellery Queen. C'est un détective ; il...

– Non ! C'est... Non, Vi, n'insistez pas. Me traîner à ses pieds ! Pour implorer sa protection... Jamais !... (Kerrie s'assit sur son lit.) ... Il n'y a qu'une personne au monde qui bénéficierait de ma mort : Margo ! Elle a les dents tellement longues ! Je sais qu'elle s'est déjà fait avancer plusieurs semaines de revenu ; Mr Goossens me l'a dit hier, quand... quand je l'ai questionné. Margo veut ma part ; l'autre moitié de la fortune qui, à ma mort, lui reviendrait automatiquement. Et puis, cette femme me hait... A cause de lui, Vi. C'est elle qui a essayé de me poignarder l'autre nuit, c'est elle qui a préparé « l'accident » de ce matin.

– Partons d'ici, murmura Vi. Renoncez à cet argent qui ne vous a pas apporté le bonheur. Retournons à Hollywood.

– Je ne me laisserai pas chasser, déclara Kerrie.

– Soyez franche ! s'écria son amie. Ce n'est pas l'argent qui vous retient ; c'est ce bourreau des cœurs, avec son faux air de Bob Taylor !...

Kerrie détourna les yeux.

– ... Vous êtes folle de lui, ne me dites pas le contraire ! Et, parce que vous aimez un type peu intéressant, vous êtes prête à rester sous le même toit qu'une grue remplie d'intentions criminelles ! Ses deux premières tentatives ont échoué, mais elle recommencera, je vous le certifie.

– Je ne me laisserai pas chasser, répéta Kerrie entre ses dents.

7

Rencontre

Le lendemain matin, Kerrie courut aux écuries pour prendre des nouvelles de la jument blessée. Le Dr Pickens, le vétérinaire, lui ayant parlé d'un confrère canadien capable de guérir la jambe cassée d'un cheval, Kerrie avait décidé de lui envoyer *Panjandrum.*

Le pauvre animal reposait sur une litière fraîche. Le Dr Pickens avait raidi le membre fracturé au moyen d'une attelle provisoire ; il avait également emmailloté les autres jambes jusqu'aux genoux. Les beaux yeux de *Panjandrum* étaient ternes.

– Comment va-t-elle ? demanda Kerrie au groom.

– Couci-couça, miss. Le Dr Pickens vient de lui faire une piqûre pour la calmer. Depuis, elle est sage comme une image... Souhaitons que cela dure !

– Pauvre chérie... (Kerrie s'agenouilla sur la paille pour flatter sa jument.) ... J'ai commandé le fourgon ambulance d'un manège new-yorkais. Il sera à onze heures en gare de Tarrytown.

– Le Dr Pickens m'a dit qu'il accompagnait *Panjandrum* au Canada, miss.

– Oui. Et vous aussi, Henry. Il faut que nous la sauvions.

– Dieu veuille que ce soit possible, répondit le groom, sans conviction.

Kerrie se releva. Tout en s'époussetant les genoux, elle demanda d'un ton dégagé :

– A propos, Henry, avez-vous vu miss Cole ce matin ? Je voulais la prévenir...

– Non, je ne l'ai pas vue, miss. Hier, en ramenant *lord Barhust*, miss Cole m'a dit qu'elle ne comptait pas monter aujourd'hui.

– Tiens ! Elle avait donc sorti *lord Barhust*, hier ! Vers quelle heure, Henry ? Je ne l'ai pas aperçue dans le bois.

– Elle avait fini sa promenade quand vous êtes venue chercher *Panjandrum*, miss. Elle s'y connaît en chevaux, miss Cole ! En rentrant, elle a même tenu à desseller *lord Barhust* elle-même.

– Elle est excellente cavalière, déclara Kerrie. Est-elle aussi bonne dans le rôle de palefrenier ?

Henry se gratta la tête.

– A vrai dire, je n'en sais rien, miss, répondit-il. Pendant qu'elle dessellait son cheval, miss Cole m'a envoyé en ville, dans sa voiture, chercher un nouveau produit pour l'entretien des harnais. Quand je revins – quelques instants avant que vous ne paraissiez avec miss Day – *lord Barhust* était dans son box et miss Cole avait quitté l'écurie.

Le cœur de Kerrie bondit dans sa poitrine. Maintenant, elle savait que sa cousine était restée seule dans l'écurie avant... Les outils ne manquaient certes pas et Margo était assez forte pour déferrer partiellement *Panjandrum*. C'était bien Margo !

– Henry, je ne voudrais pour rien au monde que miss Cole pût s'imaginer que je l'espionne. Certaines femmes sont si susceptibles ! (Kerrie sourit au groom.) ... Pour plus de sûreté, ne lui dites pas que je vous ai questionné sur son compte.

– Entendu, miss... (Après une seconde d'hésitation, le palefrenier ajouta :) ... C'est drôle, Mr Queen vient de me faire la même recommandation.

– Mr Queen ? Vous l'avez vu ce matin et il vous a interrogé ?

– Oui, miss. Lui aussi, il m'a questionné sur miss Cole ; puis il m'a bien recommandé de n'en parler ni à elle ni...

Henry se mordit la langue.

– Ni à moi ? insista la jeune fille.

– Hum !... Oui, miss. Je comptais cependant être discret ! Mais cela m'a échappé.

Le groom serra un peu plus fort, dans sa poche, le billet de cinq dollars que Beau lui avait donné.

– Il n'y a pas de mal, Henry, déclara Kerrie. Où Mr Queen est-il actuellement ?

– Je lui ai sellé *Duke* et il s'est éloigné vers le bois.

Kerrie quitta l'écurie. Au bout d'un moment, quand elle se fut assurée que le groom ne la regardait pas, elle prit ses jambes à son cou.

Grâce à ses souliers de sport, Kerrie courait silencieusement sur la piste. Ainsi, Ellery l'espionnait ! Il avait appris son accident !

Seule Margo avait pu le mettre au courant. La veille, il n'avait pas paru à Tarrytown ; mais, juste avant le dîner, il avait téléphoné à Margo... Et celle-ci avait parlé de le rappeler dans la soirée ! C'était à ce moment-là qu'elle avait dû lui apprendre la nouvelle.

Ellery était accouru et il se livrait à une furtive enquête.

Comme Kerrie approchait du lieu de l'accident, un hennissement de *Duke* lui fit quitter la piste pour s'enfoncer dans le sous-bois. Cachée par un écran de feuillage, elle vit *Duke*, attaché par la bride à un arbre. A genoux dans l'allée, Ellery grattait à deux mains le tapis de feuilles mortes et de brindilles. Kerrie le voyait de profil et il paraissait trop absorbé par ses recherches pour se retourner.

Soupçonnait-il la vérité ? Non, c'était impossible. Si ! Il était au courant du premier attentat et « l'accident » lui avait paru louche. A moins que... Mais Kerrie chassa l'horrible pensée de son esprit.

Soudain, un grognement de satisfaction fit sursauter Kerrie. Le jeune homme se releva et il examina attentivement deux morceaux de métal tordu. Les deux autres clous du fer à cheval... Il les avait trouvés !

Kerrie s'enfonça davantage dans les broussailles. Ellery sauta en selle et il s'éloigna au galop vers les écuries.

Il soupçonnait la vérité. A moins que... A moins qu'il ne fût le complice de Margo, accouru de bon matin pour faire disparaître des preuves compromettantes !

Kerrie s'arrêta au milieu de l'allée. C'était impossible. Mais Margo et lui étaient les deux doigts de la main... Ils ne se quittaient plus et, un certain matin, il l'avait embrassée sous sa fenêtre à elle, Kerrie. Depuis, ils recherchaient toujours la solitude et quand elle reparaissait, Margo ressemblait à une tigresse repue. Et lui... Ils ne se quittaient plus : un certain matin, il l'avait dit, dans un moment de franchise. Or, il n'était pas riche... Poussé par une femme belle et sans scrupules, un garçon pauvre était parfaitement capable de...

– Non !

Le son de sa voix ramena Kerrie à la réalité. Elle était seule, au milieu des bois. Si...

Elle reprit posément le chemin du retour ; puis son pas s'allongea. Et bientôt, elle se mit à courir de plus en plus vite, comme une biche aux abois.

A onze heures et quelques, Kerrie arrêta son roadster devant la gare. Le fourgon à chevaux venant de New York était là, sur une voie de garage. Sur le quai, Henry parlait à un employé de la compagnie.

– L'installation dans le wagon s'est-elle bien passée, Henry ? lui demanda Kerrie.

– Parfaitement bien, miss Shawn. *Panjandrum* est installée comme une princesse.

– Je ne vois pas le Dr Pickens ?

– Le train n'est qu'à onze heures cinquante, miss. Le docteur arrivera à temps, soyez sans crainte.

– Je vais aller dire au revoir à ma pauvre *Panjandrum*, murmura Kerrie. Non, je n'ai aucun besoin de vous, Henry.

La jeune fille se dirigea vers la voie de garage. Arrivée près du fourgon, elle s'arrêta... Il y avait quelqu'un à l'intérieur.

Sur la pointe des pieds, Kerrie s'avança jusqu'à la porte ouverte.

Encore !

Le dos vers la porte, il était accroupi devant la jument dont la jambe gauche était démaillotée. Que faisait-il donc ?

Beau poussa un petit grognement de satisfaction ; puis il se redressa et Kerrie vit, dans sa main, le fer à cheval qu'il venait de retirer du sabot gauche.

Après un examen rapide du fer à cheval, Beau l'empocha, avec les clous. Puis il se mit à remmailloter la jambe de *Panjandrum* qui se laissait faire avec une docilité de mouton.

Kerrie comprima son cœur qui battait douloureusement. Hélas ! Aucun doute n'était plus permis. Pour plus de sûreté, Margo avait partiellement déferré les deux sabots de devant ! Nul n'avait songé à regarder celui de gauche... Personne, sauf lui ! Margo l'avait chargé de faire disparaître la preuve de son crime et il avait obéi...

La pauvre petite se ressaisit. Ses découvertes de la matinée lui donnaient au moins un avantage ; il... elle... ils ne se savaient pas démasqués. Tant mieux ! A l'heure actuelle, c'était sa seule sauvegarde.

Kerrie s'éloigna de quelques yards, puis elle revint sur ses pas et s'annonça d'une voix qui ne tremblait pas.

– Dr Pickens ! Etes-vous dans le fourgon ? Je...

Beau parut instantanément à la porte.

– ... Tiens ! s'écria la jeune fille. Je croyais trouver le vétérinaire. Que faisiez-vous avec *Panjandrum* ?

Le jeune homme sauta sur le quai avant de répondre :

– J'ai appris votre accident et...

– Et vous êtes venu offrir vos condoléances à la blessée ?

Il demanda d'un ton brusque :

– Kerrie, vous n'avez aucun mal ?

– Je ne me suis jamais si bien portée, merci.

– J'espère que votre jument pourra être sauvée... A bientôt.

Il s'éloigna et Kerrie monta dans le wagon. Peu après, le Dr Pickens et Henry arrivèrent ensemble ; la jeune fille dut descendre, non sans avoir dit un dernier au revoir à *Panjandrum*.

L'omnibus de onze heures cinquante entrait en gare ; Kerrie ne regagna sa voiture qu'après avoir assisté à l'accrochage du fourgon et au départ du train.

En sortant de la gare, elle aperçut Beau près de son roadster.

– Vous n'êtes donc pas parti ? demanda-t-elle. Je croyais...

Il la saisit par les bras.

– Kerrie ! Ecoutez-moi...

– Vous me faites mal !

– Vous savez ce qui s'est passé l'autre nuit, reprit Beau d'une voix pressante. Il faut que vous soyez...

– Lâchez-moi !...

Elle parvint à se dégager et elle lui donna un soufflet retentissant. Mais ce pitoyable geste de violence ne suffit pas à la débarrasser de toute l'amertume accumulée pendant des semaines ; elle articula d'un ton méprisant :

– Gardez ces manières-là pour les femmes auxquelles elles plaisent !

– Kerrie, murmura Beau avec une douceur soudaine, je voulais vous supplier d'être prudente, voilà tout.

– Prudente ?

Il l'exhortait à la prudence ! Venant après tant d'horribles craintes, le miracle de sa sollicitude emplit Kerrie de joie. Ce n'était donc pas vrai ! Malgré les apparences, il n'était pas le complice de Margo.

Mais la bienheureuse illusion fut dissipée par la phrase suivante du jeune homme :

– Apprenez donc à vous tenir tranquille ! On dirait que vous cherchez exprès à vous rendre intéressante !

Kerrie sauta dans son roadster et elle démarra sans se retourner. De ce fait, elle ne vit pas l'expression torturée de celui qui venait de l'insulter. Au lieu de rentrer, elle prit la route de New York.

Quand Kerrie reçut – avec un permis émanant de la police – un browning à crosse de nacre, elle éprouva une sombre satisfaction. Le petit calibre vingt-deux avait l'air d'un joujou... Mais les munitions qu'il contenait étaient de vraies balles.

8

Piège féminin

Le véritable Mr Ellery Queen posa sur la table le fer à cheval et les clous tordus.

– Kerrie est marquée par la mort, dit Beau qui arpentait le bureau comme un ours en cage.

– Nous la tirerons des griffes de cette femme, murmura Ellery, apitoyé par l'expression torturée de son associé. Malheureusement, une meurtrière capable d'imaginer de tels attentats échappe aux moyens de défense habituels. Je préférerais avoir affaire à une vulgaire empoisonneuse !

– Toutes les précautions sont prises de ce côté-là, répondit Beau. J'ai engagé une ancienne assistante de la police comme aide-cuisinier. Elle ne quitte pas la cuisine.

– Vous êtes certain que c'est Margo Cole ?

– Le groom m'a appris que, le matin même, elle s'était arrangée pour rester seule dans l'écurie occupée par la jument... Ce ne peut être que Margo.

Beau se jeta sur le canapé, et il se tourna vers le mur.

« Pauvre garçon ! songea Mr Queen. Il se trouve dans une situation vraiment impossible. Et cette petite... »

Tout haut, il demanda :

– A votre avis, c'est la même miss Cole qui, précédemment, a essayé de poignarder Kerrie ?

– Nous avions été au dancing, la belle Margo et moi. Au retour, nous vidâmes quelques verres, sur la terrasse. Elle devint très tendre... Trop tendre pour mon goût. J'essayai de lui cacher mes sentiments et d'être à la hauteur... Mais elle est fine, la misérable !...

Beau se retourna brusquement et il s'assit sur le canapé. Mr Queen le laissa parler.

– ... Elle sentit que c'était Kerrie que j'aurais voulu tenir dans mes bras, à sa place. A un moment donné, son sourire me fit frissonner. J'aurais dû me méfier... Mais je ne pensais tout de même pas qu'elle fût capable de cela ! Après m'avoir dit bonsoir, sur la terrasse, Margo rentra dans sa chambre. De mon côté, je fumai une dernière cigarette avant de regagner la mienne. Je ne dormais pas encore quand la pauvre petite poussa cet horrible cri...

– Continuez, dit doucement Ellery.

– Plus tard, quand j'entrai dans sa chambre, Carlos faisait semblant de dormir, mais il était ivre mort. Il se serait cassé le cou avant d'atteindre la fenêtre de Kerrie.

» L'appartement de Margo est situé dans l'autre aile ; mais il donne aussi sur la terrasse. Pour une sportive comme elle, grimper le long de la vigne vierge et du treillis est un jeu d'enfant. Peut-être avait-elle été poussée au crime par ce qu'elle avait lu dans mes yeux, ce soir-là. »

Mr Queen soupira :

– Ce doit être terrible de savoir que l'on est pour cinquante pour cent dans le mobile d'un meurtre.

– Il y a pire ! s'écria Beau. C'est le mal que je suis obligé de faire à Kerrie qui est intolérable. Chaque fois que je lui manifeste une ombre d'intérêt, ses yeux se mettent à briller comme ceux d'un enfant devant un arbre de Noël. Elle... Mais non, il faut éteindre immédiatement cette flamme par une goujaterie impardonnable. A ce train-là, elle finira par me haïr, si ce n'est déjà fait.

– C'est ce que vous cherchez, n'est-ce pas ?

– Oui, répondit Beau avec calme. (Mais, soudain, sa douleur contenue éclata.) ... La pauvre petite s'imagine déjà que je conspire contre elle avec cette Margo !

– Rien n'est plus naturel, murmura Mr Queen. Votre manège avec sa cousine, l'attentat criminel... Toutes les apparences sont contre vous, mon pauvre vieux.

– On voit bien que vous ne l'aimez pas, vous ! Si vous étiez à ma place...

– Je suis un spécialiste du crime, non un héros de roman, Beau.

– Donnez-moi un conseil, au moins ! Il faut que je trouve un moyen de sortir de ce pétrin... Par exemple ! Vous n'écoutez même pas !

Mr Queen releva la tête avant de répondre :

– La moitié de mon esprit enregistrait vos paroles ; l'autre moitié était aux prises avec un problème particulièrement ardu, Beau. Quel rapport y a-t-il entre les agressions commises contre Kerrie Shawn et les événements qui précédèrent et accompagnèrent le décès de Cadmus Cole ?

– Je ne sais qu'une chose : Margo Cole veut supprimer Kerrie en qui elle voit un obstacle entre nous. Second mobile, probablement plus important pour une nature comme la sienne : la disparition de Kerrie doublerait son revenu.

– Vous croyez que les racines de ces agressions plongent dans le passé et que nous assistons au développement d'un plan datant de plusieurs mois ?

– Je suis persuadé que Margo est responsable du décès de Cole ?

– Comment cela ? La soupçonneriez-vous d'avoir été sur l'*Argonaute* ?

– Pourquoi pas ? D'ailleurs, sa présence à bord n'est pas indispensable ; Carlos a fort bien pu se charger d'exécuter le programme criminel. Margo et lui affectent de s'ignorer... Mais cela ne prouve rien.

– Nous manquons de données, soupira Mr Queen. Avez-vous entendu parler d'Angus et de l'équipage ?

– Oui. Ce matin, j'ai reçu un rapport de Santiago de Cuba. Mon envoyé a retrouvé la trace de l'opérateur de T.S.F. et de trois membres de l'équipage ; ils sont à bord d'un cargo qui partait à l'autre bout du monde ! Aucune nouvelle du commandant et des autres membres de l'équipage. On dirait qu'ils sont morts.

Mr Queen prit son chapeau en disant :

– Continuez à veiller sur votre bien-aimée et ne vous laissez pas aveugler par vos soupçons sur Margo. Il y a d'autres possibilités, Beau. Cette affaire est infiniment moins simple qu'elle n'en a l'air, croyez-moi. Ne perdez de vue aucun des quatre points cardinaux ; la lumière peut jaillir du côté le plus inattendu. En sous-main, je vous aiderai de mon mieux.

– Ne pourriez-vous parler un peu plus clairement ? demanda Beau, irrité.

– Non, hélas ! Je suis moi-même dans la nuit.

Le dimanche suivant, Kerrie voulut profiter d'un radieux soleil pour aller déjeuner sur l'herbe avec Vi.

– Si nous trouvons un ruisseau, nous prendrons un bon bain pour nous ouvrir l'appétit, déclara-t-elle pour achever de décider Vi.

Les deux amies trouvèrent le ruisseau idéal ; puis

elles dévorèrent les provisions que le chef avait mises dans le roadster. Pour la première fois depuis des semaines, Kerrie retrouva son rire insouciant.

La nuit tombait quand Vi et elle rentrèrent à Tarrytown.

– Le grand air m'a grisée, dit Vi en bâillant. Dans cinq minutes, je serai couchée et endormie.

– Bonne nuit, bébé, dit Kerrie en souriant.

Quand elle s'arrêta devant le perron pour permettre à Vi de descendre, elle attendit que le maître d'hôtel eût emporté le panier à pique-nique ; puis elle conduisit sa voiture au garage.

Situé derrière les écuries, le garage était un long bâtiment divisé en six compartiments. Chacun de ces boxes possédait une double porte et était séparé des autres par une cloison de briques.

Kerrie fit entrer son roadster dans le second compartiment, entre ceux de la camionnette et de la puissante limousine d'Edmund de Carlos. La camionnette était à sa place. Kerrie s'étonna vaguement que la porte fût restée ouverte... Les quatre autres étaient fermées.

Dans le garage, la jeune fille coupa le contact, mit la clef dans son sac et avança la main pour éteindre les phares. Sa main resta en l'air... Derrière elle, une porte venait de claquer. Etonnée, Kerrie se retourna ; la double porte était fermée ! « C'est curieux, songea-t-elle. Il n'y a pas de vent, ce soir. Allons voir. »

Après être descendue et avoir allumé l'électricité, elle essaya de pousser le double battant. A cette seconde, quelqu'un donna un tour de clef au cadenas extérieur. Le cœur de Kerrie s'arrêta dans sa poitrine. Prisonnière !

– Hep ! cria-t-elle de toutes ses forces. Vous m'avez enfermée ! Je...

Nul ne lui répondit et elle n'acheva pas sa phrase. A

quoi bon ? Bah ! En mettant les choses au pis, quelqu'un viendrait la délivrer le lendemain matin. Mais une voix lui souffla : « Vi est couchée. Le maître d'hôtel ne se renseignera pas pour savoir si tu es rentrée ou non. Personne ne sait que tu es ici. Tu es prise au piège, ma petite. »

Kerrie eut un rire nerveux. Cette porte fermée à double tour la protégeait contre les attaques de l'ennemi... De l'ennemie, plus exactement. Dans les quatre murs du garage, on ne voyait pas une ouverture suffisante pour permettre à une souris de passer. Pas de fenêtre. Près du toit, dans le mur mitoyen entre son compartiment et celui de la camionnette, il y avait bien la grille du radiateur, mais les tuyaux de l'appareil se trouvaient derrière, entre les grilles jumelles des deux compartiments voisins. Seule une mouche pourrait utiliser cette route pour passer d'un garage dans l'autre.

– Ouvrez-moi !... (Elle tapa sur les lourds battants, sans réussir à les ébranler.) ... Ouvrez !

Kerrie frappa de plus en plus fort, jusqu'à ce que ses mains fussent meurtries. Quand elle s'arrêta enfin, elle prit conscience d'un ronronnement assourdi qui semblait provenir du box occupé par la camionnette. Elle tendit l'oreille. Oui, le moteur tournait à fond, comme si quelqu'un écrasait la pédale de l'accélérateur.

La jeune fille courut à la grille. Dressée sur la pointe des pieds, elle cria :

– Au secours ! Je suis enfermée à côté ! Au secours !

Seul le claquement de la porte du garage voisin lui répondit. Puis, dominant le bruit du moteur emballé, Kerrie entendit des pas qui s'éloignaient.

Pour la troisième fois, le spectre de la mort lui apparut. Quelqu'un l'avait emprisonnée dans le garage, avait mis le moteur de la camionnette en marche, bloqué l'accélérateur, fermé la porte à clef et pris la fuite... Quelqu'un l'avait condamnée à mourir asphyxiée par les émanations de gaz carbonique produites dans le box voisin et qui, bientôt, envahiraient l'autre compartiment par les grilles du radiateur.

Kerrie examina la situation avec un sang-froid qui, en toute autre circonstance l'eût étonnée elle-même. La maison était trop éloignée pour que ses cris pussent être entendus ; à cette heure-là, il n'y avait plus personne aux écuries... Les chevaux ne pouvant lui porter secours, il était inutile d'appeler.

Comme elle s'asseyait sur le marchepied de son roadster, une pensée soudaine lui traversa l'esprit : brûler le moins d'oxygène possible ; donc, éviter les mouvements inutiles... Le gaz carbonique était-il plus léger ou plus lourd que l'air ? Dans ce dernier cas, la couche mortelle se formerait sur le sol et monterait peu à peu. Ah ! il y avait un moyen de savoir...

Kerrie se coucha par terre, la joue pressée contre le ciment froid. Mais elle se releva bientôt, découragée. A quoi bon ? Tous ses efforts n'empêcheraient pas le gaz mortel d'envahir le garage ; ils n'empêcheraient pas ses poumons d'épuiser le peu d'oxygène qui restait... Ensuite, ce serait la mort.

La mort ! Une révolte soudaine s'empara de la jeune fille. Il devait y avoir un moyen de se défendre contre ces perfides émanations.

Théoriquement, elle pouvait se sauver soit en arrêtant la fuite de gaz, soit en sortant du garage. Pouvait-elle empêcher le gaz d'envahir son compartiment ?

Il lui suffit de regarder en l'air pour écarter cet espoir. Certes, avec des morceaux d'étoffe arrachés à ses vêtements, elle pourrait obstruer l'espace entre les deux grilles et réduire considérablement la fuite. Mais, avant tout, il fallait atteindre la grille ! Hélas ! Sans échelle, c'était impossible. Même en montant sur la capote du roadster, elle serait encore beaucoup trop petite...

Pouvait-elle sortir du garage ? Des murs solides, pas de fenêtre... Ah ! La porte ! Non, sans hache, rien à espérer de ce côté-là.

Soudain, Kerrie laissa tomber sa tête dans ses mains. Un étau semblait enserrer ses tempes, martelées comme au début d'une forte migraine.

Déjà !

« Réfléchis. Réfléchis donc ! »

Prise de panique, Kerrie examina la porte. Puis elle éclata de rire. Avait-elle été sotte ! Les gonds !

Le premier outil, un simple tournevis ferait l'affaire. Dieu merci, le sac à outils du roadster était là, à portée de main. Même si les gonds du haut étaient hors d'atteinte, elle pourrait toujours, après avoir sorti ceux du bas, pousser la porte en dehors et ramper jusqu'à l'air libre.

Kerrie courut à la voiture. Pleine de confiance, elle souleva le siège avant...

Le sac à outils avait disparu.

Aveuglée par les larmes, Kerrie fouilla toutes les poches de la voiture. Elle s'écorcha un doigt jusqu'au sang, se pinça la main dans la portière... « Peu importe. Cherche. N'importe quoi fera l'affaire. Une clef anglaise... N'importe quoi... »

Il ne restait plus un seul outil. Tous avaient été volés.

Kerrie se jeta contre la lourde porte. Une fois, deux fois... « Non, ne fais pas cela. Tu t'épuises inutilement. Réfléchis. Réfléchis... »

Pantelante, les tempes serrées, en proie aux premiers vertiges accompagnés de nausées, la pauvre petite s'adossa contre le mur.

Soudain, un phare s'alluma dans les ténèbres de son esprit. Le browning ! Le matin même, de très bonne heure, elle l'avait glissé dans une poche du roadster. Certes, elle avait fait de courtes absences... Non, il était là où elle l'avait mis. Il devait y être. Oui, elle pourrait faire sauter les gonds, la serrure... Feu ! Feu !

Pleurant et riant à la fois, elle se traîna jusqu'à la voiture ; elle ouvrit la portière, glissa la main dans la poche, croyant déjà sentir le contact froid de l'arme providentielle.

Son sang se glaça dans ses veines. Le petit browning à la crosse incrustée de nacre avait été volé, comme les outils.

Sa dernière chance, son dernier espoir.

TROISIÈME PARTIE

9

Le geste de Beau

Dernier espoir. Dernier espoir...

Les deux mots tragiques s'accordaient aux battements de ses tempes. Kerrie se traîna de nouveau jusqu'à la porte ; elle se coucha sur le dur ciment, le nez collé contre l'étroite rainure de la porte, docile aux conseils que lui soufflait l'instinct de conservation : « Reste immobile. Respire lentement et régulièrement. Ménage l'oxygène. » La pauvre petite donna de l'air à ses poumons comme l'explorateur perdu dans le désert et mourant de soif se verse les dernières gouttes d'eau.

Déjà, elle ne percevait plus le contact froid du ciment ; elle ne sentait que le goût fétide de la mort et les battements tumultueux de ses tempes. Dernier espoir. Dernier espoir.

L'arrêt était-il sans appel ?

Mentalement, Kerrie fit l'inventaire du garage. Vite, vite ! Bientôt, sa vue serait complètement brouillée ; bientôt ces horribles nausées lui auraient ôté jusqu'au désir de vivre ; bientôt elle s'abandonnerait à l'inconscience, dernière étape avant la mort.

Le garage. Trois murs sans autre ouverture que la grille inaccessible. Le quatrième, avec une double porte verrouillée... Sans outils, rien à faire de ce côté. La porte était plus forte qu'elle.

Qu'y avait-il encore, dans ce garage ? Elle-même ; ses mains fragiles, ses doigts, ses ongles... A quoi lui serviraient-ils pour attaquer la brique, le béton, le bois dur ?

Si seulement le maître d'hôtel n'avait pas retiré le panier à pique-nique ! Il contenait des couteaux, des fourchettes... Mais le panier n'était plus dans la voiture.

Panier. Voiture.

Voiture !

Avec l'énergie du désespoir, Kerrie s'attacha à la nouvelle idée qui venait de lui traverser l'esprit.

Oui, la voiture pouvait servir d'instrument. Enfoncer la porte ! Oui, c'était possible...

Prise d'une sorte de fièvre, elle se releva d'un bond, mesura l'espace entre la porte et le pare-choc arrière du roadster. Quatre pieds environ. C'était peu, mais, néanmoins, cela pouvait suffire. Restait un gros point noir : mettre la voiture en marche, autrement dit produire de nouvelles émanations mortelles.

Dans sa tête, le martèlement s'intensifiait. Kerrie cligna des yeux ; mais sa vue resta brouillée. Que lui arrivait-il donc ? Oh ! L'asphyxie... La mort ! Non, il lui restait une dernière chance.

Saisir cette ultime planche de salut.

A quatre pattes, Kerrie parvint à gagner la portière de sa voiture. « Monte dedans. Monte ! »

Elle se mordit la lèvre inférieure. Le sang coula sur sa robe, mais elle ne ressentit aucune douleur. « Monte ! Bien. Maintenant, mets la voiture en marche. »

Mettre la voiture en marche. Ah ! oui, la clef. Après avoir coupé le contact, où l'avait-elle mise, la clef ?

Kerrie regarda ses mains. Celle de gauche était crispée sur quelque chose... Elle l'ouvrit avec la droite. La clef ! Oui, c'était bien la clef qu'elle n'avait lâchée à aucun moment.

Elle tomba sur le volant, tâtonnant avec la clef pour trouver la petite serrure du contact ; la clef glissa, égratigna le tableau de bord, manqua l'étroite fente. Kerrie mordit sa lèvre ensanglantée ; cette fois, elle ressentit une vive douleur. « Mords. Plus fort. » Elle poussa un cri, mais sa vue s'éclaircit momentanément.

« Ah ! La clef est entrée. Tourne-la. Bien. Maintenant, le démarreur. Pose le pied droit sur le démarreur. Oh ! Cette maudite jambe qui n'obéit plus ! »

Pour la déplacer, Kerrie dut prendre sa jambe à deux mains. Enfin, la semelle de son soulier atteignit le démarreur. « Appuie. »

Le bruit du démarrage la réveilla un peu. « Vite. Vite, avant qu'il soit trop tard.... Pied gauche, débrayage. Pied droit, accélérateur. Main droite, levier de changement de vitesse. Marche arrière. Accélère ! Accélère ! »

Le roadster recula. *Boum !*

En avant. En arrière. *Boum !*

« Pas assez fort. Calé ! Remets en marche. Plus fort. Accélère davantage. »

Les bourdonnements d'oreilles augmentaient encore. *Boum !* En avant. *Boum !* Calé. Démarreur. En avant. *Boum !*

« C'est mieux. Le bois de la porte a craqué. Ne te retourne pas. Tiens bon et avale ta salive pour combattre les nausées. Lâche une pédale quand tu appuies sur l'autre. Pied gauche. Pied droit. »

Boum ! « La porte cède. Ne pense qu'à cela. Tu touches au but. La prochaine fois peut-être... » En avant. En arrière. *Boum !*

Kerrie s'évanouit au moment où le roadster fit sauter la double porte. Il fonça à reculons dans la nuit et, Dieu merci, fut arrêté par un gros hêtre qui se trouvait à quelques yards de là.

Dans le choc, la jeune fille fut projetée sur l'herbe. Elle ne sentit pas, sur sa bouche, sur ses narines pincées, les baisers de résurrection, les baisers avides de l'air pur.

Beau n'arriva pas à Tarrytown avant la nuit tombée. Il entra par la porte de service et commença par interroger son assistante, une grosse femme aux yeux perçants.

– Que s'est-il passé aujourd'hui ?

– Miss Shawn et miss Day sont parties de bonne heure, en auto, pour faire un pique-nique. J'ai aidé le chef à préparer leurs provisions de bouche. De ce côté-là, rien à faire, Mr Rummell.

– Cette journée à la campagne, seule avec Vi... Quelle imprudence ! murmura Beau. Et les autres ? Miss Cole et Mr de Carlos ?

– Miss Cole n'a pas quitté la propriété. Elle a donné une garden-party intime ; ensuite, elle a dîné seule et elle est montée dans son appartement. En sortant de table, elle a demandé votre numéro de téléphone.

– Je sais. Et Mr de Carlos ?

– Mr de Carlos a donné une petite fête nautique, dans la piscine, en l'honneur du ménage Goossens et de quelques autres amateurs de gin. A seize heures trente, Mr de Carlos était déjà ivre mort et son valet de chambre a dû l'aider à regagner son appartement.

– Quand les deux jeunes filles sont-elles rentrées ?

– Il y a une heure environ. Miss Day s'est couchée immédiatement ; le maître d'hôtel m'a dit que miss

Shawn avait été rentrer sa voiture au garage ; elle a dû monter directement chez elle.

Beau fit le tour du château, puis il alla frapper à la porte de Kerrie. Ne recevant pas de réponse, il entra. Personne !

– Vi ! appela-t-il en traversant le boudoir qui séparait les chambres des deux amies. Vi !

Les yeux bouffis de sommeil, drapée dans un kimono mauve, Vi sortit de sa chambre.

– Que me voulez-vous ? demanda-t-elle.

– Je cherche Kerrie. Où est-elle ?

– Kerrie ? Comment, elle n'est pas rentrée du garage ? Je me suis endormie et...

Mais Beau courait déjà vers l'escalier. Il sauta dans sa voiture et prit la direction du garage. Deux phares immobiles brillaient dans la nuit. Le jeune homme mit pied à terre et il courut vers le roadster à l'arrière défoncé contre le tronc du gros hêtre. Kerrie n'était pas dedans.

Intrigué, Beau regarda autour de lui. Les faisceaux lumineux des phares éclairaient les portes du garage ; la seconde était démolie... Beau alla l'examiner et il constata la disparition du verrou. Tiens, cela sentait le gaz carbonique ! Cependant, on n'entendait aucun bruit de moteur en marche. Les cinq autres portes étaient fermées ; tout paraissait extrêmement calme.

Quelques bonds ramenèrent notre héros près du roadster.

– Kerrie ! Kerrie !

Il la trouva enfin, gisant inanimée sur le gazon.

Au même instant, Vi arriva en courant. Elle avait enfilé un manteau de petit-gris sur son kimono, ses cheveux flottaient sur son dos et ses yeux étaient agrandis par la peur.

– Kerrie ! Est-elle... Est-elle morte ?

– Non. Son cœur bat très fort. Kerrie !

Beau secoua le corps inerte.

– Mais... Mais que s'est-il passé ?

– On dirait qu'elle s'est trouvée enfermée dans le garage et qu'elle a dû défoncer la porte pour en sortir. Kerrie !... (D'une main, le jeune homme souleva la tête abandonnée ; de l'autre, il gifla les joues blêmes.) ... Kerrie ! Réveillez-vous. C'est...

Enfin, la pauvre petite entrouvrit des yeux ternes. Elle poussa un gémissement et balbutia :

– Je... Qui est-ce ? J'y vois mal.

– C'est... C'est Ellery Queen. Comment...

Mais Vi le repoussa et lui coupa la parole.

– C'est Vi, ma chérie ! Que s'est-il passé ?

– Garage. Gaz carbonique...

Kerrie reperdit connaissance.

– Gaz carbonique ! s'écria Beau. Du café noir. Vite !

Vi partit comme une flèche.

Beau allongea Kerrie sur le dos et il pratiqua la respiration artificielle.

La jeune fille revenait à elle quand Vi, suivie de Margo et de plusieurs domestiques, revint avec une cafetière fumante et un verre.

Margo Cole était à moitié déshabillée. Elle courut vers Beau et commença, d'une voix haletante :

– Vi dit... Asphyxie par le gaz carbonique... Que...

Beau l'ignora complètement. Il remplit le verre de café et, après avoir assis Kerrie, il l'obligea à boire. Comme elle se débattait faiblement, il lui pinça la nuque pour la forcer à avaler un premier verre, puis un second.

– Buvez. Aspirez profondément. Buvez.

Au centre d'un groupe silencieux, Kerrie suivit docilement les instructions du détective.

– Bien, dit enfin Beau. A-t-on pensé à appeler un médecin ?

— Oui, monsieur, répondit le maître d'hôtel. J'ai téléphoné au Dr Murphy, de Tarrytown.

La tête de Kerrie reposait lourdement sur l'épaule de Beau.

— Kerrie, dit-il. Mettez les bras autour de mon cou. Je vais vous porter jusqu'à ma voiture. Accrochez-vous.

— Comment ? murmura-t-elle en entrouvrant les yeux.

— Laissez-vous faire...

Il la souleva comme une plume. Au bout d'un moment, elle noua ses bras autour de son cou.

Quand Kerrie ouvrit les yeux, elle conservait de sa tragique aventure une impression de cauchemar. Garage, mauvaise odeur, voiture, manœuvres, ombres dans la nuit, *lui*... O douceur d'être dans ses bras, en paix, malgré les nausées et le brouillard qui vous sépare du monde !

Puis, comme dans un film, la scène se transportait dans sa chambre. Quelqu'un avait ouvert toutes les fenêtres ; Vi l'avait déshabillée et couchée. A ce moment-là, elle avait été prise de vomissements... Plus tard, il lui avait caressé la main en lui répétant de ne penser à rien, de fermer les yeux, de respirer profondément et d'essayer de dormir. A son tour, un inconnu s'était approché et il lui avait fait une piqûre. L'air. Le bon air pur... L'anéantissement du sommeil.

Dans un rayon de soleil, Kerrie vit Beau, penché sur son lit, guettant son réveil. Elle lui jeta les bras autour du cou et l'attira vers elle en sanglotant.

— Là, là ! Kerrie, murmura le jeune homme. C'est fini maintenant. Vous n'avez plus rien à craindre.

— Si vous saviez... Si vous saviez ! Le garage. Quelqu'un m'avait enfermée dedans... Quelqu'un avait mis la camionnette en marche, dans le compartiment voisin. Les émanations ont envahi le mien par la grille du radiateur... Tout s'est brouillé. J'étais prise d'affreuses nausées. Mes outils, mon browning, volés... Impossible de sortir...

Beau resserra son étreinte. Quand il l'avait trouvée, la veille, le cadenas n'était plus sur la porte défoncée, le moteur de la camionnette était arrêté. Celui ou celle qui avait essayé de tuer Kerrie était revenu effacer les traces de son crime : enlever le cadenas et couper le contact. Si Kerrie n'avait pas réussi à se sauver, si elle était morte comme une souris dans un piège, l'on n'aurait eu qu'à déplorer « un banal accident de garage ». L'explication aurait été parfaitement simple ! Pour une raison ou une autre, la victime s'était évanouie avant d'avoir coupé le contact et elle avait été asphyxiée par les émanations de son moteur. Un crime impossible à prouver, un « accident », comme une mauvaise chute de cheval.

Les larmes tièdes coulaient de la joue de Kerrie sur celle de Beau. Elle continua :

– ... Je croyais que vous étiez son complice. Pardon. J'étais folle. Je vous aime tant. Plutôt mourir que de m'enfuir en vous laissant à cette femme. Je vous aime.

– Je sais, ma petite. Moi aussi...

– C'est vrai ?... (Elle lui prit le visage à deux mains et elle l'éloigna du sien avec un sourire incrédule.) ... Oui, c'est vrai ! Mon chéri...

Le médecin ouvrit la porte et il toussota discrètement.

– Excusez-moi... Je viens...

Beau sortit en titubant.

Margo le fit attendre un quart d'heure. Notre héros la trouva drapée dans une robe d'intérieur qui découvrait ses beaux bras ; artistement fardée et coiffée, elle était étendue sur un divan.

A peine la porte refermée sur la soubrette, Margo se leva et vint à lui.

Beau la prit dans ses bras. Au bout d'un moment, elle se dégagea en disant :

– Vous arrivez bien tard, méchant ! Venez.

Elle l'attira vers le divan.

– J'ai été retenu jusqu'à maintenant.

– Par Kerrie ? Naturellement... (Malgré le ton dégagé de sa voix, elle s'écarta imperceptiblement.) ... Et comment va-t-elle, la chère petite ? J'imagine que vous l'avez veillée toute la nuit.

– Il fallait bien que quelqu'un se dévouât, n'est-ce pas ?

Beau avait répondu d'un ton ennuyé, mais il prit soin de ramener son interlocutrice contre lui.

– Vous... C'est bien vous qui l'avez trouvée, hier soir ?

– Heureusement pour vous, ma jolie.

– Qu'entendez-vous par là ?

Selon son habitude, elle ouvrit de grands yeux remplis d'une innocence enfantine.

– Vous me comprenez parfaitement, répondit Beau.

– Mais non, je le jure. La nouvelle de la dernière mésaventure de Kerrie m'a vivement impressionnée. Décidément, elle n'a de chance ni avec les chevaux ni avec les garages... Est-elle remise, ce matin ?

– Elle va mieux ; mais ce n'est certes pas à vous qu'elle le doit... (Beau rit et il s'allongea sur le divan, à côté de la jolie fille qui s'appuya contre lui.) ... Avouez que ce dernier coup était un peu osé, acheva notre héros d'un ton mi-indulgent, mi-amusé.

– Ce dernier coup ? répéta-t-elle avec une moue perplexe. (Puis elle rit avant d'ajouter :) ... Vous croyez que j'ai enfermé Kerrie dans le garage, avec l'espoir qu'elle n'en sortirait pas vivante ?

– Vous l'avez dit.

Margo articula d'une voix durcie :

– Je n'aime pas ce genre de plaisanterie, mon cher.

– Moi non plus. C'est pourquoi je me permets de vous donner un conseil amical.

– Vous avez de la chance de me plaire autant, mon chéri, murmura-t-elle doucement. Sans quoi, je pourrais vous poursuivre en diffamation.

– Si je n'avais pris vos intérêts à cœur, je ne vous donnerais pas cette preuve de sollicitude.

– A cœur ! Tâtez-vous, misérable. Cet organe vous manque. Des pieds à la tête, vous êtes en pierre.

Il eut un sourire irrésistible.

– Comparez-moi plutôt à du charbon. Dur, froid et noir... Jusqu'à ce que l'on allume du feu dessous.

– Vous n'êtes qu'un tas de cendres !

– Grattez la cendre et vous trouverez la braise...

Elle se leva brusquement et alla vers la fenêtre.

– ... Revenez, méchante.

Margo hésita une seconde avant d'obéir. Beau lui prit les mains ; puis il ajouta :

– ... Vous ne me croyez donc pas ?

– Dans quel sens ?

Il l'enlaça.

– Ne sentez-vous pas que vous n'avez rien à craindre de moi, ma petite ? Nous sommes faits pour nous entendre, voyons ! Malheureusement, vous êtes un peu sotte.

– Merci !

– Vous péchez par excès d'impulsion. C'est le défaut de votre sexe et la raison pour laquelle une meurtrière se fait presque toujours pincer. Pour commencer, vous vous imaginez que j'aime Kerrie Shawn.

– Vous ne l'aimez pas ?

– Ce petit paquet d'os ? Non, je préfère votre type.

– Mon type ?

– Je suis fou de vous, Margo. Vous le savez... Oubliez cette absurde méfiance ! Ai-je l'air de jouer la comédie en ce moment ?... (Il l'attira dans ses bras.) ... Est-ce de la comédie, ceci ?

Quand il prit sa bouche, Margo ferma les yeux. Au bout de quelques secondes, elle répondit passionnément à son baiser.

– Attendez, attendez... (Haletante, elle le repoussa.) ... Vous dites que vous ne l'aimez pas. C'est très joli, mais les hommes sont si menteurs ! Vous aviez une façon de la regarder... Et, hier soir encore...

Beau l'interrompit avec irritation.

– Vous déciderez-vous à comprendre que je me moque de cette mauviette ? Mais je suis plus fort que vous, ma jolie. Je sais jouer la comédie, moi ? Et vous feriez mieux de suivre mon exemple au lieu de vous passer bêtement la corde fatale autour du cou !

– Je... Je ne vous comprends pas.

– Vous voulez sa galette, n'est-ce pas ? demanda le jeune homme d'un ton brutal. Bien. Par quels moyens cherchez-vous à doubler vos revenus ? En essayant de supprimer l'autre héritière. C'est trop dangereux, pauvre imbécile ! Un peu plus de doigté, que diable ! Vous pouvez obtenir, sans aucun risque, ce que vous voulez...

Margo l'attira contre elle et colla sa bouche contre son oreille.

– ... Vous pouvez l'obtenir et moi aussi, grogna-t-il.

Elle murmura quelques mots.

– ... Et nous partageons le butin, acheva Beau.

Elle embrassa une ligne qui allait de son oreille à sa bouche.

Plus tard, en quittant cette femme, Beau entra dans une salle de bains et il se rinça longuement la bouche.

Quand il revint de New York, dans le courant de l'après-midi, Beau trouva Kerrie sur la terrasse. Elle l'attendait. Le bonheur l'avait ressuscitée, mais elle n'osait encore y croire... Peut-être n'était-ce qu'un rêve merveilleux ?

Le baiser de Beau fut la meilleure des réponses. Elle lui sauta au cou en s'écriant :

– C'est donc vrai ! Mon chéri. Dites-moi que vous m'aimez...

Beau la pressa sur son cœur. Frissonnante de joie, elle murmura :

– ... Vous m'aimez. Je me moque de tout le reste.

– Faisons un tour, dit Beau.

Enlacés, ils prirent le chemin du bois odorant. Au bout d'un moment, Kerrie dit :

– L'avenir n'est pas tout rose, certes. Il y a tant de choses que je ne comprends pas ! A commencer par votre attitude, mon chéri... Mais non, j'ai résolu de ne penser ni à hier ni à demain. Il fait trop bon aujourd'hui !

Beau s'assit sur une vieille souche vermoulue. Kerrie s'allongea sur la mousse et elle posa la tête sur ses genoux.

– ... Qu'avez-vous, mon chéri ? murmura-t-elle. Vous avez l'air soucieux.

Le jeune homme jeta une brindille qu'il mâchonnait.

– Kerrie, il faut regarder la situation en face, commença-t-il. Vous courez un grave danger, ma petite.

– Oublions cela aujourd'hui. Je...

– C'est malheureusement impossible. Vous êtes menacée, et il faut trouver un moyen d'écarter ce danger. Votre oncle m'avait payé pour trouver ses héritières ; ma mission terminée, j'aurais dû m'éloigner au lieu de gâcher votre tranquillité.

– Ne dites pas cela ! protesta tendrement Kerrie.

– Je me serais effacé si... Si je n'avais eu des raisons de supposer que votre oncle Cadmus avait été assassiné. Je le crois encore.

Elle blêmit.

– Mais, Ellery, je ne comprends pas...

Beau la releva et il l'assit sur ses genoux avant de répondre :

– Je ne comprends pas davantage. Mais le dernier mot n'est pas dit... J'espère en avoir le cœur net et démasquer le... ou la coupable.

– Margo, souffla Kerrie. Margo ! Elle a essayé de me tuer, Ellery. Mais comment aurait-elle pu... L'oncle Cadmus est mort en mer.

– Nous ne connaissons qu'une partie des faits. Comprenez-vous maintenant pourquoi votre cousine Margo m'intéressait tant ?

– Mon chéri ! Pourquoi m'avoir fait des cachotteries ? (Kerrie quitta ses genoux pour se planter devant lui.) ... Ne pourrions-nous la dénoncer à la police ?

– Sans preuves ? Impossible. Elle est très forte, Kerrie. Pour l'instant, nous n'avons que des soupçons, même en ce qui concerne vos « accidents » manqués.

– Que faire ?

– Vous marier, Kerrie.

Un silence. Puis elle dit d'une voix mal assurée :

– Qui m'épouserait, même si j'étais assez sotte pour renoncer à deux mille cinq cents dollars par semaine ?

– Moi.

– Mon chéri... (Elle se jeta dans ses bras.) ... Si vous m'aviez répondu autrement, je me serais tuée !

– Il faudra dire adieu à cette fortune, Kerrie, dit-il doucement.

– Sans regret !

Beau caressa ses cheveux.

– A Hollywood, j'ai été sur le point de vous le demander, mais je me suis tu pour ne pas vous priver de tout ce que l'argent pouvait vous donner. Maintenant, le cas est différent. Il ne s'agit plus de choisir entre la fortune et...

Beau la pressa sur son cœur.

– Je me moque de l'argent ! s'écria Kerrie. A l'heure actuelle, Vi est mon seul point noir, Ellery. Pauvre Vi, elle sera obligée de retourner à...

– Toujours la même ! l'interrompit le jeune homme en souriant. Ne pourriez-vous pas, pour une fois, penser un peu à vous ? Du fait de votre mariage, votre part de revenus ira automatiquement à Margo. Une fois son but atteint, elle n'essayera plus de vous supprimer et vous serez à l'abri.

– Mais vous lui plaisez, Ellery. Vous lui plaisez beaucoup. Si vous m'épousez, ne cherchera-t-elle pas à se venger ? Une femme jalouse est capable de tout...

Beau l'interrompit vivement :

– Margo se tiendra tranquille, j'en réponds.

– Mais...

– Kerrie, me ferez-vous confiance oui ou non ?

Elle répondit, en riant :

– Oui... Si vous m'épousez aujourd'hui même !

Intérieurement, Kerrie ajouta : « Quand nous serons mariés, je n'aurai plus rien à redouter des autres femmes, mon chéri. J'ai tant d'amour à vous donner ! »

– Est-ce une demande en mariage ?

– Je vois mal comment j'aurais pu la formuler plus clairement ! Oh ! Où avais-je la tête, Ellery ? Comment pourriez-vous m'épouser aujourd'hui ? Nous n'avons même pas de licence !

– Ne vous avais-je pas dit de me faire confiance

une fois pour toutes ? (Beau lui sourit.) ... La semaine dernière, je me suis procuré cette fameuse licence. Nous nous marierons ce soir, dans le Connecticut.

– Ellery ! Est-ce possible ?

Kerrie courut jusqu'à la maison ; Beau la suivit plus lentement et avec une expression assombrie.

10

Mariage

Dans la voiture qui l'emportait avec son fiancé – et Vi, naturellement – vers le Connecticut, Kerrie vit défiler sous ses yeux les diverses scènes de cette journée mouvementée.

Comme toujours, Vi s'était montrée parfaite. Certes, elle était tombée des nues en apprenant la brusque décision de son amie ; certes, elle avait immédiatement compris que son « conte de fées » personnel était terminé... mais elle s'était contentée de serrer Kerrie sur son cœur en lui demandant : « Etes-vous vraiment heureuse, ma chérie ? Etes-vous certaine que vous ne regretterez pas, tôt ou tard, le sacrifice que vous faites à ce garçon ? » Puis, sur une double réponse affirmative de Kerrie, elle l'avait tendrement embrassée, portée sur son lit, et avait fait toutes les valises.

« Ellery » les avait trouvées prêtes à partir. A cet instant, une petite discussion avait éclaté à propos de la cérémonie. Beau tenait à ce que le mariage fût célébré dans le plus grand mystère.

– Quand les journalistes s'empareront de cette nouvelle, ils ne vous lâcheront plus, avait-il déclaré. Sans me vanter, ce n'est pas tous les jours que l'on voit une femme renoncer, par amour, à deux mille cinq cents dollars par semaine !

Kerrie avait faiblement protesté :

– Mais, mon chéri, ne pourrais-je avoir quelques amis autour de moi... On ne se marie qu'une fois ! Je...

– Vous voilà prévenu, mon cher Ellery, s'était écriée Vi. « On ne se marie qu'une fois. » Pour qui le divorce a-t-il donc été inventé ?

Pour toute réponse, « Ellery » avait embrassé sa fiancée ; mais il avait imposé son idée de mariage secret. Conséquemment, il avait téléphoné à un ami discret, juge de paix dans le Connecticut ; puis il s'était assuré pour vingt-quatre heures la complicité de toute la maisonnée, Margo et Carlos en tête.

Jamais Kerrie n'oublierait la scène d'adieux avec Margo. En apprenant la grande nouvelle, cette femme étrange s'était contentée de demander :

– Vous renoncez à la fortune de l'oncle Cadmus ?

– Oui.

– Pourquoi ?

– Ellery et moi, nous nous aimons.

– Ah ! Je comprends... (Margo s'était tournée, avec un demi-sourire, vers l'heureux fiancé.) ... Toutes mes félicitations et mes vœux de bonheur...

C'était incroyable. Margo paraissait presque contente ! Certes, le mariage de sa cousine doublerait automatiquement ses revenus, mais Kerrie aurait juré qu'elle aimait « Ellery »... Autant qu'une créature de son espèce pouvait aimer quelqu'un. « Me serais-je entièrement trompée sur son compte ? » s'était demandé Kerrie. Celle qu'elle prenait pour une rivale avait continué, avec un calme déconcertant :

– ... Vous vous mariez immédiatement ?

A quoi « Ellery » avait répondu :

– Nous partons dans dix minutes et nous serons unis avant la fin de la journée.

– Un enlèvement ! C'est tout ce qu'il y a de plus romanesque... Puis-je vous rendre un service quelconque, Kerrie ?

– Je ne vois rien... Merci. Naturellement, nous emmenons Vi.

– Mais, avec cette précipitation, vous n'avez pu penser à tout. Avez-vous pris des dispositions relatives à votre banque, à l'expédition de vos affaires personnelles et tout ce qui s'ensuit ?

– Tout cela peut attendre. Adieu, Margo.

– Adieu.

Les deux cousines avaient échangé un regard impénétrable. Puis Edmund de Carlos était entré, ivre à son habitude.

– Qu'est-ce que j'apprends ? s'était-il écrié. Commettez-vous vraiment la folie d'épouser Queen, Kerrie ?

– Oui, Mr de Carlos.

– Par exemple ! Mais cela signifie...

– Je sais, Mr de Carlos. Cela signifie que j'abandonne une rente viagère de deux mille cinq cents dollars par semaine pour un individu qui ne tardera probablement pas à me battre. Maintenant que la situation est nettement définie, au revoir tout le monde.

Carlos et Margo avaient tenu à assister au départ. Carlos personnifiait la stupéfaction ; quant à Margo, belle à ravir dans une robe blanche qui scintillait au soleil couchant, elle avait conservé jusqu'au bout son demi-sourire énigmatique.

Ce sourire semblait avoir jeté un sort sur les voyageurs. Depuis le départ de Tarrytown, Beau conduisait en silence, Kerrie poursuivait une longue rêverie et, derrière eux, Vi faisait moins de bruit qu'une souris.

« Qu'avons-nous donc ? songea Kerrie avec un

malaise croissant. Ceci n'est pas un enlèvement... C'est un enterrement. Pourquoi est-il si grave ? Pourquoi Vi est-elle devenue muette ? »

Inconsciemment, ils subissaient tous trois l'influence de celle qu'ils avaient laissée seule reine et maîtresse de Tarrytown. A cette minute même, Margo devait promener son sourire triomphant autour de son domaine...

« Son sourire triomphant ! » C'était bien cela. Pourquoi triomphait-elle à ce point ? Le couronnement de ses ambitions financières suffisait-il à Margo Cole ? Le plaisir secret exprimé par son sourire avait-il, au contraire, une raison plus profonde, plus haïssable qu'une satisfaction d'intérêt ?

Kerrie se pencha sur l'épaule de Beau et elle lui embrassa doucement le bout de l'oreille. Il répondit par un grognement.

Vi dit soudain :

– Soyez donc un peu plus empressé auprès de votre fiancée, mon cher. Après le sacrifice qu'elle vous a fait, cette petite est en droit d'attendre certaines compensations.

– Vi ! s'écria Kerrie d'un ton fâché.

Mais les yeux de Beau restèrent fixés sur la route et le silence se rétablit. Aucun mot ne fut prononcé jusqu'à la frontière du Connecticut. Soudain, les sentiments refoulés de Kerrie explosèrent.

– Si vous n'avez pas envie de m'épouser, faisons demi-tour, et n'en parlons plus !

Beau sursauta, et il la regarda du coin de l'œil.

– Kerrie ! Où allez-vous chercher des idées semblables !

– J'y vois clair maintenant, reprit la jeune fille. Vous ne m'aimez pas. Vous m'épousez pour me sauver la vie ! Vous ne m'avez jamais aimée... Voilà pourquoi elle souriait ainsi...

– Elle ?

Kerrie se mordit la lèvre.

– Peu importe. Vous vous sentez certainement une âme de Don Quichotte, mais je veux un mari et non un garde du corps ! Ramenez-moi à Tarrytown, je vous prie.

Elle s'écarta le plus possible de lui et se fit toute petite dans son coin.

Beau arrêta sa voiture sur l'accotement de la route. Il lança par-dessus son épaule :

– Cette jeune personne est difficile à convaincre. Excusez-nous, Vi...

Puis, saisissant Kerrie par la taille, il l'attira contre lui.

Peu après, la jeune fille noua ses bras autour de son cou. Quand il la lâcha enfin, il lui demanda :

– ... Doutez-vous encore de mes sentiments ?

Les yeux brillants, Kerrie se retourna vers son amie pour lui dire avec une sincère confusion :

– Ce monstre a de ces arguments... Oh, Vi, je fais appel à toute votre indulgence.

Mais Vi dormait... Ou faisait semblant de dormir.

Finalement, Beau s'arrêta un peu avant Greenwich, dans la cour herbeuse d'une maison qui paraissait abandonnée depuis des années. Sur la porte, on lisait cet écriteau :

MARIAGES

JUSTICE DE PAIX

W. A. JOHNSTON

Quelques marches vermoulues conduisaient au perron ; l'une d'elles était en partie effondrée ; la cour ressemblait à celle d'un chiffonnier et les murs, jadis blancs, étaient revêtus d'une épaisse couche de saleté.

– Charmant endroit pour échanger des promesses, remarqua Vi. Où nous emmenez-vous, Queen ? Dans une maison hantée ?

– Johnston est un vieil ermite, bougonna Beau. Etes-vous prête, miss Shawn ?

– Je... Oui, mon chéri.

– Du courage, ma petite, reprit Vi. Dieu merci, ce genre d'exécution n'est pas définitif. A condition d'avoir un bon avoué, vous pourrez, à votre heure, ressusciter d'entre les morts.

– La... la licence est bien en règle ? murmura Kerrie. Je croyais que la signature de la femme était indispensable. Mais...

– Cette formalité existe pour le commun des mortels, oui, l'interrompit Beau. Mais, sans me vanter, mon père occupe un poste assez important à New York.

– Votre père, c'est vrai... Dire que je n'ai pas encore rencontré l'inspecteur Queen ! Mais, ici, nous ne sommes pas à New York, nous sommes dans le Connecticut. Croyez-vous...

– Cessez donc de vous tracasser à tort et à travers, grogna le jeune homme. Venez...

Il souleva sa fiancée de terre, monta les marches vermoulues et la déposa sur le perron. Kerrie se laissa faire en riant et en protestant pour la forme.

Un grand individu décharné, portant de grosses lunettes, une tignasse grise et une moustache embroussaillée vint répondre au coup de sonnette de Beau.

– Entrez ! s'écria-t-il avec un large sourire. Je vous attendais, monsieur.

Beau fit les présentations :

– Mr Johnston. Miss Shawn. Miss Day.

– Ah ! Voici la charmante mariée... (L'étrange personnage s'inclina galamment devant Kerrie.) ... Mes compliments, Mr Queen. Veuillez me suivre.

Kerrie se mordit la lèvre pour ne pas rire. Quel singulier mariage ! Et quel cadre pour une cérémonie nuptiale ! L'antichambre était absolument vide et, dans le bureau du juge de paix, il y avait tant de poussière que Vi se mit à éternuer bruyamment. Du coup, Kerrie éclata de rire et Vi de même... Les deux amies échangèrent tout bas leurs impressions.

Beau et Johnston examinaient ensemble la licence. Oui, quel singulier mariage... Mais, dans le cœur de Kerrie, il n'y avait qu'un grand amour qui occupait toute la place.

– Sans regret ? murmura Vi.

– Sans l'ombre d'un regret, répondit Kerrie en lui serrant la main.

Les deux hommes revinrent vers elles. Le juge de paix avait un air très « officiel » et il toussota comme un homme qui se prépare à accomplir un acte important. Cette fois, Kerrie ne put contenir sa surprise.

– Mais ne nous faut-il pas deux témoins, Mr Johnston ? demanda-t-elle.

– Assurément, ma chère enfant, s'empressa de répondre le juge de paix. J'allais justement déplorer l'absence de Mrs Johnston, qui n'est pas encore rentrée de Greenwich. Si vous n'êtes pas trop pressés...

– Nous avons déjà un témoin en la personne de miss Day, l'interrompit Beau. Personnellement, je n'ai guère envie d'attendre... Et vous, Kerrie ?

– Moi non plus.

Mr Johnston dit vivement :

– Je comprends. Le cas se produit parfois... Si vous n'élevez pas d'objection, miss Shawn, je ne vois qu'un moyen de tourner la difficulté : saisir un témoin au passage, si je puis m'exprimer ainsi.

– Choisissez-le bien ! s'écria Vi en riant.

Le juge de paix sortit sur la route et les trois jeunes gens l'entendirent crier à des automobilistes de s'arrêter. Au bout d'un moment, il ramena triomphalement un piéton qui titubait d'une façon si inquiétante que Beau dut le soutenir pendant toute la cérémonie pour l'empêcher de s'écrouler.

C'était le bouquet. Kerrie eut tant de mal à conserver son sérieux qu'elle entendit à peine les paroles qui l'unissaient à l'homme de son cœur. La joyeuse exclamation de Vi la fit sursauter :

– Réveillez-vous, Mrs Queen. Vous êtes bel et bien mariée !

– Je suis... Oh, Vi !

Elle tomba dans les bras de son amie pendant que Beau déposait le pochard dans un fauteuil et payait le juge de paix. Puis, très pâle, il s'avança vers sa femme.

– C'est le plus beau jour de ma vie, murmura la nouvelle épousée. Mon chéri, qu'attendez-vous pour embrasser Mrs Queen ?

Sans un mot, il la prit dans ses bras.

11

Nuit de noces

Enfin, les jeunes mariés se trouvèrent seuls, dans un petit appartement de l'hôtel *Villanoy*, en plein centre de New York. Au passage, ils avaient déposé Vi dans une pension de famille proche ; puis Beau avait déclaré :

– Nous descendrons au *Villanoy*. Nul ne s'avisera de nous chercher là !

Certes, l'idée de passer sa lune de miel à New York n'avait jamais effleuré Kerrie... Mais elle s'était contentée de poser la tête sur l'épaule de son mari en murmurant :

– Désormais, toutes les décisions vous appartiennent, mon chéri.

L'appartement se composait d'un boudoir, d'une chambre avec des lits jumeaux et d'une salle de bains. Après avoir inscrit, sur le registre de l'hôtel « Mr et Mrs Ellery Queen », Beau avait demandé une chambre à deux lits ; naturellement « Mrs Ellery Queen » n'avait rien dit...

Pendant que Kerrie inspectait son petit domaine provisoire, Beau resta planté au milieu du boudoir, son chapeau sur la tête et une cigarette éteinte entre les doigts.

« Il a l'air un peu godiche », songea sa jeune épouse

avec un secret amusement. Puis à voix haute, elle demanda :

– Ne me ferez-vous pas l'honneur de rester un moment, Mr Queen ?

– Kerrie !

Rien qu'au ton de sa voix, elle pressentit une catastrophe... Mais ne l'avait-elle pas pressentie, plus confusément, tout l'après-midi ?

– Oui, mon chéri ?

Le ton était léger à souhait et, quand il leva les yeux, Beau la vit souriante, devant lui.

– Je suis obligé de sortir, Kerrie.

– Maintenant ?

– Maintenant. Avez-vous faim ?

– Pas le moins du monde. Qu'est-ce qui vous appelle dehors ?

Kerrie regretta instantanément sa question.

– Une affaire. Dans toute cette précipitation... Je vais vous faire apporter un petit souper.

– Ne prenez pas cette peine. Si je désire quelque chose, je téléphonerai à la réception... (Kerrie lui tourna le dos et elle souleva une de ses valises.) ... En avez-vous pour longtemps ?

– Non ! Laissez-moi faire cela... (Il lui prit la valise des mains et la porta dans sa chambre ; puis il retourna chercher les autres. Sans répondre à sa question, il acheva :) ... Installez-vous en attendant mon retour. Cela vous occupera et...

Kerrie l'interrompit en se jetant dans ses bras :

– Mon chéri ! Ce n'est pas... Il n'y a rien de fâcheux ?

– Quelle idée, ma petite ! Je suis obligé de faire une course, voilà tout.

– Suis-je sotte ! s'écria-t-elle gaiement. Mais vous faites une de ces têtes... On jurerait que vous êtes sur le point de me quitter pour toujours ! Vous n'abandonneriez pas ainsi la femme que vous venez d'épouser, Mr Queen ?

– Ma chérie... (Il l'embrassa sur le bout du nez, sur la fossette de son menton et, finalement, sur la bouche.) ... A bientôt, Kerrie.

La porte se referma sur lui.

– Ellery ! Revenez !

Seul le claquement de la porte d'entrée lui répondit.

La pauvre délaissée se jeta en sanglotant sur un des lits.

Soulagée par sa crise de larmes, Kerrie se leva, se recoiffa et se poudra soigneusement. Il allait rentrer d'une minute à l'autre... Quelle horreur s'il la trouvait laide ! Ensuite, elle défit ses valises ; quand enfin tout fut en ordre, sa montre lui apprit qu'il était près de vingt-trois heures. Plus de deux heures s'étaient écoulées depuis son départ !

Kerrie alluma une cigarette et s'assit devant une des fenêtres ouvertes du boudoir. Après un moment, elle décrocha le récepteur du téléphone.

– Allô ! Ici, Mrs Queen. Mr Queen n'a pas téléphoné ou envoyé un message pour moi ?

– Nous n'avons rien reçu, madame.

– Merci.

Kerrie raccrocha avec un soupir ; puis elle regarda par la fenêtre. Le boudoir et la chambre donnaient sur une cour en forme d'U. Les fenêtres d'en face étaient obscures ; mais la pièce la plus proche du boudoir, sur le mur perpendiculaire, était éclairée. L'hypoténuse de l'angle formé par les deux fenêtres ouvertes mesurait à peine huit pieds. A travers le store baissé, Kerrie vit une ombre traverser la pièce. Peu après, l'électricité s'éteignit et le store remua légèrement.

Pourquoi tardait-il tant ? Avait-il été renversé par une voiture ? Non, s'il lui était arrivé quelque chose, elle aurait été prévenue. Non, s'il ne rentrait pas, c'était de propos délibéré.

L'heure avait sonné de regarder la vérité en face. Il l'avait demandée en mariage, l'avait conduite chez un juge de paix minable, épousée à la cloche de bois, ramenée secrètement à New York et déposée à l'hôtel comme... comme une valise remplie de vieux chiffons. Le misérable n'avait jamais eu l'intention de revenir.

Pour mieux sentir l'air frais sur son visage enflammé, Kerrie releva de chaque côté les rideaux de dentelle.

Vi... Elle pourrait appeler Vi.

Non, plutôt mourir. Pas cette nuit. Dût-elle passer toute sa nuit de noces assise devant cette fenêtre, elle n'appellerait pas Vi.

A minuit, Kerrie téléphona de nouveau au bureau de l'hôtel. Aucun message. Elle le savait ; mais le fait de téléphoner l'avait occupée un instant.

La pauvre petite alla boire un verre d'eau dans la salle de bains ; comme elle traversait la chambre, on frappa à la porte. Son cœur bondit dans sa poitrine. Il était revenu ! Rien ne comptait plus, puisqu'il était là !

Elle courut ouvrir la porte.

Souriante, Margo Cole se tenait sur le seuil.

— Puis-je entrer ?

— Allez-vous-en, murmura Kerrie.

— C'est peu aimable de votre part, Mrs Queen. Vous ne voudriez pas claquer la porte au nez de votre cousine ?

— Allez-vous-en ou j'appelle.

Margo franchit le seuil et referma doucement la porte derrière elle.

– Le moment me paraît mal choisi pour un esclandre, déclara-t-elle aussitôt.

– Que désirez-vous ?

– Etes-vous réellement mariée ?

– Oui ! Maintenant, veuillez vous retirer.

– Pas avant de vous avoir appris certaines choses.

– Si vous ne sortez pas immédiatement, j'appelle mon... mon mari !

– Faites-le, ma chère, répondit l'autre avec un sourire.

Les deux cousines se dévisagèrent en ennemies. Puis Kerrie balbutia :

– Vous étiez au courant !

– Naturellement, ma chérie. Sachant la mariée seule, j'ai eu la bonne pensée de venir la consoler.

– Où est-il ?

Margo fit le tour du boudoir et examina d'un œil critique l'ameublement de série, les gravures sans valeur, les vases vides...

– ... Comment saviez-vous qu'il m'avait quittée ? Comment saviez-vous que nous étions à New York et dans cet hôtel ?

– Tout était arrangé entre nous, ma chère.

Kerrie retourna s'asseoir dans le fauteuil placé devant la fenêtre. Tout tournait autour d'elle, mais elle parvint à allumer une autre cigarette et à dire, d'un ton posé :

– J'imagine qu'il s'agit d'une de vos petites plaisanteries habituelles.

Margo répondit, avec un sourire moqueur :

– Pauvre petite ! Je rends hommage à votre cran et à votre talent de comédienne. Mais il n'en demeure pas moins vrai que vous êtes une imbécile ! Vous l'avez épousé... Franchement, je ne vous croyais pas bête à ce point. Son plan a réussi ; je n'osais l'espérer !

Kerrie s'étouffa avec la fumée et elle jeta sa cigarette par la fenêtre ouverte.

– Son plan ?

– C'est vrai, vous l'ignoriez... Mais oui, ma chère, c'est lui qui a tout manigancé. Vous souvenez-vous d'hier soir et de votre petit accident dans le garage ? Après vous avoir trouvée et portée dans votre chambre, il passa toute la nuit auprès de vous, n'est-ce pas ? Il est si intelligent ! Mais ce matin, pendant la visite de votre médecin, il vint me voir... Moi !

– C'est faux !

– Interrogez-le. Il resta longtemps chez moi et tout ce qui s'est passé aujourd'hui fut convenu entre nous ; mais l'idée venait de lui, je le répète... (Margo eut un rire odieux.) ... Oui, ma chère. Je fus la première informée de votre mariage et de l'endroit où s'écoulerait votre « lune de miel » !

– Sortez !

– Pas encore...

Margo posa ses mains gantées sur le dossier du fauteuil occupé par Kerrie. Celle-ci l'entendait respirer, mais elle ne tourna pas la tête pour la regarder.

– ... Pas avant de vous avoir montré l'étendue de votre sottise. C'est ma vengeance, ma petite. Vous l'aimez assez pour lui sacrifier une fortune et vous l'avez épousé. Mais pourquoi vous a-t-il épousée, lui ? Parce qu'il m'aime, moi !

– Non. Non...

– S'il vous aime, pourquoi vous a-t-il quittée, le soir de vos noces ?

– Il a été obligé de sortir... Il va rentrer sous peu...

– Rien ne l'appelait dehors. Il m'a obéi, voilà tout. Les hommes sont faibles, aussi ai-je pris mes précautions. Vous êtes amoureuse et, dans un genre insignifiant, vous ne manquez pas d'attraits... Pour plus de sûreté, je lui avais fait promettre qu'il n'y aurait pas de nuit de noces ; je vois qu'il a tenu parole.

– Ce sont des mensonges, souffla Kerrie.

– Mais l'idée de vous épouser afin que l'autre moitié de la fortune laissée par l'oncle Cadmus me revienne est de lui seul. De fait, votre part m'appartient désormais. Que vous reste-t-il, ma chérie ? Ni argent, ni mari... Maintenant que nous vous avons dépouillée, vous pouvez demander le divorce si le cœur vous en dit ! Trop tard ! Le fait d'avoir été mariée, fût-ce pendant quelques heures, vous ôte tout droit à l'héritage de l'oncle Cadmus. Avais-je tort de vous traiter d'imbécile ?

Kerrie n'eut pas besoin de se retourner pour savoir que les yeux de sa cousine jetaient des éclairs de triomphe haineux ; le ton de sa voix suffisait. Elle dit avec calme :

– Restez, Margo. Je ne vous laisserai pas sortir. Vous attendrez ici jusqu'au retour d'Ellery.

– Il ne reviendra pas. A votre place, je referais mes valises et je m'en irais.

– Je veux voir votre tête quand il réfutera vos mensonges. Je veux que vous restiez...

– Je serais enchantée de vous tenir compagnie, ma chère. Malheureusement, j'ai d'autres choses à faire... D'ailleurs, cela ne servirait à rien, croyez-moi.

Kerrie murmura :

– Si c'était vrai, je crois que... Oui, je pourrais le tuer.

– Bel exemple de reconnaissance ! s'écria Margo en riant. Le tuer ! Vous devriez le remercier à genoux, ma petite. Vous lui devez la vie ; l'ignoriez-vous vraiment ? En vous épousant, il vous a sauvé la vie, je le répète... Et avant cela, vous aviez été préservée par une chance inouïe. Sans votre bonne étoile, vous seriez sous terre depuis longtemps ; l'ignoriez-vous aussi ?...

« Que dit-elle ? » songea vaguement Kerrie.

– ... Aviez-vous pris cette petite visite nocturne, dans votre chambre, pour une plaisanterie ? Vous imagineriez-vous, par hasard, que votre jument fit une chute accidentelle et que votre aventure d'hier soir, dans le garage, fut causée par un fâcheux concours de circonstances ou par simple négligence ? Croyez-vous vraiment tout cela ?

– Non ! Je connais la vérité. Je la connais depuis le début. A trois reprises, vous avez essayé de me tuer, je le sais !

– Vraiment ?... (Margo rit avec insolence.) ... Félicitations. Vous êtes fine comme une mouche. Mais je n'ai pas imaginé toute seule ce plan d'agression. J'ai eu un collaborateur.

Kerrie se redressa dans son fauteuil.

– Un collaborateur ! s'écria-t-elle.

– Oui. Nous étions deux : moi et...

Kerrie crut que le monde explosait au-dessus de sa tête. Aveuglée par trois éclairs successifs, assourdie par les détonations, elle ferma les yeux.

Un cri retentit derrière son fauteuil. Il fut suivi par le bruit d'une chute.

La jeune femme rouvrit les yeux pour regarder droit devant elle, dans la cour éclairée par la lune. Le store de la fenêtre, séparée de la sienne par une diagonale inférieure à huit pieds, ce store se souleva pour laisser passer une main... Et cette main fit le geste de lancer quelque chose. La seconde d'après, un objet vola au-dessus de la tête de Kerrie et tomba lourdement sur le tapis.

Kerrie se leva ; elle trébucha sur le corps de Margo et, machinalement, ramassa l'objet qui venait d'être lancé dans la pièce. Elle le retourna plusieurs fois, ne pouvant en croire ses yeux.

Son browning à la crosse incrustée de nacre ! Son petit calibre vingt-deux ! Il avait disparu de la poche de son roadster... Et maintenant, il fumait...

Brusquement, Kerrie retrouva ses esprits. Serrant le browning dans sa main, elle s'agenouilla près de Margo, affreusement défigurée par trois horribles blessures. L'œil gauche en bouillie, la joue droite et la gorge ouvertes...

Margo ne bougeait plus. Elle était morte. Quelqu'un l'avait abattue de trois coups de feu tirés depuis la fenêtre située près de l'angle du mur. La fenêtre dont le store avait remué.

Margo était morte.

On frappa à la porte. Toujours agenouillée et serrant l'arme dans sa main, Kerrie se retourna.

Debout sur le seuil du boudoir, l'air égaré, son mari regardait tour à tour la dépouille ensanglantée et le browning que Kerrie tenait dans sa main.

QUATRIÈME PARTIE

12

Que personne ne bouge

– Elle est morte, articula Kerrie d'une voix calme. Margo est morte. Elle n'a plus qu'un œil et elle est toute barbouillée de sang... Regardez comme elle est drôle ! Les balles ont sifflé au-dessus de ma tête. Je l'ai entendue mourir, derrière moi.

Kerrie se mit à rire. Du coup, Beau qui était resté pétrifié sur le seuil retrouva l'usage de la parole et de ses jambes.

– Kerrie !

Il tomba à genoux près d'elle, l'entoura de ses bras et appuya sa joue contre sa poitrine. La vue de ces yeux éteints, de ce visage blême et immobile comme un masque de cire lui était intolérable.

L'horrible rire, le rire de folle s'arrêta. Kerrie murmura :

– Elle était venue me torturer. Elle m'a dit que tout avait été arrangé entre vous, l'enlèvement, le mariage... tout ! Elle m'a dit que vous l'aviez prévenue que vous m'amèneriez ici. Votre plan. Vous ne m'aimiez pas ; vous l'aimiez, elle. Vous m'avez épousée afin de vous emparer de l'argent que l'oncle Cadmus m'avait laissé et de le partager avec elle. Vous étiez d'accord, elle et vous, pour...

– Kerrie, assez !

– Puis elle me parla des tentatives d'assassinat. Elle se vanta d'en être l'auteur... Elle et une autre personne.

– Une autre personne ! Qui ?

– Elle allait la nommer quand trois coups de feu, par la fenêtre...

La fenêtre. Beau se leva et alla vers la fenêtre ouverte. Kerrie, assise devant, dans ce fauteuil ; Margo, debout derrière elle... Une ligne de tir droite. La gorge, l'œil... Browning.

Beau dit d'une voix rauque.

– Le browning. Que s'est-il passé ?

– Il m'appartient. Je l'ai acheté le jour où vous m'avez recommandé d'être prudente. Hier, quelqu'un l'a volé dans la poche de ma voiture ; je me suis aperçue de sa disparition quand j'étais enfermée dans le garage.

– Votre browning !... (Beau fit un pas vers elle ; puis il s'arrêta.) ... Mais voyons, je ne comprends pas. S'il vous avait été volé...

Kerrie leva vers lui ses yeux ternes.

– Une main l'a jeté ici, de cette fenêtre... Il fumait encore. Une main...

Elle regarda la sienne avec une complète indifférence ; sa main toujours crispée sur le petit browning à la crosse incrustée de nacre.

D'un bond, son mari fut près d'elle. Il la secoua de toutes ses forces en disant :

– Ne comprenez-vous donc pas ? C'est une machination ! L'assassin de Margo a jeté le browning dans l'espoir de vous faire inculper à sa place ! Levez-vous. Partons immédiatement.

– Comment ?

Visiblement, elle s'efforçait de comprendre, sans y parvenir. Il la mit debout et la gifla brutalement.

– Kerrie ! Pour l'amour du ciel, ressaisissez-vous ! Il faut que je vous sorte d'ici avant...

– Que personne ne bouge !

Beau s'immobilisa. Dans ses bras, Kerrie restait inerte et sa main pendante tenait toujours l'arme du crime.

Le jeune homme s'injuria : « Imbécile. Maudit imbécile ! Tu ne lui as même pas enlevé le browning ! Trop tard. Tout le monde l'a vu. Si, du moins, tu avais donné un tour de clef ! Non, pas même cela ! »

Deux hommes barraient l'ouverture de la porte : le gérant et le détective de l'hôtel. Ce dernier, un solide gaillard, brandissait un gros pistolet automatique.

« De ce côté-là, rien à faire. Les fenêtres ? Dix-sept étages au-dessus de la rue... Rien à faire non plus. La fuite ? Une idée absurde. Nous sommes inscrits sur le registre de l'hôtel. Réfléchis. Tu as été au-dessous de tout jusqu'à maintenant. Ressaisis-toi. »

Les yeux fixés sur le browning de Kerrie, le détective s'avança. De la main droite, il pointait le calibre trente-huit sur eux ; de la gauche, il tira un mouchoir de sa poche. Il connaissait trop bien son métier pour désarmer Kerrie lui-même.

– Lâchez le rigolo, ordonna-t-il.

– Oh !

Elle obéit.

– Bien, dit le détective. Vous, mon garçon, poussez-le, du bout du pied, dans ma direction.

Beau obéit à son tour. L'arme glissa sur le tapis. Le détective l'arrêta du pied et, sans quitter les jeunes gens des yeux, il étendit son mouchoir dessus avant de le ramasser.

Beau souffla dans l'oreille de Kerrie :

– Kerrie, vous m'écoutez ?...

La tête brune remua légèrement sur sa poitrine.

– ... Je vais m'esquiver ? Vous comprenez ?...

Elle se cramponna instinctivement à lui.

– ... Ne dites pas un mot, pas une syllabe. A toutes les questions, si innocentes soient-elles en apparence, répondez que vous ne savez rien. Les policemen seront ici d'un instant à l'autre, ne vous laissez pas intimider par eux. Motus jusqu'à mon retour, c'est promis ?

La joue de Kerrie se pressa davantage contre son cœur.

– Assez de chuchoteries ! déclara le détective en empochant le browning, enroulé dans le mouchoir.

– Puis-je bouger, maintenant ? demanda Beau. Je suis complètement engourdi.

– Approchez. Lâchez madame. Haut les mains !

Beau obéit en levant les épaules. Toute chancelante, Kerrie fit les quelques pas qui la séparaient du fauteuil et s'y affala ; le gérant de l'hôtel ferma vivement la fenêtre et il se planta devant.

Après avoir palpé Beau sur toutes les coutures, le détective bougonna :

– Ça va. Mettez-vous dans ce coin et restez tranquille... (Sur ces mots, il s'agenouilla près de la dépouille et colla son oreille sur sa poitrine.) ... Elle est morte, reprit-il. Vous feriez bien de téléphoner au Bureau central, Mr O'Brien. De mon côté...

La porte du boudoir claqua. Les deux hommes se retournèrent ensemble. Beau avait disparu.

Etouffant un juron, le détective bondit vers la porte. Le gérant sauta sur Kerrie et il la maintint de force dans son fauteuil, comme s'il s'attendait à une seconde tentative d'évasion.

– N'appuyez pas si fort, murmura Kerrie. Vous me faites mal.

Le gérant parut décontenancé ; il saisit le téléphone et donna le signalement de Beau à l'opérateur de l'hôtel.

— Qu'on empêche cet homme de sortir ! acheva-t-il.

Kerrie ferma les yeux. Elle tombait de fatigue et d'inanition.

Beau monta quatre à quatre l'escalier de service. Les autres s'imagineraient qu'il était descendu...

Arrivé sur le palier désert du vingtième étage, il courut vers l'ascenseur le plus proche, et il pressa le bouton « Descente ». Les liftiers venant des étages supérieurs n'avaient pu être alertés, donc, il n'y avait qu'à payer d'audace.

L'ascenseur s'arrêta pour prendre notre fugitif. Le liftier et les trois passagers somnolents ne lui prêtèrent aucune attention ; Beau se fit déposer à l'entresol.

Par la cage de l'escalier principal, il vit le hall dans lequel régnait une grande effervescence. Le détective de l'hôtel parlait en gesticulant à un policeman de ronde ; la porte était déjà gardée... Sans s'attarder davantage, Beau se glissa dans une cabine téléphonique et il composa un numéro.

— Allô ! répondit une voix ensommeillée.

— Ellery ! Ici, Beau.

La voix de Mr Queen retrouva instantanément sa vivacité habituelle.

— Qu'y a-t-il ?

— Margo vient d'être abattue. Je vous parle du *Villanoy* et j'ai tout l'hôtel à mes trousses.

— Margo ? Que faisait-elle au *Villanoy* ? Qui est l'assassin ?

— Je n'en sais rien...

Beau résuma les événements de la soirée, et il répéta ce que Kerrie lui avait dit avant d'être interrompue par le gérant et le détective.

— Où avez-vous laissé Kerrie ? demanda Mr Queen.

– Dans l'appartement 1724. La pauvre petite n'a pas retrouvé ses esprits. Venez au plus vite, El.

– J'accours.

– En dehors de Kerrie, de l'assassin et de nous deux, nul n'est au courant de ce que je viens de vous dire au sujet de l'autre chambre. J'ai recommandé à Kerrie de se taire ; il faut que nous fouillions cette pièce avant les policemen !

– Quel est son numéro ?

– Après le numéro 1724, le couloir fait un coude à angle droit... C'est la première chambre de l'autre côté du tournant : le numéro 1726, j'imagine. Pouvez-vous entrer dans l'hôtel sans vous faire pincer ?

– J'essayerai.

– Faites vite. J'entends des voix qui approchent...

– Sous quel nom êtes-vous inscrits, Kerrie et vous ?

– Mr et Mrs Ellery Queen.

Le véritable Mr Ellery Queen poussa un grognement.

– Avez-vous pensé que le très honorable inspecteur Queen sera chargé d'éclaircir cette affaire criminelle ?

– Grands dieux !

Beau raccrocha lentement ; puis il sortit de la cabine et s'avança en allumant une cigarette vers le salon de correspondance situé de l'autre côté de la cage d'escalier. Le détective de l'hôtel et un policeman allaient de table en table afin d'examiner, sous le nez, les clients surpris par cette interruption.

Beau aborda les deux représentants de l'autorité avec ces mots :

– Puis-je vous aider, messieurs ?

Le détective écarquilla les yeux ; puis il cria :

– C'est lui, Fogarty !

Les deux hommes se jetèrent sur Beau. Après avoir

paralysé la main armée du détective en lui serrant le poignet, notre héros demanda :

– Pourquoi ces manières brutales ? Je me suis rendu, n'est-ce pas ?

Les autres demeurèrent cois. Un rassemblement s'était formé, au centre duquel Beau souriait avec un air d'excuse.

Le détective libéra sa main en bougonnant :

– Bien, bien, jeune homme. Pourquoi nous avez-vous brûlé la politesse, là-haut ?

– Dépêchons-nous de remonter, déclara Beau. Il est impoli de faire attendre les dames.

– Qui êtes-vous ? Comment vous appelez-vous ?

– Queen. Ellery Queen.

– Queen ! s'écria Fogarty, le policeman, horrifié... (Il se tourna vers le détective de l'hôtel avant d'ajouter :) ... Sam, savez-vous à qui vous avez affaire ? Au fils de l'inspecteur Queen, le chef de la Brigade des Homicides !

Beau dit avec une superbe magnanimité :

– Tout le monde peut se tromper. Retournons sur les lieux du crime, messieurs.

– L'inspecteur Queen est-il réellement votre père ? demanda Sam.

– Vous avez entendu Fogarty.

– Je m'en moque ! Fogarty, quand je suis entré avec O'Brien, ce type se trouvait au numéro 1724, avec la jeune dame ; elle tenait le browning... Mais cela ne prouve pas qu'elle ait agi sans complice !

– L'inspecteur Queen m'identifiera, trancha Beau.

Mais l'autre ne se laissa pas intimider.

– A mes yeux, un seul fait compte, monsieur, déclara-t-il. Vous étiez dans la pièce...

– Ce n'est qu'un petit malentendu, l'interrompit Beau. Venez-vous, ou dois-je monter seul ?

Sam soupesa son calibre trente-huit avant de répondre :

– Tranquillisez-vous, jeune homme, je ne vous lâcherai pas.

Dans le couloir du dix-septième étage, devant la porte du numéro 1724, un policeman contenait péniblement un groupe de curieux. A l'intérieur, trois autres policemen posaient des questions, tous à la fois. Kerrie était toujours assise à la même place.

– Est-ce lui ? demanda un des policemen.

– En personne, répondit Sam.

– La jeune femme le met hors de cause, reprit le policeman. Elle jure qu'il n'était pas dans la pièce quand les coups de feu furent tirés ; d'après elle, il est entré aussitôt après.

– Kerrie ! s'écria Beau.

En dépit de son interdiction formelle, elle avait répondu à des questions !

Kerrie lui accorda un regard absent.

– Elle a avoué ? demanda vivement Sam.

– Elle n'avoue rien du tout.

Sam bougonna, à l'adresse de Beau :

– Estimez-vous heureux.

– Oui, murmura le jeune homme, sans quitter des yeux le profil de Kerrie. Oui, je suis très heureux.

Dans la voiture de la police qui emportait l'inspecteur Queen et le sergent Velie vers le *Villanoy*, l'inspecteur qui venait de recevoir le coup de téléphone du gérant dit à son compagnon ce qu'il savait de la situation.

– C'est impossible ! protesta le sergent Velie.

– Ils sont inscrits sous le nom de Mr et Mrs Ellery Queen !

– Mais qui est-elle ? Et qui est la victime ?

– Nul n'en sait rien.

– Quand avez-vous vu Ellery pour la dernière fois ?

– Ce matin. Il ne m'a pas soufflé mot de son projet de mariage ; mais il n'était certainement pas dans son assiette... (L'inspecteur mâchonna sa moustache grise.) ... Le misérable ne l'emportera pas en paradis, ce coup-là. Plus vite, Velie !

– Quel tapage en perspective ! soupira le sergent. Les journaux !

– Peut-être sera-t-il possible d'étouffer l'affaire. Plus vite, que diable !

Velie regarda son supérieur avec une sympathie compatissante.

Arrivé au *Villanoy*, l'inspecteur envoya promener les reporters, fit évacuer le hall, écouta divers rapports, demanda la fameuse fiche de renseignements et monta dans un ascenseur.

Pendant le trajet, il examina la fiche. « Mr et Mrs Ellery Queen », lut-il. Un soupir de soulagement lui échappa ; l'écriture n'avait aucune ressemblance avec celle de son fils ! Mais l'inspecteur se rembrunit aussitôt. Ce n'était pas l'écriture d'Ellery, mais c'était celle de Beau Rummell !

– Alors, chef, murmura le sergent Velie.

– Ellery n'est pas ici, répondit l'inspecteur. C'est Beau Rummell, sous le nom d'Ellery Queen.

– Quelle audace !

– Ne le démasquons pas immédiatement. Passez la consigne aux hommes de la brigade. Jusqu'à nouvel ordre, Beau est mon fils.

Quand l'inspecteur Queen entra dans le boudoir, notre héros se précipita pour lui serrer la main.

– Enfin, vous voici, papa ! s'écria-t-il avec un clin d'œil significatif. Parions que vous ne vous attendiez pas à trouver votre fiston dans un pétrin semblable !

Avant de répondre, le nouvel arrivant regarda successivement la dépouille, Kerrie et Beau ; enfin, il articula d'un ton sec :

– La surprise n'est pas agréable.

Tournant le dos à son « fils », l'inspecteur fit évacuer le boudoir, puis il prit Beau par le bras et l'emmena dans la chambre à coucher dont il ferma la porte.

– Merci, papa ! s'écria notre héros avec un large sourire. Vous avez été épatant ! Jamais je ne vous remercierai assez. Maintenant, il faut absolument que je sorte d'ici.

– Vraiment ?... (L'inspecteur le toisa d'un regard sévère.) ... Veuillez me dire pourquoi vous avez pris le nom d'Ellery et qui est cette brunette.

– L'histoire serait trop longue à raconter. C'est ma femme.

– Comment ? Je croyais que la désignation « Mr et Mrs » cachait une...

– Vous ne la connaissez pas. Nous sommes mariés depuis ce soir. Une... Un motif très sérieux m'a empêché de l'épouser sous mon nom.

– Ellery est-il au courant ?

– Oui... (Après un silence, Beau reprit d'un ton pressant :) ... Il faut que je m'échappe pendant une demi-heure.

– Où voudriez-vous aller ?

– Je vous donne ma parole de ne pas quitter l'hôtel.

– Beau... (L'inspecteur le regarda dans les yeux.) ... Avez-vous été mêlé de près ou de loin au meurtre ?

Le jeune homme soutint son regard et il répondit simplement :

– Non, inspecteur.

– Et votre femme ?

– Non plus.

– Comment le savez-vous ? Votre femme elle-même a déclaré que vous étiez rentré après le meurtre.

– Je ne puis vous dire comment je le sais. Pour l'amour du ciel, laissez-moi filer ! C'est important !

– Je suis un imbécile, bougonna l'inspecteur.

– Vous êtes un prince !

Beau rentra dans le boudoir ; il ne restait plus que Kerrie et les hommes de la Brigade des Homicides. Notre héros souffla dans l'oreille de sa femme :

– Je suis obligé de m'absenter un moment, ma petite. Souvenez-vous de ma recommandation. Ne répondez à personne... Pas même à mon père.

Elle leva vers lui des yeux noyés de larmes.

– Comment ? Je...

Beau serra les poings. Ce n'était qu'une enfant sans défense... Il fallait la tirer de là !

– Je n'en ai pas pour longtemps, murmura-t-il en l'embrassant.

Avant de sortir, il glissa dans sa poche la carte « Prière de ne pas déranger » qui était accrochée à l'intérieur de la porte du boudoir.

Dans le couloir, des employés de l'hôtel et des détectives le regardèrent avec curiosité. Le détective Flint, gardien de la porte, les rassura d'un signe de tête. Beau prit un ascenseur qui descendait et il se fit arrêter au seizième étage ; de là, il remonta au dix-septième étage par l'escalier de secours qui aboutissait dans un autre corridor. Personne en vue !

Sur la pointe des pieds, Beau gagna le numéro 1726. De l'autre côté du tournant, les hommes réunis devant la porte 1724 parlaient avec animation...

Après avoir collé une oreille contre la porte 1726, Beau accrocha la carte « Prière de ne pas déranger » ; puis il tourna silencieusement la poignée. La porte s'ouvrit et notre héros entra dans la pièce.

Une fois dans la place, Beau ferma la porte et poussa le verrou.

Soudain, son sang se glaça dans ses veines. Le bout incandescent d'une cigarette trouait l'obscurité de la chambre.

Le meurtrier !

– Pas un geste, ou je tire !

– Vraiment ? demanda la voix de Mr Ellery Queen. Bluffeur !

13

Mr Queen et Mr Queen dans la chambre 1726

Ebloui par l'électricité que Mr Queen venait d'allumer, Beau demanda :

– Comment diable êtes-vous entré ?

– J'ai toujours, dans ma poche, un passe-partout et un insigne de détective au nom de Mr Untel, du Bureau central. Le premier m'a ouvert cette porte ; avec l'autre, j'ai pu entrer la tête haute dans l'hôtel et me livrer à une petite enquête « officielle ».

– Bien joué, murmura notre héros. Qu'avez-vous appris ?

– Cette chambre fut réservée, ce soir, vers vingt heures quarante-cinq.

– Par qui ? Un homme ou une femme ?

– L'employé auquel je me suis adressé n'a pu répondre à cette question.

– Vers vingt heures quarante-cinq ! répéta Beau. Moins d'un quart d'heure après notre arrivée, Kerrie et moi !

Mr Queen fronça les sourcils.

– L'autre n'a pas perdu de temps, remarqua-t-il. Vous avez dû être suivis tous les deux.

– Cela me paraît matériellement impossible. Il y a eu une fuite, El.

– Qui connaissait votre intention de descendre au *Villanoy* ?

– Margo et personne d'autre. Vous savez comment je feignis d'élaborer le fameux projet avec elle. Margo donna dans le panneau, mais, comme preuve de ma bonne foi, elle exigea de savoir où j'emmènerais Kerrie après notre mariage. Elle me fit même promettre de ne pas passer la nuit avec Kerrie ! Quand les femmes se mêlent d'être jalouses... Seule Margo était au courant, donc, elle seule a pu parler.

– A la personne à laquelle elle donna également le browning de Kerrie !

– Comment la chambre fut-elle réservée ? demanda Beau.

– Par télégramme, sous un nom manifestement faux : L. L. Howard. Bien entendu « Howard » ne se présenta pas au bureau pour demander sa chambre ; il la retint pour s'assurer qu'elle fût libre... Puis, comme votre serviteur, il en prit possession à l'aide d'un passe-partout. Dans quel état se trouve Kerrie ?

– Horriblement prostrée. Au travail !

– Vous êtes certain qu'elle n'a pas abattu Margo elle-même ?

– Je vous ai répété ses propres paroles ! Personnellement, je ne sais rien de plus. Si nous trouvons une preuve que cette chambre fut occupée récemment, ce sera la confirmation de son histoire, n'est-ce pas ?

– Au point de vue légal, cette « preuve » ne signifiera pas grand-chose, hélas ! D'ailleurs, mes premières constatations ne sont guère encourageantes ; si quelqu'un a séjourné ici, ce soir, il devait être ganté et n'a pas dû laisser d'empreintes digitales. A ce propos, regardez mais ne touchez à rien. Comme vous pouvez le constater, j'ai gardé mes gants.

Des yeux, Beau fit l'inventaire de la pièce. Un lit étroit, une commode, deux chaises et une table. On avait enlevé le dessus-de-lit pour la nuit, mais le lit n'avait pas été occupé.

– Cette cendre... commença Beau en désignant une tache grise, sur le tapis.

– Elle est tombée de ma cigarette. Quand je suis entré, tous les cendriers étaient parfaitement propres ; j'ai réservé celui-ci à mon usage personnel. Commençons par la salle de bains.

Les deux amis firent une inspection extrêmement minutieuse de la salle de bains, du placard qui servait de garde-robe et de la chambre. Rien ! Aucune trace de poussière, pas le moindre indice d'une occupation quelconque.

– Un bon point pour le *Villanoy*, déclara Mr Queen. Le ménage est fait à fond. Quant à l'ami « Howard », il n'a laissé aucune trace de son passage.

– J'espérais mieux, soupira Beau... (La tête basse, il se tourna vers la porte.) ... Allons-nous-en, El.

– Attendez, Beau ! J'ai oublié une chose...

– Laquelle ?

– Le radiateur... (Mr Queen se coucha sur le tapis pour regarder sous le radiateur installé devant la fenêtre.) Un porte-mine ! s'écria-t-il.

– Hurrah ! Montrez-le vite, El !

Entre son pouce et son index gantés, Mr Queen lui présenta sa trouvaille : un porte-mine noir, avec une bague et une agrafe d'or.

L'agrafe était desserrée. Après l'avoir examinée, Mr Queen dit :

– On imagine aisément ce qui s'est passé. Les coups furent tirés par la fenêtre ; donc l'assassin se tint au-dessus de ce radiateur, placé sous l'appui. Il est même probable qu'il resta longtemps à cette place, guettant dans l'ombre à travers le store ; à un moment donné, il se baissa et, l'agrafe serrant mal, le porte-mine glissa de sa poche. Par miracle, l'objet ne heurta dans sa chute ni le radiateur ni l'appui de la fenêtre ; il tomba dans l'espace ménagé entre le radiateur et le mur et il roula silencieusement sur le tapis. Tout porte à croire que l'assassin quitta la pièce sans avoir constaté la disparition de son porte-mine. Merci, cher « Howard » !

– Rien ne prouve que ce porte-mine n'ait pas été perdu par un client précédent, objecta Beau.

– C'est peu probable. Une femme de chambre assez consciencieuse pour ne pas laisser un grain de poussière sous le lit – j'ai constaté le fait de mes yeux – ne laisse pas un objet de cette taille sous un radiateur.

– L'argument est juste. Mais le fait d'avoir trouvé un porte-mine d'un modèle courant nous avance-t-il à grand-chose ? Non, n'est-ce pas ?

– Pardon, protesta Mr Queen. Veuillez regarder cet objet de plus près, mon cher. N'y touchez pas, mais examinez-le attentivement.

Il mit le porte-mine sous les yeux de son ami. Soudain, Beau étouffa une exclamation. Sous le capuchon, des égratignures formaient un cercle ; certaines d'entre elles étaient assez profondes.

– Ces marques ressemblent d'une façon étonnante à celles du stylo de Cole... commença Beau. Mais c'est impossible !

– Nous allons en avoir le cœur net... (Et, joignant le geste à la parole, Mr Queen tira de son portefeuille une série de petites photographies.) ... Les microphotographies des marques visibles sur le stylo de Cole, expliqua-t-il.

– Mais je les croyais au bureau !

– En quoi vous vous trompiez, répondit l'autre. Ces photos ont trop de valeur pour qu'on les laisse traîner dans un tiroir... Elles n'ont pas quitté mon portefeuille.

Après avoir comparé le porte-mine avec les photos, Mr Queen tendit celles-ci à son associé.

Au bout d'un moment, Beau leva des yeux remplis d'incrédulité.

– Les marques sont identiques ! déclara-t-il.

– Oui. Elles ont incontestablement la même origine. Autrement dit : ce crayon faisait la paire avec le stylo de Cole.

– Le porte-mine de Cole !

– Sans l'ombre d'un doute possible.

– Mais c'est impossible. Cole est mort depuis bientôt trois mois ! A moins que le crayon ne soit resté...

– Regardez sous le radiateur, l'interrompit Ellery avec une nuance d'impatience. Vous constaterez qu'il n'y a pas un grain de poussière sur le tapis. Conclusion : le ménage de cette pièce a été fait à fond, tout récemment. Non, ce porte-mine fut perdu ce soir, par l'assassin de Margo Cole.

– Par Cole lui-même ?... (Beau eut un rire nerveux.) ... Me demandez-vous sérieusement de croire aux revenants ?

– Il y a d'autres possibilités, mon cher. Mais j'accepte la discussion... Pourquoi cet objet n'aurait-il pas glissé, ce soir, de la poche de Cadmus Cole ?

– Comment ?

– Quelles preuves possédons-nous du décès de Cole ?

Beau écarquilla les yeux.

– Mon esprit s'égare, murmura-t-il. Cole n'est pas mort ?

– Je n'affirme pas un fait, je pose une question : quelles preuves possédons-nous du décès de Cole ? La parole de Carlos, un point, c'est tout. Le capitaine Angus, les membres de l'équipage – en un mot, toutes les personnes susceptibles de confirmer le fait – ont disparu. Et la dépouille, qui l'a vue ? D'après le rapport, elle fut immergée ; mais, encore une fois, sommes-nous tenus de croire le rapport sur parole ? Non. La raison pour laquelle Cole retint nos services, il y a trois mois, serait-elle en train d'apparaître ? Le milliardaire « mort et immergé » serait-il parmi nous ?

– Vous oubliez que nous l'avons vu, en chair et en os. Donc, s'il était « parmi nous », nous le reconnaîtrions. S'il est encore de ce monde, il se cache. Et pourquoi Cole se cacherait-il, je vous prie ?

– Je vois deux raisons parfaitement plausibles qui, l'une et l'autre, rendent une certaine théorie fort attrayante.

– D'après cette théorie, Cole serait à la base de toute l'affaire... Les attentats manqués contre Kerrie, le meurtre de Margo et le reste ? Dans ce cas, pourquoi aurait-il fait appel à nos services ? De plus, s'il est vivant, quelle place les héritières occupent-elles dans le scénario ? Pour hériter d'une personne, il faut que cette personne soit morte ; sinon... Zut ! Je deviens fou !...

Mr Queen gardant le silence, Beau reprit :

– ... Attendez. Où avions-nous la tête ? Naturellement, il y a une explication enfantine ! Cole est mort et ce porte-mine lui appartenait. Mais il est tombé entre les mains d'un autre qui s'en est servi ; « cet autre » est notre homme. Ouf ! Vous pouvez vous vanter de m'avoir bien fait marcher !...

Toujours silencieux, Mr Queen enveloppa le crayon dans son mouchoir, et il empocha le tout ; puis il se leva.

– ... Où allez-vous ? s'écria Beau. Donnez-moi ce porte-mine.

– Je préfère le garder, répondit Queen en boutonnant son veston.

– Mais c'est notre seule preuve que cette chambre fut occupée. Il faut la remettre à votre père, Ellery.

– Jusqu'à nouvel ordre, nous ne lui en parlerons même pas.

– Pourquoi ?

– Si intelligent que soit mon père, la piste est trop embrouillée pour l'esprit d'un policeman officiel. Nous ne supprimons pas une preuve, nous la retenons provisoirement, afin de rechercher sa signification véritable. Si, à l'heure actuelle, nous remettions cet objet à la police, elle ne serait guère plus avancée et la trouvaille serait inévitablement divulguée ; or, si nous voulons gagner la partie, il ne faut pas que l'assassin soit sur ses gardes avant que nous ayons tous les atouts en main.

– Vous oubliez Kerrie ! Elle mérite cependant considération... Ce crayon prouve que cette chambre fut occupée au cours de la soirée, n'est-ce pas ? Jusqu'à un certain point, il confirme la version de Kerrie, à savoir que les balles mortelles furent tirées par cette fenêtre.

Mr Queen répondit gravement :

– Si je croyais que ce crayon pût innocenter Kerrie, je le remettrais moi-même à mon père, Beau. Mais ce serait inutile, vous le savez comme moi. La pauvre petite est victime d'un tel concours de circonstances qu'elle sera certainement arrêtée, avec ou sans porte-mine. Maintenant, elle peut parler ; qu'elle dise simplement et en toute sincérité comment les choses se sont passées. Mon père fouillera cette chambre... Il trouvera une allumette brûlée, de la cendre et le mégot de ma cigarette... (Ellery sourit avant d'ajouter :) ... Les traces de *mon* séjour dans cette pièce sont beaucoup plus concluantes que le porte-mine ; si elles étaient antérieures à la dernière inspection de la femme de chambre, celle-ci n'aurait pas manqué de les voir et de les faire disparaître, n'est-ce pas ?

– Si je comprends bien, nous ne devons même pas parler à votre père de notre visite ici ?

– Oh, il devinera bien des choses... D'autant plus que, du boudoir de votre appartement, l'on voit notre lumière filtrer à travers le store baissé. Mais le cher inspecteur ne pourra jamais prouver que la fameuse cigarette fut grillée par moi !

– Maître fourbe ! articula Beau.

– Oh, ce n'est pas la première fois que mon père se trouve d'un côté de la barricade et moi de l'autre, dit Mr Queen, songeur. Je reconnais cependant que, ce soir, je lui joue un vilain tour.

– Auriez-vous une conscience ?

– Au revoir, Beau. Téléphonez-moi demain matin pour me mettre au courant des derniers événements.

14

L'inspecteur Queen inspecte

Quand il rentra dans le boudoir, Beau ne trouva que l'inspecteur Queen, assis dans le fauteuil placé devant la fenêtre. Des débris d'ampoules de magnésium jonchaient le tapis ; la dépouille de Margo Cole avait été emportée et Kerrie avait disparu !

– Où est Kerrie ? demanda notre héros, alarmé.

L'inspecteur ferma le dossier qu'il lisait, puis il répondit :

– A côté, dans la chambre. Il y a, auprès d'elle, le médecin de l'hôtel, une infirmière, un de mes hommes et une miss Violet Day.

– Vi ! s'écria Beau. Comment est-elle arrivée ici ?

– Votre femme l'a demandée et elle nous a donné son adresse. Non, restez. Je désire vous parler.

– Mais si Kerrie est malade... Laissez-moi, au moins, prendre de ses nouvelles !

– Elle a eu un petit évanouissement. C'est fini. Asseyez-vous, Beau.

– A-t-elle parlé ?

– Non, puisque vous le lui aviez interdit.

– Savez-vous qui elle est ?

– Kerrie Shawn. La victime était sa cousine, Margo Cole. Je ne vous apprendrai rien en vous disant que votre femme se trouve dans une situation extrêmement grave, Beau. De son propre aveu, vous n'êtes revenu qu'après le meurtre... Donc, elle était seule avec Margo Cole.

– Kerrie a menti pour me tenir à l'écart. J'étais dans le boudoir...

– Vous perdez votre temps, l'interrompit l'inspecteur. Je sais, à une minute près, quand vous avez quitté l'hôtel et quand vous y êtes rentré. Le garçon d'ascenseur qui vous a monté au dix-septième étage dit avoir entendu les détonations comme vous sortiez de l'ascenseur... Ce témoignage est formel, Beau. Vous n'étiez pas dans le boudoir et j'ai la quasi-certitude qu'il n'y avait personne, en dehors de votre femme et de la victime.

– Si ! Il y avait quelqu'un !

– Qui ?

Le jeune homme baissa les yeux pour répondre :

– Je ne le sais pas encore.

– Ce n'est pas tout, poursuivit l'inspecteur. Quand le détective et le gérant de l'hôtel entrèrent, votre femme tenait un browning calibre vingt-deux ; en enveloppant celui-ci dans son mouchoir, le détective constata que le canon était encore chaud ; le Dr Prouty qui vient de partir a extrait une des trois balles logées dans la tête de la dépouille... Elle est du même calibre que le browning ! D'ores et déjà, avant d'avoir reçu le rapport de l'expert en balistique, je suis convaincu que les balles furent déchargées par le calibre vingt-deux qui porte les empreintes digitales de votre femme, à l'exception de toutes autres. Enfin, un rapide examen du registre des permis a établi le fait que l'arme du crime avait été achetée par miss Kerrie Shawn.

– Mais le browning lui avait été volé, protesta Beau.

– Quand ? Dans quelles circonstances ?

– Je l'ignore et elle aussi. Kerrie a constaté sa disparition hier soir.

– Pourquoi n'a-t-elle pas signalé le vol à la police ?

– Le temps lui a manqué ! Elle n'a constaté le fait qu'hier soir, je le répète !

L'inspecteur hocha la tête.

– L'explication est faible, Beau... Très faible. Les circonstances sont accablantes pour votre femme ; il ne nous manque plus qu'un mobile pour compléter le tableau.

– Trouvez-le, le mobile ! s'écria Beau. Vous dites que Kerrie a tué Margo. Dans quel but ?

– C'est la question que j'ai posée à Carlos.

– Vous avez parlé à ce... Où est-il ? Que vous a-t-il répondu, ce vieux satyre ?

– J'ai informé, par téléphone, Goossens et Carlos du meurtre ; ils seront ici d'un moment à l'autre. Au point de vue « mobile », Carlos m'a fourni diverses indications intéressantes.

– Cela ne m'étonne pas. Que le diable l'emporte, celui-là ! Que vous a-t-il dit ?

– Vous ne semblez pas le porter dans votre cœur ? Entre autres choses, Carlos m'a dit que, si vous n'aviez pas enlevé Kerrie Shawn avec l'intention de l'épouser immédiatement, il aurait un excellent mobile à me suggérer. A la mort d'une des deux héritières, la part des revenus laissés par Cadmus Cole devrait revenir à la survivante, n'est-ce pas ?...

Beau fit un signe d'assentiment.

L'inspecteur continua :

– ... Mais, naturellement, Carlos m'expliqua comment, du fait de son mariage, Kerrie avait perdu tout droit à la fortune de Cole. Interrogé ensuite, Goossens confirma que votre femme, après avoir renoncé à sa part pour vous épouser, ne pouvait plus hériter de celle de Margo. Le mobile « intérêt » est donc écarté.

– En auriez-vous un autre, par hasard ?

– De son côté, miss Day m'a parlé de certains accidents dont votre femme fut victime ces temps derniers... des accidents qui n'en étaient pas. Miss Day m'a raconté tout au long la chute de cheval provoquée par une main criminelle, l'incident du garage et la visite nocturne, dans la chambre de miss Shawn.

– Maudite bavarde !

– Enfin, miss Day a ajouté que son amie et elle étaient convaincues que Margo Cole était l'auteur de tous ces « accidents » manqués.

Beau se leva en disant :

– Je ne vois pas où vous voulez en venir.

– Vraiment ? Je vais vous le dire. Si votre femme – à tort ou à raison – soupçonnait Margo d'intentions criminelles à son égard, n'était-il pas naturel qu'elle achetât – comme elle le fit – un browning et qu'elle saisît la première occasion pour supprimer sa cousine ? Oui, mon cher, c'est un mobile ou je ne m'y connais pas.

« C'est une échappatoire », songea désespérément Beau. Puis, à voix haute, il ajouta :

– Si cela était, Kerrie se trouvait en cas de légitime défense, n'est-ce pas ?

– Mon rôle consiste à établir les faits, le reste regarde le procureur du district. A propos, Beau, vous feriez bien de choisir un bon avocat pour votre femme...

Le jeune homme se mit à arpenter le boudoir comme un ours en cage ; l'inspecteur conclut :

– ... On trouve rarement autant de charges réunies sur la même tête.

– Avant de la condamner, attendez au moins de connaître l'histoire de Kerrie !

– Une histoire ? Ce sont des preuves qu'il faudrait... (L'inspecteur se leva ; puis il ajouta :) ... Beau, vous connaissez la vieille amitié qui me liait à votre père, et vous savez que je vous ai toujours considéré comme un second fils ; dans ces conditions, qu'attendez-vous pour me dire ce que vous savez, afin que je puisse vous aider ?

– Je ne sais rien, et Kerrie non plus !

– Vous me faites des cachotteries. D'où venez-vous, Beau ? Que cherchiez-vous ? Qui avez-vous vu ? Vous pouvez avoir confiance en moi, mon enfant...

Beau garda un silence obstiné. L'inspecteur reprit avec bonté :

– ... Songez à la situation dans laquelle vous m'avez mis. Vous êtes inscrit, ici, sous le nom d'Ellery ; or, même en admettant qu'El soit d'accord, ce fait entraîne toutes sortes de considérations personnelles. A cause de cette usurpation de nom, je puis être obligé de passer l'affaire à un autre. J'ai déjà commis des abus de pouvoir, Beau ; j'ai subtilisé votre fiche de renseignements et j'ai menacé de foudres extra-légales ceux qui connaissent le nom sous lequel vous êtes inscrit au *Villanoy*. Rien n'a encore transpiré au-dehors... Mais ce n'est que reculer pour mieux sauter. Dites-moi – au moins – pourquoi vous avez pris le nom de mon fils ; quand on me demandera une explication, il faudra bien que j'en donne une, n'est-ce pas ?

– C'est impossible, murmura Beau d'une voix rauque. L'avez-vous dit à Kerrie ?

– A votre femme ?... (L'inspecteur leva les bras au plafond.) ... Auriez-vous la prétention de me faire croire que votre femme ignore votre véritable identité ?

– Elle ne me connaît que sous le nom d'Ellery Queen, avoua le jeune homme. Ellery le sait. En fait, l'idée vint de lui.

L'inspecteur dévisagea Beau ; puis, sans un mot, il s'avança vers la porte de la chambre.

L'inspecteur Queen écouta attentivement l'histoire que Kerrie – remise de son évanouissement – lui raconta en présence de Vi, de Beau et du sergent Velie, sténographe du Bureau central. Le médecin et l'infirmière avaient été poliment congédiés.

– Vous sentez-vous assez bien pour me montrer comment les choses se sont passées ? demanda l'inspecteur quand Kerrie eut terminé son récit entrecoupé de questions.

Beau se précipita pour aider Kerrie à se lever. Elle laissa sa main dans celle de son mari ; l'inspecteur Queen détourna les yeux et le sergent Velie ouvrit la porte du boudoir.

Puis l'inspecteur fit asseoir Kerrie à la place qu'elle occupait – disait-elle – au moment du meurtre. Après quoi, il lui fit répéter quatre fois son histoire.

– Une main jeta le browning à travers la fenêtre d'en face de celle-ci ; pourquoi refusez-vous de me croire ? gémit la pauvre petite.

– Mais vous ne savez même pas si cette main appartenait à un homme ou à une femme ?

– Le boudoir était éclairé ; la cour et la pièce d'en face se trouvaient dans l'obscurité... Dans ces conditions, j'y voyais juste assez pour distinguer une main qui a lancé quelque chose. Etait-ce la main d'un homme ou celle d'une femme ? Je suis incapable de vous le dire.

L'inspecteur poussa un grognement. Sur ce, le médecin, qui était resté dans le boudoir, insista pour que sa patiente se recouchât le plus vite possible.

– Je m'incline, docteur.

Après avoir regardé le sergent Velie, qui répondit

par un clin d'œil, l'inspecteur sortit silencieusement. Beau comprit qu'il allait examiner le numéro 1726.

Rentré dans la chambre, notre héros s'assit sur le lit de Kerrie qui se blottit dans ses bras et ferma les yeux. Ils ne parlèrent ni l'un ni l'autre.

Lloyd Goossens arriva peu après le départ de l'inspecteur ; Carlos le suivit d'assez loin.

Goossens fumait sa pipe avec un visible embarras ; apparemment, il avait été tiré de son lit par la convocation de l'inspecteur. Les yeux de l'autre luisaient d'un éclat singulier. Le sergent les laissa dans le boudoir qu'ils arpentèrent en évitant la tache sanglante, sur le tapis.

Quand Beau sortit de la chambre, les deux hommes l'assaillirent de questions. Il leur dit ce qui s'était passé puis, au grand déplaisir de Carlos, il emmena Goossens à l'écart et lui demanda :

– Qu'en pensez-vous ?

L'avoué hocha la tête.

– Tout cela me fait une mauvaise impression, Mr Queen, répondit-il. Sans aucune preuve à l'appui, la version de Mrs Queen est difficile à croire. A votre place, je m'adresserais au meilleur avocat de New York. Si vous désirez une recommandation, je...

– Merci, l'interrompit sèchement Beau. Je n'en vois pas encore la nécessité.

A son retour, l'inspecteur s'entretint avec les deux exécuteurs testamentaires, puis tous trois passèrent dans la chambre à coucher.

Le premier moment fut pénible. Visiblement gênés, Carlos et Goossens restèrent près de la porte, évitant le regard interrogateur de Kerrie ; l'inspecteur alla droit au fait.

– Je vais être franc envers vous, dit-il à Beau et à Kerrie. En dehors d'un mégot de cigarette, d'une allumette brûlée et de quelques cendres, rien n'indique que la chambre 1726 fut occupée ce soir. Elle fut retenue par télégramme vers vingt et une heures et une femme de chambre la prépara pour la nuit. Interrogée, cette femme de chambre dit qu'elle a pu ne pas remarquer le cendrier ; de plus, il est certain que nul ne se présenta, ce soir, pour réclamer la chambre en question. Ellery...

– Oui ?

– Ce soir, la fenêtre du numéro 1726 était éclairée. Est-ce là où vous avez été ? Est-ce vous qui avez fumé cette cigarette ?

– Moi ? demanda Beau.

L'inspecteur haussa les épaules ; puis il déclara :

– De toute façon, les premières constatations ne confirment pas la version de votre femme.

– Mais je vous ai dit exactement ce qui s'était passé, commença Kerrie. Je...

Beau l'interrompit d'un signe de tête.

– Je suis obligé de vous garder, dit l'inspecteur.

15

Un accord à trois

L'inspecteur parti, Goossens toussa avant de prendre la parole :

– Mrs Queen, en qualité de co-exécuteur testamentaire de Cadmus Cole, j'ai le devoir de vous informer que votre récent mariage vous exclut de toute participation future aux revenus laissés par votre oncle. Il y a certaines formalités... Si je puis vous être d'une utilité quelconque en matière de conseil juridique... Je suis navré, croyez-le...

Comme celui de l'inspecteur, son départ ressembla à une fuite.

Kerrie sanglotait sur l'épaule de Beau. Près de la fenêtre, Vi lacérait son mouchoir à coups de dents.

– Qu'attendez-vous pour vous retirer ? demanda Beau à Carlos.

L'interpellé répondit, avec un sourire nerveux :

– Je... Je désirerais vous parler en particulier, Mr Queen.

– Filez.

– C'est indispensable. Il s'agit d'une affaire urgente et...

Une brusque impulsion poussa Beau à l'interrompre :

– Entendu. Je vous recevrai d'ici une demi-heure,

dans mon bureau de Times Square. Le gardien de nuit aura l'ordre de vous laisser entrer.

– Merci.

Carlos s'inclina devant Kerrie avant de s'éclipser.

– Ellery, ne partez pas, murmura Kerrie en lui nouant les bras autour du cou.

– Je ne puis faire autrement, ma petite. Vi restera auprès de vous. N'est-ce pas, Vi ?

– Bien sûr. Le *Villanoy* est préférable à ma pension de famille, je vous en réponds ! ajouta Vi avec une feinte insouciance.

– Demandez un soporifique au médecin, dit tendrement Beau à Kerrie. Vous avez besoin d'une bonne nuit de sommeil...

Elle s'accrocha à lui.

– ... Kerrie, vous savez que je vous aime, n'est-ce pas ? Vous ne croyez pas un traître mot de ce que... de ce qu'elle vous a dit ce soir ? Vous avez confiance en moi ?

– Oui.

– Dans ce cas, laissez-moi faire et dormez en paix.

Il l'embrassa avant de se lever. En pleurant, Kerrie enfouit sa tête dans l'oreiller ; d'un geste de désespoir impuissant, Beau fit craquer ses jointures, puis il l'embrassa une dernière fois et il sortit en courant. Il était près de quatre heures du matin.

Avant de se rendre à son bureau de Times Square, Beau s'arrêta dans une pharmacie ouverte la nuit afin de téléphoner à son associé.

Ellery ne s'était pas recouché.

– Je saute dans un taxi et j'arrive, dit-il quand notre héros lui eut appris le rendez-vous accordé à Carlos. Comment va Kerrie ?

Beau raccrocha.

Un gardien ensommeillé lui ouvrit la porte de

l'immeuble dans lequel l'*Agence Ellery Queen and Co.* était domiciliée. Beau lui dit :

– Hello, Joe ! J'attends la visite d'un client, Mr de Carlos. Il demandera Mr Queen. Conduisez-le jusqu'à la porte du bureau.

– Entendu, Mr Rummell. C'est-y que vous ne dormez jamais ?

– Ne répondez à aucune question. C'est compris ?

– Oui, monsieur.

Dans le bureau, Beau alluma l'électricité, ouvrit les fenêtres et sortit une bouteille. Carlos arriva dix minutes après lui.

– Vous êtes en avance, dit le jeune homme. J'ai téléphoné à mon associé de venir, il sera ici d'un instant à l'autre.

– Votre associé ?

Le nouvel arrivant ne dissimulait pas son déplaisir.

– Oui, un certain Beau Rummell. Nous sommes inséparables. Voulez-vous vous rafraîchir ?

– Mais je désirais vous parler en particulier.

– Entre Beau et moi, il n'y a pas de secret.

Le véritable Mr Rummell désigna d'un geste la bouteille ; puis il alluma une cigarette. Carlos chercha un verre des yeux ; n'en voyant pas, il but au goulot. Quand il reposa la bouteille largement entamée, ses joues osseuses avaient rosi. Il fit claquer sa langue et commença :

– Maintenant...

– Pas encore. Désaltérez-vous d'abord.

Carlos ne se fit pas répéter l'invitation.

Quand Mr Queen arriva à son tour, Carlos était ivre.

– Ah ! L'associé ! s'écria-t-il en brandissant la bouteille aux trois quarts vide. (Il essaya de se lever mais il retomba lourdement dans son fauteuil.) ... Enchanté, Mr Rummell. La vie est belle, n'est-ce pas ? Elle est triste, veux-je dire. Triste à pleurer... Asseyez-vous, Mr Rummell.

Beau répondit par un clin d'œil au regard interrogateur de son ami, puis il dit, assez fort pour percer les fumées d'alcool qui obscurcissaient l'esprit de Carlos :

– Voici Mr Edmund de Carlos, un des administrateurs de la succession de Cadmus Cole, Beau.

– Asseyez-vous, Mr Rummell, répéta le pochard avec un sourire cordial.

Ellery s'assit derrière la table.

– Si j'ai bien compris, vous avez une communication importante à nous faire, Mr de Carlos ? demanda-t-il.

– Importante et susceptible de vous rapporter gros, Mr Rummell.

– Videz votre sac, grogna Beau.

– Nous sommes entre amis et entre hommes du monde, pas vrai ?... (Carlos rit dans sa barbe.) ... Je connais les agences de police privée et les détectives de votre genre. Tous achetables ! Je suis disposé à y mettre le prix, messieurs.

– Venez-vous engager nos services pour mener une enquête qui vous concerne personnellement ? demanda Ellery.

Carlos le dévisagea, puis il pouffa de rire.

– Très joli, Mr Rummell ! Très joli ! Je viens vous engager pour que vous ne meniez *pas* une enquête. Ah ! Ah !

Les deux associés échangèrent un regard. Beau dit ensuite :

– Que désirez-vous ?

L'autre retrouva instantanément son sérieux.

– Jouons cartes sur table, Mr Queen, commença-t-il. Je sais que vous avez épousé Kerrie pour la dépouiller de sa part d'héritage et, ultérieurement, partager la bonne galette avec Margo. Bien joué, Mr Queen. Très bien joué ! Malheureusement, en logeant trois balles dans la peau de Margo, votre femme a trouvé le moyen de tout gâcher, à la dernière minute. Margo est morte et vous restez le dindon de la farce, pas vrai ?

– Dans votre propre intérêt, je ne vous conseille pas de tenir ce genre de discours, gronda Beau. Vous avez entendu la vérité !

– L'histoire est bien imaginée mais, hélas ! elle est tout simplement fantastique et ne trompera personne. Kerrie a tué Margo, c'est sûr et certain. Mais vous vous en moquez, n'est-ce pas, Mr Queen ? Donc, j'en arrive au véritable objet de ma visite...

Un regard foudroyant d'Ellery arrêta Beau au moment où celui-ci allait sauter sur l'odieux individu. Carlos poursuivit :

– ... Kerrie... Pardon, la personne qui a abattu Margo, vous a fait perdre beaucoup d'argent, messieurs. Vous méritiez mieux, Mr Queen. Oui, vos efforts méritaient une récompense. Or, cette récompense, Edmund de Carlos vous l'offre. C'est un bon ami, pas vrai ? Oui, mon cher, je suis prêt à réparer ce que je considère comme une injustice.

– Hum ! fit Beau. Je vois l'appât et nous sommes les rats... Mais je ne comprends toujours pas ce que vous attendez de nous, Barbe-Bleue.

– Les affaires sont les affaires, pas vrai ? Donnant, donnant, si vous préférez.

Ellery prit d'autorité la direction des pourparlers.

– La formule est excellente, déclara-t-il. Si je comprends bien, vous déplorez la déception financière que la mort de Margo nous a occasionnée et vous aimeriez nous offrir une petite compensation. En échange, vous désireriez que nous fissions quelque chose pour vous. De quoi s'agit-il, Mr de Carlos ?

L'interpellé répondit avec un large sourire :

– A la bonne heure, Mr Rummell ! Vous n'y allez pas par quatre chemins ! Le plus drôle est que je suis prêt à vous payer pour que vous vous tourniez tranquillement les pouces. Désintéressez-vous de cette affaire, oubliez Cadmus Cole, sa succession et le reste... Oui, messieurs, comme je l'ai dit en arrivant, je viens vous engager pour que vous ne meniez pas une enquête.

Beau poussa un grognement de mauvais augure. Ellery se leva vivement pour se planter entre les deux hommes ; au passage, il donna un bon coup de pied à son associé, puis il prit Carlos par le bras.

– Cette fois, j'y suis, Mr de Carlos, déclara-t-il. Vous nous trouvez trop curieux et vous respireriez plus librement si nous tournions notre intérêt professionnel d'un autre côté. Quel est votre chiffre, Mr de Carlos ?

– Dix mille dollars ?

– Allons, allons ! Songez à ce que l'autre affaire nous aurait rapporté !

– Quinze mille ?

– A qui croyez-vous avoir affaire, Mr de Carlos ?

– Bien, grogna l'autre. Mettons vingt mille.

– Vingt-cinq mille.

– Vous m'écorchez vif, maugréa le barbu. Vingt-cinq mille dollars, marché conclu.

– Pour le payement... commença Ellery. Vous comptez l'effectuer en espèces, n'est-ce pas ?

– En espèces ! Je ne me promène pas avec une somme pareille dans ma poche. Je vous donnerai un chèque.

– Hum ! Les chèques réservent parfois de mauvaises surprises.

– Celui-ci vous sera payé rubis sur l'ongle. De toute façon, vous êtes couverts : si, pour une raison quelconque, vous ne pouviez encaisser mon chèque, vous ne tiendriez pas vos engagements envers moi et tout serait dit.

– Devant cette haute logique, nous nous inclinons, Mr de Carlos. Va pour un chèque. Vous écrirez mieux sur la table...

Ellery aida le pochard à se lever, puis il le conduisit jusqu'à la table et le laissa s'affaler dans le fauteuil tournant. Enfin, il alluma la puissante lampe de bureau.

Non sans peine, Carlos tira successivement un carnet de chèques et un stylo de sa poche.

Il dévissa le capuchon, y emboîta l'autre partie du stylo et, d'une main tremblante, se mit à remplir le chèque... S'il avait tiré une bombe de sa poche, Mr Queen et Mr Rummell eussent été moins saisis. Ils étaient littéralement hypnotisés par le gros stylo noir, muni d'une bague et d'une agrafe d'or, que Carlos maniait péniblement.

Le puissant éclairage permettait de distinguer, sur le capuchon, des égratignures formant un cercle ; certaines d'entre elles étaient assez profondes. A deux reprises déjà, nos amis avaient vu des marques identiques. Tout récemment, dans la chambre 1726 du *Villanoy*, sur le pourtour du porte-mine trouvé sous le radiateur et – antérieurement – à cette même place.

Le même stylo, dans les mêmes circonstances.

Le stylo de Cadmus Cole !

CINQUIÈME PARTIE

16

La bouche édentée

Les deux associés tinrent conciliabule, à voix basse, dans un coin du bureau.

– Etes-vous certain que ce soit le stylo de Cole ? demanda Beau.

– Aussi certain qu'on peut l'être avant de l'avoir comparé avec les microphotographies.

– Evidemment, Carlos a pu se l'approprier après le décès de son ami. Ce serait l'explication la plus simple.

Ellery haussa les épaules, puis il déclara :

– Il y a un moyen d'en avoir le cœur net. Carlos est assez ivre pour être sans méfiance ; dans ces conditions, j'imagine qu'il répondra véridiquement à nos questions. Laissez-moi faire.

Ellery revint près de la table et il regarda le pochard en souriant.

– Là ! dit Carlos avec un soupir. Vingt-cinq mille dollars, Mr Rummell. C'est cher ! Quelles garanties de votre bonne foi me donnerez-vous en échange ?

– Notre parole d'honneur, Mr de Carlos, répondit Mr Queen en souriant. Notre agence est sérieuse, vous n'en doutez pas, j'espère ?... (Il prit le chèque des mains molles de son interlocuteur.) ... Vingt-cinq mille dollars, signé Edmund de Carlos. C'est parfait. Merci, Mr de Carlos.

Le pochard se leva. Il voulut s'incliner et serait tombé sur le nez sans l'intervention un peu brutale de Beau.

– Merci, Mr Queen. Il y a du tangage, aujourd'hui, mais le gros temps ne fait pas peur à un vieux marin. Au revoir, messieurs.

Beau le regarda empocher le stylo noir avec l'expression d'un renard qui voit un lapin disparaître dans un terrier. Puis, soutenu par nos deux amis, Carlos gagna la porte.

– J'y pense, Mr de Carlos ! s'écria Ellery, déférent. Vous êtes admirablement placé pour me rendre un service.

– Un service ?

Carlos s'arrêta pour dévisager Ellery d'un regard terne.

– J'ai une marotte, Mr de Carlos. Je collectionne toutes sortes de petits objets ayant appartenu à des personnages importants... Des objets sans autre valeur que celle du souvenir.

– Ah ! fit l'autre. Moi, je collectionne les femmes, c'est plus amusant. Blondes ou brunes... Toutes me plaisent, pourvu qu'elles soient jolies.

– Chacun sa marotte, répondit Ellery avec un sourire. J'ai toujours pensé qu'une collection de ce genre ne pouvait être complète sans un souvenir personnel de Mr Cadmus Cole.

– C'est juste. Cadmus Cole était un grand homme, messieurs. Un de nos plus illustres contemporains !

– Je comptais lui demander un petit souvenir quand il vint nous voir, il y a quelques mois, mais il était si pressé que je réservai ma demande pour une meilleure occasion... (Ellery soupira.) ... Hélas ! l'occasion ne devait pas se représenter. Voyez-vous où je veux en venir, Mr de Carlos ? Vous étiez le meilleur ami du défunt, n'est-ce pas ?

– Son seul ami. Le seul ami qu'il eût au monde. Attendez... Un objet personnel... Toutes ses affaires furent emballées et expédiées directement à Tarrytown. Je chercherai dans ses malles, Mr Rummell...

– Je serais navré de vous causer toute cette peine, l'interrompit Ellery. Avant sa mort, Mr Cole ne vous a-t-il pas donné quelques souvenirs ? Sinon, n'avez-vous pas gardé quelques menus objets, montre, bague, stylo, ou autre chose de ce genre ?

– Je n'ai rien gardé du tout, soupira le barbu. Pour la délicatesse, vous n'en trouverez pas deux comme Edmund de Carlos, messieurs. Parole d'honneur, je n'ai pas même pris une épingle d'acier !

– Allons, allons, Mr de Carlos. Il n'y aurait eu aucun mal à ce que vous prissiez quelque chose... Le stylo de votre ami, par exemple. Etes-vous certain de ne pas l'avoir gardé ?

« L'honnête homme » se rebiffa.

– Je n'ai rien gardé du tout !

– Tant de délicatesse mérite une récompense, déclara Mr Queen avec un éclair dans les yeux.

D'un geste brusque, il arracha les lunettes de son interlocuteur.

– Mr Rummell... commença Carlos, furieux.

Ellery lança les lunettes à Beau en lui disant :

– Donnez-lui sa récompense.

– Comment ?

– Mr Queen, dit Mr Queen, le terrain est à vous... Etendez Mr Edmund de Carlos dessus...

Aveuglé depuis qu'il était privé de ses lunettes, le pochard restait cloué sur place.

– ... Allez-y !

Beau saisit Carlos au collet et il le secoua sans ménagement. Mr Queen se recula pour suivre en spectateur la scène qu'il avait provoquée... Mr Rummell s'en donna à cœur joie ! Il secoua son adversaire dans tous les sens, comme s'il eût été un shaker à cocktail ; la tête du malheureux Carlos ballotta de plus en plus mollement et ses dents éblouissantes s'entre-choquèrent avec un bruit particulier qui éveilla une nouvelle lueur dans les yeux de Mr Queen.

Soudain, ô étonnement, les dents de Mr de Carlos – cette double rangée régulière et éblouissante – volèrent de la bouche de leur propriétaire pour tomber aux pieds d'Ellery.

Ses joues brusquement enfoncées, les gencives nues, Carlos lâcha un juron.

– Tout s'explique ! s'écria Beau.

Il saisit la barbe de sa victime et persuadé qu'elle était aussi fausse que ses dents, il tira énergiquement dessus. Mais l'autre poussa un rugissement de douleur : la barbe tint bon.

Déconfit, Beau s'attaqua aux cheveux du malheureux Mr de Carlos ; cette fois, il ne fut pas déçu. La tignasse noire se détacha tout d'une pièce, découvrant un crâne rose, entouré d'une frange poivre et sel en forme de fer à cheval.

Du coup, Carlos cessa de crier et de se débattre ; il tâta le sommet de sa tête et, le trouvant lisse, il s'effondra.

– Stop ! ordonna Mr Queen.

Beau obéit ; il était le premier surpris par le résultat qu'il venait d'obtenir. Instantanément, Mr de Carlos tomba à quatre pattes et il se mit à tâter le plancher autour de lui. Ayant trouvé sa perruque par hasard, il la remit de travers ; puis il chercha son râtelier. Mais Mr Queen l'avait déjà ramassé et il était en train de l'examiner avec intérêt. Devant un tel chef-d'œuvre de prothèse dentaire, il fit intérieurement son *mea culpa* : la perfection absolue de ces dents aurait dû éveiller sa méfiance... La nature fait rarement aussi bien.

Ellery rendit râtelier et lunettes à leur propriétaire. Dès qu'il eut avalé l'un et remis l'autre sur son nez, Carlos retrouva toute sa dignité. Il s'avança vers la table et il tendit la main pour décrocher le récepteur téléphonique.

Mr Queen l'arrêta par ces mots :

– Je crains que les effets combinés du whisky et les manières un peu brutales de mon associé ne vous aient fait perdre la notion de l'heure, Mr de Carlos. Les banques sont fermées ; il est encore beaucoup trop tôt pour faire opposition à votre chèque de vingt-cinq mille dollars.

Toujours aussi digne, le barbu gagna la porte.

– Mr Queen, dit Mr Queen, reconduisez Mr de Carlos.

– Mais... commença Beau.

Son associé l'ayant interrompu d'un hochement de tête impératif, le jeune homme obéit en silence.

Rentré dans le bureau, Mr Rummell demanda avec une colère mal contenue :

– Avez-vous perdu la raison ? Pourquoi l'avoir laissé partir ?

– Rien ne nous presse, répondit Ellery, les yeux fixés sur le chèque laissé par Carlos.

– C'est possible, bougonna l'autre. Mais, au lieu de regarder avec amour un chèque que vous n'encaisserez jamais, vous feriez mieux de penser à Kerrie ! Vous pouvez le déchirer, ce bout de papier !

– Dieu m'en garde ! A mes yeux, ce « bout de papier » est si précieux qu'il va rejoindre, dans mon portefeuille, les microphotographies.

– Le stylo avait autrement plus de valeur ! Pourquoi le lui avez-vous laissé ?

– Rien ne nous presse, répéta Ellery. Gardons-nous de lever trop tôt notre lièvre.

Beau se jeta sur le canapé en soupirant :

– Quel gâchis ! Si Cole ne le lui a pas donné, comment ce stylo est-il tombé entre les mains de Carlos ? Notre homme a dû mentir à ce sujet. Et s'il a le stylo de Cole... (Beau se releva brusquement.) ... S'il a le stylo de Cole, pourquoi n'aurait-il pas eu son porte-mine, par-dessus le marché ?

Le chèque alla rejoindre le fameux porte-mine dans la poche d'Ellery, puis celui-ci déclara :

– Il importe de vérifier si les malles de Cole furent expédiées directement à Tarrytown, comme Carlos le prétend. Renseignez-vous sur ce point, Beau.

– Entendu. Mais le porte-mine...

Ellery l'interrompit avec un froncement de sourcils.

– Méfions-nous des conclusions précipitées, Beau. Classons d'abord les éléments que nous possédons et tâchons d'en apprendre davantage sur Carlos. Je vous confie ce soin. Interrogez les vieux piliers de Wall Street, certains d'entre eux doivent encore se souvenir des années 1919-20. A cette époque – avant de prendre définitivement la mer – Cole fit, par l'intermédiaire de Carlos, des coups de bourse sensationnels. Fouillez dans le passé de notre homme et assurez-vous qu'il n'ait jamais été marié.

– Parlez-vous sérieusement ? En quoi ce détail concernant la vie privée de l'ami Carlos peut-il nous intéresser ? D'ailleurs, votre réponse se trouve dans le testament de Cole : Carlos est toujours resté célibataire.

– Je préférerais en avoir une confirmation formelle et je compte sur vous pour l'obtenir le plus vite possible.

– Entendu. Quel dommage que vous lui ayez laissé ce stylo !

– Oui, le stylo... (Le ton de Mr Queen indiquait clairement que cette question le tracassait ; mais il haussa les épaules et reprit :) ... Chaque chose en son temps. Que s'est-il passé cette nuit, après mon départ ?

Beau le mit au courant.

– Voilà où nous en sommes, conclut-il.

Son associé se mit à arpenter le bureau d'un pas nerveux.

– Un côté de cette histoire me déplaît infiniment, déclara-t-il. A nous deux, nous avons mis mon père dans un pétrin impossible... Beau, il faut que vous repreniez votre véritable identité avant que les journalistes ne mettent le nez dans nos affaires. Mon père s'est déjà trop avancé dans la voie de supprimer des faits, au risque d'être destitué.

– C'est à devenir fou ! Mais vous avez raison, il faut remettre les choses au point. Kerrie...

– Kerrie doit être informée de tout, Beau. Avouez-lui aussi l'autre chose.

– Non ! Je me refuse absolument à dire cela... Et vous devez vous taire comme moi. La moindre indiscrétion, sur ce point, aurait des conséquences terribles. Autant porter tout de suite Kerrie sur la chaise électrique !

Ellery mordilla sa lèvre inférieure, puis il demanda :

– Mon père est convaincu, dites-vous, que son histoire est une pure invention ?

– Oui. Hélas ! il faut avouer qu'elle est difficilement croyable.

Un long silence plana ; Ellery le rompit enfin par ces mots :

– Commençons par tirer au clair cette histoire de

noms. Je vais rentrer me coucher et je vous conseille d'en faire autant. La journée sera chargée, vous avez besoin de quelques heures de sommeil.

Les deux amis quittèrent ensemble le bureau. Tout en suivant des yeux le taxi d'Ellery, Beau ruminait complaisamment l'idée qui l'avait frappé, pendant leur entretien... une idée si abasourdissante qu'il avait décidé de la garder pour lui. Pourquoi laisser à Ellery le monopole des mystères ?

Notre héros prit à pied le chemin du *Villanoy.* S'il avait vu juste, si... Mais, de ce côté, rien ne pressait. Avant tout, il fallait avouer à Kerrie la substitution de noms... Comment lui apprendre la vérité, grands dieux ?

Par des rues désertes à cette heure, Beau atteignit le *Villanoy.* Instruit par l'expérience, il savait que les reporters ne dormaient que d'un œil, sur les divans du hall jonché de mégots de cigarettes et de restes de sandwiches. La première difficulté consistait à tromper leur surveillance.

Beau entra par la porte de service et il réveilla un gardien de nuit ; un billet changea de main, puis l'homme le monta subrepticement au dix-septième étage.

La porte était gardée par un subordonné de l'inspecteur Queen, le détective Piggott qui connaissait le fils de l'inspecteur Rummell depuis l'âge des culottes courtes et des genoux écorchés. Piggott sommeillait sur sa chaise, mais il ouvrit un œil et dit gravement :

– Hello, Mr *Queen* !

Beau sourit et il fourra un cigare dans la bouche du détective ; puis il entra sans frapper dans l'appartement 1724. Le sergent Velie faisait un somme dans le fauteuil placé devant la fenêtre. Il s'éveilla instantanément, comme un chat, et il murmura :

– Tiens, c'est vous !

Sur ce, Velie referma les yeux.

Beau ouvrit la porte de la chambre. Kerrie dormait à poings fermés dans un des lits jumeaux ; Vi, toute habillée, occupait l'autre. A la vue du jeune homme elle se leva et, sur la pointe des pieds, elle vint le rejoindre dans le boudoir. Après avoir fermé silencieusement la porte derrière elle, Vi demanda :

– Vous venez voir votre femme, pour changer ?

– Comment va-t-elle ?

– Bien, mais ce n'est pas à vous qu'elle le doit. Le médecin lui a donné un soporifique et elle a fini par s'endormir. Si vous désirez aller auprès d'elle, je ne puis vous en empêcher, ajouta Vi d'un ton nettement agressif. Vous êtes son mari.

– Non, non. Laissons-la dormir, la pauvre petite. Vous êtes un ange, Vi. Jamais nous ne vous remercierons assez pour...

– Gardez vos remerciements. Vous êtes le dernier des salauds, le saviez-vous ?

– Comment ?... (Beau se retourna.) ... Pourquoi ces injures, ma chère amie ?

Vi regarda le sergent Velie, immobile dans le fauteuil. Puis elle répondit, sans baisser la voix :

– Vous préféreriez sans doute que le gros policeman ne m'entendît pas exprimer le fond de ma pensée.

– Ne craignez rien ; il écoute. Hep, Velie, assez de comédie !...

Le sergent ouvrit les yeux et Beau ajouta :

– ... Maintenant, videz votre sac, jeune fille.

Vi pâlit, mais elle répondit avec calme :

– Puisque vous y tenez, voici ce que je pense : *vous* étiez dans la chambre d'en face ; *vous* avez tiré, à travers la cour, sur Margo Cole ; *vous* avez jeté son browning aux pieds de Kerrie... Assassin !

Beau la foudroya d'un regard si terrible qu'elle se

mit à trembler de la tête aux pieds. Le sergent crut bon d'intervenir. Il se leva en disant :

– Ecoutez, jeune homme...

– Laissez-nous, Velie. Si je comprends bien, Vi, vous m'accusez d'avoir essayé de me décharger sur Kerrie d'un crime que je venais de commettre ?

– Oui !

– Et j'imagine que vous avez soufflé cette idée à Kerrie ? Avouez-le !

– C'était inutile. Votre femme est assez intelligente pour avoir trouvé cela toute seule.

– Vipère !

La haine donna à Vi le courage de continuer :

– Interrogez-la. Votre absence inexplicable a coïncidé avec le meurtre, n'est-ce pas ? Tôt ou tard, la pauvre petite devait faire l'inévitable rapprochement... Elle l'a fait ! Kerrie lutte contre cette pensée, mais elle ne peut la chasser. Elle vous aime... Dieu seul sait pourquoi ! Vous ne lui avez apporté que du malheur, misérable !

– Continuez.

– Vous étiez l'amant et le complice de Margo. Après l'échec de vos tentatives criminelles, vous décidez d'épouser Kerrie pour la dépouiller d'une fortune que vous comptez partager avec cette horrible créature, mais Margo déjoue vos projets. Dans un moment de folie, elle vient ici, hier soir, avec l'intention d'ouvrir les yeux de Kerrie sur votre compte. Comme vous vous méfiez du coup, vous suivez votre complice et vous l'abattez à temps. Voilà ce que je pense !

– Je me moque de votre opinion sur moi ! C'est celle de Kerrie que je veux connaître.

– Kerrie pense de même, mais elle ne se l'avoue pas encore... Malgré les apparences, elle se cramponne à l'idée que vous êtes un honnête homme et elle se sacrifie pour vous ! Il n'y a pas de quoi être fier de votre personnage, Mr Queen.

– Filez, articula Beau entre ses dents. Filez et que je ne vous retrouve plus jamais sur mon chemin.

– Kerrie a besoin de moi !

– Vous l'avez assez torturée ! M'obligerez-vous à vous jeter dehors ?

Beau la saisit par le bras. Folle de rage impuissante, Vi cria :

– Assassin ! Maintenant, vous voulez vous débarrasser de Kerrie et je vous gêne, n'est-ce pas ?

– Si vous étiez un homme, vous me la payeriez, celle-là ! gronda Beau en serrant les poings.

Velie s'interposa.

– Assez ! ordonna-t-il.

Au même instant, la porte de la chambre s'ouvrit devant Kerrie, en chemise de nuit et pâle comme une morte.

Beau rougit jusqu'aux oreilles.

– Kerrie !... commença-t-il.

Mais elle recula d'un pas et referma brusquement la porte. Vi s'élança... La porte claqua une seconde fois.

Beau voulut entrer à son tour dans la chambre, mais le sergent Velie lui barra la route.

– Vous feriez mieux de prendre vous aussi une drogue pour dormir, Beau, dit-il doucement.

– Je dois parler à Kerrie. Je ne puis la laisser croire...

– Elle en a déjà assez sur les épaules comme cela. Rentrez vous coucher et dormez pendant quelques heures... Cela vous fera le plus grand bien.

– Mais il faut que je lui dise qui je suis, Velie ! Il faut que je chasse cet abominable soupçon...

Le sergent l'interrompit sèchement :

– Quand vous lui apprendrez qu'elle vous a toujours connu sous un faux nom, votre femme sera certainement convaincue de votre innocence ! Ce doit être charmant de découvrir que l'homme qui vous a enlevée et épousée se faisait passer pour un autre.

Beau blêmit et il quitta silencieusement la pièce.

17

Mr Rummell retrouve sa personnalité

Le réveil de Beau sonna un peu avant midi. Avec un grognement, notre héros ouvrit les yeux :

– Satané soporifique ! soupira-t-il. Je suis plus vaseux qu'avant !

Il se leva, prit une douche glacée, se rasa, puis il s'habilla et il sortit.

Au coin de la rue, il acheta deux paquets de cigarettes et une barre de chocolat qu'il mangea en gagnant la station de métro la plus proche.

Le même soir, Vi était sur le point de piquer une crise de nerfs.

De toute la journée, la porte de la chambre ne s'était ouverte qu'une seule fois, devant un détective qui roulait devant lui une table chargée de provisions. Kerrie avait refusé de manger et, ensuite, elle n'avait plus desserré les dents... Depuis des heures, elle était assise à la même place, les yeux secs, les mains croisées sur ses genoux, dans une immobilité de Bouddha.

A côté, dans le boudoir gardé par un policeman, une certaine agitation avait régné toute la journée ; à travers le store baissé de la fenêtre, Vi avait vu des hommes aller et venir dans la chambre 1726... Mais, de Kerrie elle-même, nul ne paraissait se soucier.

Enfin, vers vingt et une heure, plusieurs hommes envahirent le boudoir ; Vi se leva d'un bond et Kerrie tourna la tête.

La porte de la chambre s'ouvrit devant le sergent Velie qui tenait un papier à la main ; des inconnus l'accompagnaient.

Très pâle, Kerrie se leva.

– J'ai un mandat d'arrêt au nom de Kerrie Shawn, dit le sergent. Veuillez vous préparer à me suivre, miss Shawn.

Ensuite, ce fut une succession d'images confuses rappelant celles d'un film déroulé à une allure vertigineuse. Un photographe ayant réussi à fendre le cordon de policemen, des éclairs de magnésium se succédèrent ; puis la ruée des reporters emporta le service d'ordre et envahit l'appartement. Au centre de la bousculade, Kerrie mit un chapeau et un manteau, le sergent Velie déclara que miss Day ne pouvait l'accompagner et Vi s'accrocha en sanglotant à son amie... « Ne faites pas l'enfant ! » dit Kerrie qui brusqua les adieux.

Peu après, Vi se retrouva presque seule dans l'appartement, au milieu d'ampoules de magnésium, de journaux et d'objets appartenant à Kerrie. Elle s'assit par terre et pleura toutes les larmes de son corps devant deux femmes journalistes restées dans la place pour des motifs d'intérêt professionnel.

Quand la jeune fille eut retrouvé la force nécessaire pour se relever, les deux bonnes âmes l'aidèrent à refaire les valises de Kerrie... Mais elles assourdirent de questions la malheureuse Vi jusqu'au moment où celle-ci menaça de cogner leurs têtes l'une contre l'autre.

Enfin, avec l'aide d'un policeman, Vi parvint à

s'échapper en emportant les valises de son amie. Dégoûtées, les deux journalistes prirent le chemin de Central Street.

Vi regagna son hôtel. En traversant le hall, avec son chapeau sur une oreille, elle remarqua deux inconnus qui la dévisageaient sans aménité ; elle s'enferma dans sa chambre.

Puis le téléphone se mit à sonner sans interruption. Au bout d'une demi-heure, Vi ordonna à l'opérateur de ne plus lui transmettre les communications. Le résultat ne se fit pas attendre : les indésirables vinrent frapper à sa porte. Elle rappela l'opérateur de l'hôtel et menaça d'alerter la police si on ne la laissait pas en paix.

– Bien, madame, répondit l'opérateur. Attendez un instant, je vous prie... (Puis il reprit :) ... Excusez-moi, madame. C'est la police.

Vi ouvrit et elle se trouva en face des deux hommes qui, dans le hall, l'avaient regardée avec malveillance. L'un d'eux lui dit de se tenir tranquille et de ne pas quitter la ville.

– Vous avez déjà arrêté une innocente, cela devrait vous suffire ! s'écria la jeune fille.

– Ne vous fâchez pas, ma jolie, et acceptez un petit conseil amical, intervint l'autre homme.

Vi leur claqua la porte au nez et donna un tour de clef.

A la suite de cette visite, le téléphone ne sonna plus et nul ne vint tambouriner à sa porte. Enfermée dans sa chambre, Vi se tint tranquille.

Fou de rage, Beau entra comme un ouragan dans le bureau de l'inspecteur Queen, au bureau central de la police.

– Quelle mouche vous a piqué ? cria-t-il. Pourquoi m'avez-vous fait amener ici ?... (A cet instant, il vit

Kerrie et il ajouta lentement :) ... Oh ! Qu'est-ce que cela signifie ?

Kerrie tourna vers lui des yeux remplis d'une tristesse poignante.

– Je désirais vous parler, répondit l'inspecteur Queen. Quant à miss Shawn, nous avons décidé de la garder comme « témoin »... Mais nous savons tous ce qu'il en est.

Beau reconnut les trois hommes présents ; une sténographe et deux assistants du procureur du district Sampson.

– Elle est innocente, déclara notre héros. Le véritable meurtrier se trouvait dans la chambre 1726 ; il abattit Margo en tirant par la fenêtre, puis il jeta l'arme du crime dans le boudoir. Kerrie la ramassa sans savoir ce qu'elle faisait.

– Est-ce tout ce que vous avez à dire pour sa défense ? demanda l'inspecteur d'un ton singulier.

– La vérité ne vous suffit-elle donc pas ?

– Pardon, intervint Kerrie à voix basse. Inspecteur Queen, vous m'avez accusée d'avoir assassiné ma cousine ; je reconnais que les circonstances sont...

– N'admettez rien ! s'écria Beau. Laissez-moi...

– Je reconnais que les circonstances sont contre moi, reprit Kerrie. Mais, si j'ai abattu Margo, je devais avoir un mobile. Lequel ?

– Je le connais, répondit l'inspecteur.

– Mais ce mobile n'existe pas ! Je ne pouvais en avoir un... Vous voulez dire que je la détestais, que j'étais jalouse à cause de... à cause de mon mari ? Mais si cela était, aurais-je attendu d'être mariée pour supprimer Margo ? Mariée, je n'avais plus aucun motif de jalousie, inspecteur... (Dans un silence général, Kerrie poursuivit :) ... Reste l'autre mobile possible : l'intérêt. Mais, lui non plus, n'existe pas. Du fait de mon mariage, j'ai perdu tous mes droits à l'héritage de l'oncle Cadmus. J'ai renoncé à ma propre part, comme à la possibilité d'hériter de celle de ma cousine. Comprenez-vous, maintenant, que l'accusation ne tient pas debout ? Je n'avais aucune raison de souhaiter la disparition de Margo !

– Cette raison existe cependant, dit l'inspecteur.

– Dites-la-moi.

– Une rente viagère de deux mille cinq cents dollars par semaine peut tenter quelqu'un.

Kerrie écarquilla les yeux.

– Mais je viens de vous expliquer... Mr Goossens et Mr de Carlos confirmeront mes dires... Le testament...

– Parfaitement, murmura Beau. Vous faites fausse route, papa.

L'inspecteur répondit d'un ton las.

– Si l'inculpée avait été mariée lors du crime, elle n'aurait aucun mobile, c'est exact.

Kerrie se leva d'un bond.

– Qu'insinuez-vous ? s'écria-t-elle.

– Ne jouez pas la comédie, dit sèchement l'inspecteur. Vous n'y gagnerez rien.

– Ellery !... (Kerrie courut à Beau et elle le secoua.) ... De quoi votre père parle-t-il ? Je veux savoir !

Pour toute réponse, Beau baissa la tête. Kerrie blêmit et elle le repoussa avec une aversion soudaine.

L'inspecteur reprit :

– Cet après-midi, j'ai reçu, par télégramme, un renseignement anonyme de la plus haute importance. Une courte enquête a confirmé l'exactitude de ce renseignement. Miss Shawn...

– Miss Shawn ? murmura Kerrie.

– Miss Shawn, vous n'avez pas été mariée hier soir. En réalité, ce simulacre de mariage était un trompe-l'œil... un écran de fumée derrière lequel vous pouviez vous retrancher en disant que vous n'aviez aucun mobile pour assassiner votre cousine Margo.

Malheureusement pour vous, la police a déjoué la manœuvre ; vous n'avez perdu aucun de vos droits à la fortune de votre oncle, vous héritez toujours de la part de miss Cole. Maintenant, qu'avez-vous à dire ?

– Pas mariée hier soir... Mais c'est faux ! Nous avons été mariés près de Greenwich, Connecticut, par un juge de paix appelé... Appelé Johnston. Ellery ! Dites à votre père...

– Il ne s'appelle pas Ellery et je ne suis pas son père, l'interrompit l'inspecteur dans un brusque mouvement de colère. Cet homme est Beau Rummell, l'associé de mon fils dans une maudite agence de police privée !

– Beau Rummell ?

Kerrie retomba sur sa chaise et elle mit une main devant ses yeux.

– Par pitié, papa, murmura Beau.

– A quoi bon continuer à mentir, Beau ? Il n'y a pas trace d'une licence de mariage ; il n'y a pas trace du juge de paix qui vous a soi-disant mariés... Si ce Johnston existe, amenez-le ! Et, du même coup, montrez-nous votre licence et votre certificat de mariage ! Tout est faux, y compris l'adresse de votre juge de paix ! Après être restée vide pendant des années, la maison fut louée pour une nuit... la nuit dernière !

Des images décousues défilèrent devant les yeux clos de Kerrie. La maison délabrée, les mauvaises herbes, la poussière, le singulier Mr Johnston...

Beau capitula brusquement.

– Le mariage n'était qu'un simulacre, c'est vrai, murmura-t-il. Mais Kerrie n'en savait rien... Elle croyait m'avoir épousé pour de bon. J'ai tout manigancé seul, vous dis-je !...

« J'aurais dû le savoir, songea la pauvre petite. La licence que je n'avais pas signée, que je n'avais même pas vue ! Et ce juge de paix qui allait nous marier – nous marier ! – sans un second témoin... Pouah ! »

Beau poursuivit avec véhémence :

– ... Toutes les cartes sont brouillées. A trois reprises, Margo essaye de tuer Kerrie ; elle la haïssait parce que... parce qu'elle avait le béguin pour moi. De plus, elle dépensait plus que ses revenus et elle voulait la part de Kerrie. Elle me l'a dit elle-même. Mais, comme nous manquions de preuve, je ne l'ai pas démasquée... Depuis le début, j'ai agi dans le seul but de protéger Kerrie ; Ellery est au courant de tout et il vous confirmera ce que j'avance.

– Ne mêlez pas Ellery à cette affaire ! tonna l'inspecteur.

– Je ne puis faire autrement. Même si je le laissais en dehors, ce ne serait pas pour longtemps.

– A-t-il appris les choses par lui-même ou par vous ?

– Par moi. Mais c'est la vérité, je vous le jure ! J'ai conçu l'idée de ce faux mariage pour supprimer un des deux mobiles de Margo : Kerrie apparemment mariée, Margo toucherait temporairement sa part... Au point de vue intérêt, elle serait donc satisfaite. Quant à l'autre mobile... Comment dire ? Je fis un marché avec elle. Feignant d'être son complice, je lui racontai que j'épousais Kerrie pour la dépouiller de sa part, laquelle part nous nous partagerions ensuite, Margo et moi. Je lui dis que je l'aimais, et non Kerrie, que ce mariage ne serait qu'une simple formalité... et ainsi de suite. Margo donna dans le panneau. Hier soir, en vrai monstre qu'elle était, elle ne put résister au mauvais désir de donner le coup de grâce à celle qu'elle prenait pour sa victime.

– Vous me demandez de croire que miss Shawn ignorait que le mariage était un simulacre ?

– La croyez-vous capable de... (Beau eut un geste

accablé ; puis il ajouta :) ... Je ne l'ai pas épousée pour de bon afin de ne pas lui faire perdre l'héritage de son oncle, mais je me suis gardé de lui dire que notre mariage était un simulacre, sans quoi elle aurait refusé de se prêter à cette comédie. Vous ne connaissez pas Kerrie, vous dis-je.

Les deux assistants du procureur du district conférèrent à voix basse ; puis ils appelèrent Queen et l'entretien se poursuivit à trois. Enfin, l'inspecteur, qui était plus pâle que d'habitude, demanda à notre héros :

– Où êtes-vous allé hier soir, après avoir laissé miss Shawn au *Villanoy* ?

Kerrie releva la tête ; ses yeux avaient une expression déchirante.

– Pour commencer, je ne suis pas un salaud, gronda Beau. J'étais dans une situation impossible... Kerrie nous croyait mariés et je savais que nous ne l'étions pas. J'invoquai le premier prétexte venu, je promis de revenir et je m'esquivai. Une fois dehors, je pensai brusquement à une chose : il fallait avertir immédiatement les administrateurs de la succession de Cole que le mariage n'avait aucune valeur légale ou autre.

» Je me rendis à mon bureau de Times Square ; là, j'écrivis à Goossens et à Carlos pour les informer de la situation et les prier de me prêter leur concours jusqu'à ce que je puisse prouver que Margo était l'auteur des attentats criminels commis contre Kerrie... Je ne voulais pas que celle-ci perdît une semaine de revenus, vous comprenez ? Les deux lettres étaient identiques ; après les avoir cachetées et affranchies avec une surtaxe pour qu'elles fussent délivrées à la première heure le lendemain matin, je les jetai dans la boîte du hall. Le gardien de nuit de l'immeuble m'ouvrit la porte pour me laisser entrer et sortir ; de mon bureau, je me rendis directement au *Villanoy*.

– Tout cela sera contrôlé, dit l'inspecteur avant de se détourner.

Une discussion à voix basse s'engagea entre lui et les représentants du procureur du district. Apparemment, ceux-ci demandaient quelque chose et Queen défendait énergiquement un point de vue différent.

Beau courut à Kerrie.

– Kerrie, croyez-moi, je vous en supplie ! Je vous aime et n'ai eu qu'un seul but : vous sauver... (Il se pencha pour lui murmurer à l'oreille :) ... Je crois connaître l'assassin de Margo. L'idée m'est venue brusquement, cette nuit. Je n'ai besoin que d'un peu de temps. Ma chérie, dites quelque chose... Dites-moi, au moins, que vous ne me prenez pas pour un assassin et un lâche !

Elle leva enfin les yeux et son regard douloureux fouilla la conscience de Beau. Soudain, elle lui jeta les bras autour du cou et l'attira vers elle.

– Merci, mon Dieu ! murmura Beau qui sentait le cœur de la jeune fille battre à l'unisson du sien.

Un policeman les sépara. Beau ne protesta pas et Kerrie, avec une expression de somnambule, se laissa docilement emmener en prison.

Notre héros regarda l'inspecteur qui fit un geste vers la porte.

– Ne quittez pas la ville, dit-il d'un ton sec.

– C'est promis, papa. Et... Et merci.

Beau sortit rapidement. « Je vais être suivi, songea-t-il. Peut-être même n'ai-je que quelques heures de liberté devant moi... Et c'est bien à l'inspecteur Queen que je le dois ! Les deux assistants de Sampson m'auraient volontiers arrêtés séance tenante, comme complice. »

Le lendemain matin, à neuf heures, les deux associés se retrouvèrent dans le bureau de l'*Agence Ellery Queen and Co.*

Ellery avait appris l'arrestation de Kerrie et il en était atterré ; Beau lui raconta les événements de la veille, puis il ajouta :

– Avant d'être emmené au bureau central, je m'étais occupé de Carlos. Mon enquête à la Bourse m'a appris un fait intéressant sur son compte : depuis la mort de Cole, notre homme a joué comme un enragé et il a bu d'énormes bouillons. Avec ce que les femmes et le poker lui ont coûté, on peut dire que le million de dollars laissé par Cole est parti en fumée.

– Toujours pas d'indications permettant de croire qu'il ait été marié ?

– Je n'ai fait, sur ce point, qu'une enquête extrêmement superficielle ; les premiers résultats sont négatifs.

– De mon côté, je me renseigne depuis un certain temps sur notre Carlos, déclara Ellery. Tous les rapports qui me sont parvenus étant également négatifs, nous pouvons admettre – en principe – que Carlos ne s'est jamais marié. Vous êtes-vous occupé des affaires personnelles de Cole ?

– Oui. J'ai fouillé ses malles sans rien trouver d'intéressant pour nous.

– Y avait-il un stylo ?

– Ni stylo ni porte-mine.

– Des fausses dents ?

– Non.

– Des lunettes ? Une perruque ?

– Non.

A cet instant, miss Penny vint remettre un télégramme à Beau. Après l'avoir lu, le jeune homme s'écria :

– Hurrah ! Notre envoyé a retrouvé le capitaine Angus ! Les deux hommes seront à New York dans la soirée. Demain, Kerrie sera relâchée !

– Oh ! murmura Mr Queen. Vous avez une théorie ?

– Une théorie ? Vous plaisantez. J'ai la réponse !

Beau développa longuement son point de vue. Ellery l'écouta en silence, sans se laisser gagner par son enthousiasme.

– ... Qu'y a-t-il ? demanda notre héros. Auriez-vous des objections à formuler ?

– Oui et non. Tous les faits semblent vous donner raison... Et je puis même vous fournir des arguments propres à renforcer considérablement votre théorie. Mais un point me tracasse, Beau.

– Lequel ?

– Une petite contradiction... Bah ! Passons...

– Passons, répéta vivement Beau.

Les deux amis épluchèrent ensemble la fameuse théorie ; certaines contributions de Mr Queen firent briller les yeux de son associé qui, pour la première fois depuis des mois, se dérida complètement.

La sonnerie du téléphone retentit et miss Penny annonça :

– C'est votre père, Mr Queen.

Le sourire de Beau s'effaça.

– Allô, papa ! dit Mr Queen dans le récepteur. (Il écouta avec un intérêt croissant. Quand il raccrocha enfin, il s'écria en riant :) ... Tenez-vous bien, mon cher ! L'inspecteur Queen vient de me communiquer une nouvelle sensationnelle : Margo Cole n'était pas la fille de Huntley et de Nadine Cole. Elle n'était ni la nièce de Cadmus, ni la cousine de Kerrie... En fait, elle n'était pas Margo Cole !

– Qui était-ce ? balbutia Beau, littéralement abasourdi.

– Une aventurière connue de la police !

Sans laisser à son associé le temps de retrouver l'usage de la parole, Mr Queen l'entraîna hors du bureau et monta avec lui dans un taxi.

– Bureau central de la police, lança Ellery au chauffeur.

18

Où l'on parle de miss Bloomer

– Comment diable votre père a-t-il eu l'idée de lever ce lièvre-là ? demanda enfin Beau.

– La femme qui s'était présentée sous le nom de Margo Cole ne m'inspirait aucune confiance, voilà tout. Il ne s'agissait que d'une intuition... Mais elle était assez forte pour me pousser à prier mon père de faire prendre les empreintes digitales de la défunte. Il suivit mon conseil et envoya des belinogrammes à Scotland Yard et à la Sûreté française. Scotland Yard identifia les empreintes de celle qui se faisait passer pour Margo Cole.

– Qui était-ce, en réalité ?

– Une certaine Ann Bloomer, le produit des *slums* (1) londoniens : père ivrogne, mère de mauvaises mœurs... Dès l'adolescence, Ann apprit à se « débrouiller ». A l'âge de dix-neuf ans, elle fut compromise dans une affaire de chantage, arrêtée par la police britannique et condamnée à un an de prison. Libérée en 1925, elle quitta l'Angleterre. Souvenez-vous que la mère de la véritable Margo Cole mourut la même année, en France.

(1) Quartiers pauvres.

– Mais la police française avait corroboré les dires de cette femme !

– Nous avons tous été roulés de main de maître. Ne voyez-vous pas encore ce qui s'est passé ? Quand Ann Bloomer débarqua aux Etats-Unis en se faisant passer pour Margo Cole, elle raconta une certaine histoire composée à l'aide de deux vies : celle de la véritable Margo Cole jusqu'en 1925, la sienne propre à partir de 1925. Tout nous permet donc de supposer que la fille de Huntley et de Nadine Cole disparut à cette date.

– Diable ! L'affaire aurait commencé en 1925, par le meurtre de Margo Cole ?

– Je n'en sais rien... (Mr Queen regarda par la portière du taxi.) ... Il y a un fait certain : la découverte de mon père nous ouvre de nouveaux horizons. D'ores et déjà, nous savons qu'Ann Bloomer – qui prétendait avoir changé son nom de Margo Cole contre celui d'Ann Strange – était, en réalité, une aventurière anglaise qui ne pouvait avoir le moindre rapport avec la famille Cole. Cette même femme essaya d'assassiner Kerrie et, par un juste retour des choses, fut abattue avant-hier.

– Comment s'était-elle procuré les preuves d'identité de Margo Cole ? Serait-il possible que...

– Mon père a téléphoné à Goossens pour lui demander d'apporter immédiatement tous les papiers au Bureau central.

Beau ordonna au chauffeur de s'arrêter devant la prison.

Kerrie se jeta dans ses bras. Au bout d'un moment, Ellery toussota.

– Présentez-moi, mon cher, dit-il.

Les présentations faites, la jeune fille lui tendit la main en disant :

– Je suis enchantée de faire la connaissance de

l'homme que j'avais cru épouser. Au fait, Mr Queen, ne nous sommes-nous pas déjà rencontrés ? J'ai l'impression...

Beau intervint vivement :

– J'avais besoin de vous serrer sur mon cœur et de prendre de vos nouvelles, ma chérie. Hélas, il faut déjà partir. Un travail urgent nous appelle, Ellery et moi... (Il l'embrassa avant d'ajouter:) ... Nous vous tirerons bientôt d'ici, ma petite. Courage.

– Miss Shawn, saviez-vous que Margo Cole n'était pas la véritable Margo Cole ? demanda brusquement Ellery.

– Comment ? Beau, je ne comprends pas la question de votre ami...

Beau lui résuma la situation.

– Mais je ne vois pas... commença Kerrie, mal remise de sa stupeur.

– Ne cherchez pas la réponse, lui dit Ellery. Tant que vous serez ici, parlez le moins possible et reposez-vous tranquillement. Une prison est une véritable maison de repos, croyez-moi.

Elle murmura, avec un pâle sourire :

– Dieu veuille que la cure ne soit pas trop longue, Mr Queen.

– Vous serez bientôt libre comme l'air, je vous le promets. Au revoir, miss Shawn... Non, Kerrie.

– Au revoir, Ellery.

Beau l'embrassa une dernière fois, puis les deux amis sortirent rapidement.

Au Bureau central, l'inspecteur Queen et Goossens étaient penchés sur des paperasses, tous deux semblaient soucieux.

– Tous les papiers sont authentiques et en règle, bougonna l'inspecteur. Je n'y comprends rien !

– Ni moi non plus, dit Goossens qui suçait nerveusement le tuyau de sa pipe éteinte. (Il regarda les nouveaux arrivants, puis demanda :) ... Lequel de ces messieurs est votre fils, inspecteur ?

– Celui-ci, répondit l'interpellé en désignant Ellery. L'autre, celui qui se faisait passer pour Ellery Queen est Beau Rummell, l'associé de mon fils. Ne vous gênez pas pour leur donner la correction qu'ils méritent, Mr Goossens.

– J'ai d'autres soucis en tête, soupira l'avoué en serrant la main d'Ellery. Un jour ou l'autre, vous m'expliquerez la raison de cette substitution de personne, messieurs. Pour l'instant, je suis anéanti par l'histoire de Margo Cole... D'Ann Bloomer, plus exactement.

– Vous êtes certain que ses papiers d'identité sont en règle ? demanda Ellery.

– Certain. Jugez-en par vous-même, Mr Queen. J'ai apporté également ceux de miss Shawn, afin de pouvoir les comparer.

– J'y pense ! s'écria l'inspecteur. Miss Shawn ne serait-elle pas aussi une voleuse d'identité ?

Beau prit la mouche.

– Dans son cas, tout est clair comme de l'eau de roche ! De plus, le dossier comprend une photo de Kerrie âgée d'une dizaine d'années...

– Peu importe, l'interrompit l'inspecteur. Le fait que la victime ait changé d'identité ne modifie pas la position de Kerrie Shawn par rapport au crime.

– Pour ma part, je me trouve dans une situation fort embarrassante, soupira Goossens. Le fait d'avoir Carlos pour co-exécuteur testamentaire et co-administrateur de la succession n'améliore pas les choses, loin de là ! Toutes les sommes indûment versées à cette miss Bloomer...

– Vous ne pouvez être tenu pour responsable d'une erreur que nous avons tous commise, déclara

Ellery. Les preuves d'identité étant authentiques, nous avons eu le tort d'admettre, *ipso facto* que la personne qui nous les présentait en était la légitime propriétaire ; mais, encore une fois, nul n'a un reproche à vous adresser.

– Au point de vue légal, je n'ai pas grand-chose à craindre, je le sais, répondit l'avoué. Mais l'affaire sera exploitée par les journalistes et par les bonnes langues... Je prévois un véritable scandale, extrêmement nuisible pour la réputation de mon étude. Enfin, que chacun garde pour soi ses soucis personnels.

– Vous parliez à l'instant de point de vue légal, dit Beau. A ce propos, il va falloir entreprendre de nouvelles recherches en vue de retrouver la véritable Margo Cole.

– Oui, oui, je sais. Et puisque nous sommes sur ce sujet, permettez-moi de vous dire, Mr Queen, que vous avez enfreint les instructions très précises de Mr Cole. Ayant été spécialement désigné par lui, vous n'aviez aucun droit de vous faire remplacer par Mr Rummell.

– Si vous avez la prétention de nous faire recracher les quinze mille dollars, vous perdez votre temps, déclara Beau.

– Non, non, dit Goossens avec un sourire nerveux. Passons l'éponge sur cette histoire ancienne ; mais, vu les circonstances, je pense que la firme *Ellery Queen and Co.* devra se retirer de cette affaire. En un mot, votre rôle me paraît terminé, messieurs. Je m'adresserai à une autre agence de police privée ou je dirigerai personnellement les recherches entreprises pour retrouver la véritable Margo Cole.

– Nous ne renonçons à aucun de nos droits, déclara fermement Mr Queen.

– Vos droits ? s'écria l'avoué. A mon avis, vous n'en

avez pas. D'ailleurs, il y a toutes les chances pour que Margo Cole soit morte. Auquel cas, cette discussion est vraiment oiseuse.

– C'est bien possible, répondit Ellery.

Goossens se leva en disant :

– Dois-je vous laisser ces papiers, inspecteur ?

– Oui. Je les garde jusqu'à nouvel ordre.

L'avoué salua à la ronde avant de sortir.

Après son départ, l'inspecteur remarqua :

– L'ami Goossens n'est pas content. A vrai dire, il est dans de beaux draps et moi de même ! Dans cette affaire, je n'ai pas la conscience absolument nette et le chef de la police songe à me donner un remplaçant. Avec ce fait nouveau...

Il acheva sa phrase d'un hochement de tête.

– Je propose d'examiner méthodiquement la situation, dit Mr Queen.

– Y vois-tu clair ?

– Comme en plein jour.

– Tu ne crois donc pas que Kerrie Shawn ait abattu cette miss Bloomer ?

– Non.

– Tu subis une influence étrangère !

– Nullement. J'ai d'excellentes raisons pour la croire innocente.

– Des raisons ? répéta l'inspecteur. Je serais curieux de les connaître.

Ellery se mit à raisonner tout haut :

– A l'heure actuelle, la première question qui se pose est la suivante : Margo Cole, la véritable nièce de Cadmus Cole, est-elle morte ou vivante ? Vu l'énorme publicité faite pour retrouver les héritières du milliardaire, il est infiniment probable que Margo Cole soit morte ; mais ce n'est pas une certitude. Donc, nous ne devons pas écarter, *a priori*, la question suivante : si Margo Cole est encore de ce monde, pourquoi ne s'est-elle pas fait connaître ? La seule réponse plausible est celle-ci : elle ne remplissait pas les conditions exigées par le testament... Mariée ou divorcée, elle ne leva pas le petit doigt pour défendre ses droits d'héritière.

– Il lui restait toujours la ressource d'attaquer le testament, objecta Beau. Pour moi, Margo Cole est morte et enterrée.

– Poursuivons néanmoins notre raisonnement jusqu'au bout, déclara Ellery. Qu'elle fût mariée ou divorcée, Margo Cole pouvait attaquer le testament – ce qu'elle n'a pas fait. Avait-elle un autre moyen de lutter contre la fameuse clause du célibat ? Oui. *Elle pouvait s'aboucher avec une Ann Bloomer et conclure un marché avec elle*. Que penseriez-vous d'un accord de ce genre : la véritable Margo remet à Ann les preuves d'identité dont elle ne peut se servir elle-même. En échange, Ann, devenue Margo Cole et étant entrée en jouissance de l'héritage, versera à l'autre la moitié des revenus.

L'inspecteur s'écria :

– Dans ces conditions, la complice dont Ann Bloomer aurait parlé à Kerrie ne serait autre que la véritable Margo ! Si Ann, installée dans la place de l'héritière, avait refusé de lui verser sa part... Oui, nous aurions là un mobile de meutre.

– Assurément. A propos, papa, j'avais l'impression que vous ne croyiez pas un mot de l'histoire de Kerrie !

L'inspecteur rougit en disant :

– Je n'en crois pas un traître mot. Mais il est permis de discuter pour le plaisir de discuter, n'est-ce pas ?

Les deux jeunes gens rirent et Ellery reprit :

– Pour l'instant, laissons Kerrie de côté. Voici à quoi je voulais en venir : si Margo Cole est encore de ce monde, elle avait dû signer avec Ann Bloomer un accord en vue de s'approprier la moitié de l'héritage laissé par Cadmus Cole. En d'autres termes, Ann Bloomer avait forcément un complice.

» Envisageons maintenant la seconde possibilité : Margo Cole est morte ; donc ce n'était pas d'elle qu'Ann Bloomer tenait ses preuves d'identité. Qui les lui avait remises ? Une personne ayant intimement connu la véritable Margo... Son époux survivant, par exemple. Mais, dans les deux cas, la conclusion est la même : Ann Bloomer avait forcément un complice. »

– Tu oublies une troisième possibilité, objecta l'inspecteur. Margo Cole et Ann Bloomer étaient amies. Celle-ci tua celle-là, vola ses papiers d'identité et se présenta, sous le nom de Margo Cole, pour recueillir l'héritage de l'oncle Cadmus. Dans ce cas, elle n'avait pas de complice.

– J'y avais pensé, répondit Ellery. Mais, à mon avis, cette hypothèse doit être écartée. La police française qui a fait une enquête très serrée sur Margo Cole de sa naissance à 1925 et sur Ann Bloomer de 1925 à maintenant, n'a trouvé aucune trace de cette amitié... De ce silence, nous pouvons conclure que ladite amitié n'existait pas. D'autre part, quelques secondes avant d'être assassinée, Ann Bloomer a révélé à Kerrie l'existence d'un complice.

L'inspecteur dit d'un ton buté :

– A mes yeux, le témoignage de Kerrie Shawn égale zéro. Continue, El.

– Avec ou sans le témoignage de Kerrie, nous avons établi l'existence d'une personne restée dans l'ombre jusqu'à maintenant... Le ou la complice d'Ann Bloomer, le « collaborateur » dont elle parla à Kerrie.

» Nous savons encore ceci : Beau apprit à Ann qu'il allait épouser Kerrie et qu'il l'emmènerait au *Villanoy* aussitôt après le mariage ; il lui promit même de ne pas passer la nuit avec sa jeune femme... Ce qu'il fit, pour des raisons personnelles.

» Ann Bloomer informa son complice ; sans être prouvé, le fait est certain. En dehors d'elle, nul n'était au courant des projets de Beau. Le complice se rendit au *Villanoy* sur les talons de Beau et de Kerrie, il découvrit le numéro de leur appartement et il retint par télégramme la chambre 1726. Renseignements pris, ce télégramme fut téléphoné au Western Union d'une cabine publique. La piste s'arrête forcément là, mais un fait n'en reste pas moins certain : le « collaborateur » téléphona soit du *Villanoy*, soit d'une cabine de taxiphone voisine pour retenir le numéro 1726.

» Sans passer par le bureau, il se glissa dans la chambre à l'aide d'une fausse clef et attendit la suite des événements. Par les fenêtres ouvertes, il entendit sa complice arriver et il ne perdit pas un mot de la conversation entre les deux femmes. Au moment où l'imprudente Ann allait révéler son nom, il l'abattit ; puis il lança le browning de Kerrie dans le boudoir. Ann s'étant vantée d'avoir eu un « collaborateur » pour préparer les attentats criminels contre Kerrie, il était normal que le browning volé à Kerrie fût entre les mains de ce mystérieux « collaborateur ».

» J'imagine, continua gravement Ellery, que celui-ci avait trois mobiles pour assassiner Ann Bloomer.

» Nous sommes fixés sur la valeur morale de cette aventurière. Une fois installée dans la place, elle pouvait impunément balancer l'associé qui lui avait fourni les papiers de Margo Cole ; elle pouvait lui refuser sa part des bénéfices... Et que pouvait-il contre elle, lui ? Rien. Impossible de dénoncer Ann Bloomer sans se dénoncer lui-même !

» La rage impuissante pousse au crime, c'est un fait connu. Premier mobile : soif de vengeance.

» Second mobile : la peur. Titulaire d'un casier judiciaire, Ann Bloomer risquait d'être démasquée pour une raison ou une autre. Elle avait manqué à ses engagements et elle n'hésiterait pas, le cas échéant, à dénoncer son complice. De fait, elle allait le nommer à Kerrie quand trois balles la réduisirent au silence. »

Ellery s'étant arrêté, Beau lui demanda :

– Et votre troisième mobile ?

– Jusqu'à nouvel ordre, je le garde pour moi, répondit Mr Queen. Contentez-vous des deux autres.

– Pourquoi Kerrie en personne n'aurait-elle pas été la complice d'Ann Bloomer ? demanda l'inspecteur. Si l'on écarte son explication et l'histoire de la chambre 1726...

– Allons, papa, ne vous embrouillez pas ! s'écria Ellery. Kerrie est bien la dernière personne au monde que l'on puisse soupçonner de complicité criminelle avec Ann Bloomer. Même en supposant – contre toute probabilité – que les preuves d'identité de Margo Cole fussent tombées entre ses mains, Kerrie aurait-elle monté une machination pour partager avec une autre l'héritage qu'elle toucherait seule, si sa cousine ne se faisait pas connaître ? Non, Kerrie n'avait pas besoin de complice.

L'inspecteur mordilla le bout de sa moustache, puis il demanda :

– Quelles preuves m'apportes-tu ?

– Vous êtes trop pressé, répondit Ellery.

– Les présomptions contre Kerrie Shawn sont trop fortes pour que nous puissions la relâcher sans preuves, Ellery. Même si j'étais convaincu de son innocence, le procureur du district ne me suivrait pas.

Beau entraîna Ellery à l'écart ; les deux amis discutèrent *sotto voce* pendant un moment.

Ellery dit enfin, sans enthousiasme :

– Bien. Vous aurez votre preuve, père. L'inspiration venant de Beau, je lui passe la main.

– Donnez-moi carte blanche, inspecteur, dit notre héros, d'un ton pressant. D'ici vingt-quatre heures, vous aurez l'assassin et un certain nombre de surprises, je vous le promets.

– Oui, vingt-quatre heures doivent suffire amplement, murmura Mr Queen.

L'inspecteur hésita pendant un instant, puis, en signe de capitulation, il leva les bras au ciel.

– Bien, dit-il. Que dois-je faire ?

19

Maldonne...

Le même soir, à vingt et une heures, le bureau de l'agence *Ellery Queen and Co.* était encombré de monde.

Kerrie était là, sous la garde d'un détective et d'une assistante de la police ; Vi occupait la chaise voisine de la sienne.

La réunion comprenait également : l'inspecteur Queen, visiblement soucieux ; le procureur du district Sampson, avec un demi-sourire sceptique ; Edmund de Carlos, ivre à son habitude ; Goossens, l'air malheureux... Un inconnu chargé d'une petite trousse attendait dans le laboratoire-chambre noire de Beau.

Notre héros ne pouvait dominer sa nervosité ; Mr Queen l'entraîna dans un coin pour lui dire :

– Du calme et de l'assurance, que diable ! Vous êtes au-dessous de tout.

– Je ne puis supporter le regard confiant et tendre de Kerrie... Croyez-vous que l'expérience tournera bien ? Vous êtes certain d'avoir bien lu le message ?

– Le capitaine Angus et notre envoyé ont atterri sains et saufs à Newark Airport, vous dis-je. Ils arrivent sous bonne escorte. En avant, Beau.

– J'ai le trac, avoua le jeune homme avec un sourire.

– Le pire est que cela se voit ! Dans une circonstance semblable, il faut en imposer aux autres par une assurance inébranlable, mon cher. Montrez-nous de quoi vous êtes capable.

Beau releva la tête avant de s'avancer vers le centre de la pièce ; Mr Queen alla s'adosser contre la porte de l'antichambre.

Notre héros décrivit à son auditoire la visite de Cadmus Cole, dans ce même bureau, trois mois auparavant ; il raconta comment le milliardaire avait engagé les services d'Ellery pour mener une enquête dont le but – connu ultérieurement – était de rechercher ses héritières, après sa mort. Puis Beau brossa le portrait de Cadmus Cole : crâne dénudé, joues rasées et hâlées, bouche édentée, yeux clignotants de myope... Enfin, le jeune homme en arriva à l'histoire du stylo, oublié par le nabab, après avoir signé un chèque.

– Nous avons fait porter ce stylo sur le yacht *Argonaute*, continua-t-il, mais, auparavant, nous avions pris des microphotographies de certaines marques visibles sur le capuchon... (Il tira une enveloppe de sa poche et la tendit à un expert du Bureau central, assis près d'un microscope posé sur la table.) ... Les voici, Dr Jolliffe. Veuillez les examiner.

L'expert prit l'enveloppe en disant :

– Quel que soit le but de cet examen, Mr Rummell, votre parole est ma seule garantie que ces photos sont bien celles du stylo en question.

– Nous pouvons faire mieux, déclara soudain Mr Queen.

– Certes. Nous pouvons produire le stylo lui-même !

Et, joignant le geste à la parole, Beau plongea brusquement la main dans une poche de Carlos.

Triomphalement, il en tira un gros stylo noir qu'il tendit à l'expert.

Saisi, Carlos commença :

– Mais je ne comprends pas...

– Dr Jolliffe, l'interrompit Beau, veuillez comparer les photos avec les marques du stylo.

L'expert fit un minutieux examen microscopique, puis il annonça :

– Les marques du stylo et celles des photographies sont identiques.

– Parfait, dit Beau. Merci, Dr Jolliffe.

– Je ne vois toujours pas où vous voulez en venir, Mr Rummell, intervint le procureur du district.

– Vous serez bientôt fixé, répondit notre héros. Gravez bien ceci dans votre tête : ce soir, Carlos, ici présent, avait dans sa poche le stylo que Cadmus Cole avait dans la sienne, il y a trois mois.

Le procureur du district Sampson parut stupéfait.

– Mais je ne...

– Excusez-moi... (Beau se planta devant Carlos pour lui demander :) ... Comment vous appelez-vous, au juste ?

– Edmund de Carlos, répondit l'autre avec une stupeur mêlée d'impatience. C'est bien la question la plus ridicule...

– Effronté menteur ! *Vous vous appelez Cadmus Cole !*

Le barbu se leva d'un bond en criant :

– Vous êtes fou !

Il fit un pas vers la porte, mais Beau le retint par le bras.

– Vous êtes Cadmus Cole, trait pour trait. Vous êtes Cole et nous pouvons le prouver.

– Prouvez-le !

– Si vous avez l'obligeance de retirer votre barbe,

votre perruque, vos lunettes et vos fausses dents, nous vous identifierons formellement, Mr Queen et moi. Vous êtes Cadmus Cole, je le répète.

– C'est trop fort ! Je n'en crois pas mes oreilles ! Inspecteur, vous ne pouvez tolérer... monsieur le procureur du district, j'en appelle à vous...

– Un instant, l'interrompit l'inspecteur. (Puis, après un rapide colloque à voix basse avec Sampson, il demanda :) ... Beau, vous prétendez que cet homme est réellement Cole et qu'Ellery et vous pouvez l'identifier comme tel ?

– Oui, articula notre héros.

En réponse au regard interrogateur de son père, Ellery fit un signe d'assentiment.

– Dans ces conditions, il faudra vous soumettre à l'expérience demandée, monsieur...

Sur ces mots, l'inspecteur empoigna lui-même la tignasse de Carlos et il fut visiblement stupéfait quand la perruque se détacha d'une seule pièce. Les visages de Goossens, de Kerrie et de Vie reflétaient le même étonnement incrédule.

– ... Otez votre râtelier...

Rouge de colère, l'autre obéit.

– ... Maintenant, vos lunettes...

L'homme obéit encore, et la lumière éblouissante le fit cligner des yeux.

– ... La barbe est-elle aussi fausse que le reste ? demanda l'inspecteur à Beau.

– Non, elle est vrai, répondit le jeune homme avec un sourire. Il a dû la laisser pousser entre sa première visite ici et son retour à New York, après son « décès en mer ».

– Avez-vous un rasoir ?

– J'ai un barbier, c'est mieux... (Beau alla délivrer l'inconnu à la petite trousse, enfermé dans le laboratoire.) ... Rasez monsieur, Dominick, acheva-t-il. Faites vite et bien.

Sur un signe de l'inspecteur, le détective qui accompagnait Kerrie s'avança ; mais le barbu se soumit avec une docilité surprenante à l'opération.

Mr Queen s'éclipsa un intant ; rentré dans le bureau, il glissa à l'oreille de Beau :

– Le capitaine Angus et notre envoyé sont dans l'antichambre.

– Hurrah ! Qu'ils attendent, derrière la porte, le moment psychologique.

Son rôle terminé, le barbier fut congédié ; puis Beau et Ellery observèrent en silence l'homme métamorphosé. Les joues creuses, les yeux clignotants, le crâne dénudé...

– Alors ? demanda l'inspecteur. Est-ce bien l'homme qui vous rendit visite, ici même, il y a trois mois ?

– C'est Cadmus Cole, déclara Beau.

– Qu'en dis-tu, Ellery ?

– C'est le même homme, répondit l'interpellé.

– Vous êtes fous ! Je suis Carlos ! Je suis Carlos !

Ici, Ellery intervint :

– Si notre double témoignage ne vous suffit pas, messieurs, dit-il au procureur du district et à son père, je puis vous en fournir un autre. Voici la photographie du chèque de quinze mille dollars que Cadmus Cole signa devant nous, il y a trois mois... (Ellery tira de son portefeuille une photographie qu'il tendit à Sampson.) ... La banque de Cadmus Cole ayant payé ce chèque dans les délais réglementaires, l'authenticité de la signature est indiscutable ; de plus, vous allez pouvoir la comparer avec celle du testament qui, avant d'être homologué, fut soumis à diverses expertises. Mr Goossens, avez-vous apporté la photo que je vous avais demandée ?

— La voici, Mr Queen.

— Merci. Oui, continua Ellery avec une satisfaction évidente, même pour un profane, la similitude est incontestable. Veuillez comparer la signature du chèque avec celle du testament, messieurs.

Le procureur du district et l'inspecteur examinèrent les deux photographies.

Enfin, l'inspecteur inclina la tête et Sampson dit :

— Ces signatures seront examinées par un expert, naturellement. Mais, à première vue, elles paraissent identiques.

— Les conclusions du graphologue ne faisant aucun doute, nous pouvons poser le principe suivant : l'homme qui, voici trois mois, signa ce chèque dans notre bureau, ne pouvait être que Cadmus Cole... Etes-vous d'accord, messieurs ?...

Les deux représentants de la police acquiescèrent.

Mr Queen leur remit deux autres photographies, puis il continua :

— ... Ces photos vous montrent un chèque de vingt-cinq mille dollars signé l'autre nuit, ici-même, et sous nos yeux, par l'homme qui se faisait appeler Edmund de Carlos. Le chèque n'ayant pas été déposé à l'encaissement, je l'ai en ma possession. Reniez-vous cette signature ? demanda Ellery au chauve.

— Non, mais je ne la reconnais pas non plus.

— Peu importe. D'une part, vous avez le témoignage de Rummell et le mien, messieurs ; de l'autre, il doit y avoir des centaines de papiers signés par cet homme, depuis son installation à Tarrytown, la propriété de Cole. Maintenant, je vous signale la ressemblance frappante des signatures : « Cadmus Cole » et « Edmund de Carlos ». Notez, je vous prie, que dans le nom « Edmund de Carlos » nous trouvons toutes les lettres alphabétiques nécessaires pour écrire « Cadmus Cole ». Cette particularité va me permettre de vous faire une petite démonstration.

» Sous vos yeux, je vais découper d'une certaine façon les deux photographies du chèque signé devant nous par l'homme ici présent ; puis je collerai mes découpures sur une autre feuille de façon à former, avec l'écriture d'Edmund de Carlos, le nom « Cadmus Cole »...

Ellery se mit au travail. Quand il eut fini, il reprit :

– ... Voici la signature authentique de Cadmus Cole. (Photo du chèque accepté par la banque.)

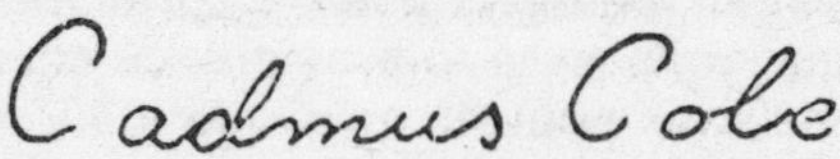

» Voici la signature authentique d'Edmund de Carlos. (Photo du chèque à l'ordre de l'*Agence Ellery Queen and Co.*, signé devant nous par cet homme).

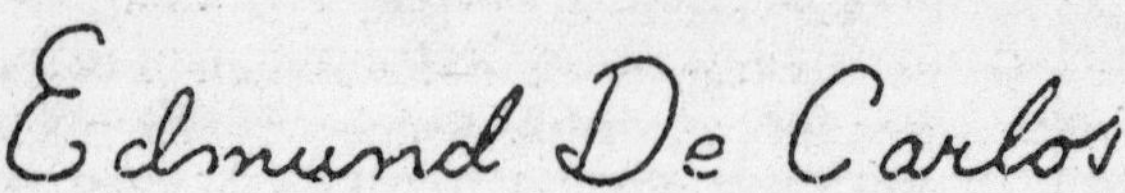

» Et voici la signature « Cadmus Cole », composée avec des lettres découpées dans deux photographies de la signature « Edmund de Carlos ».

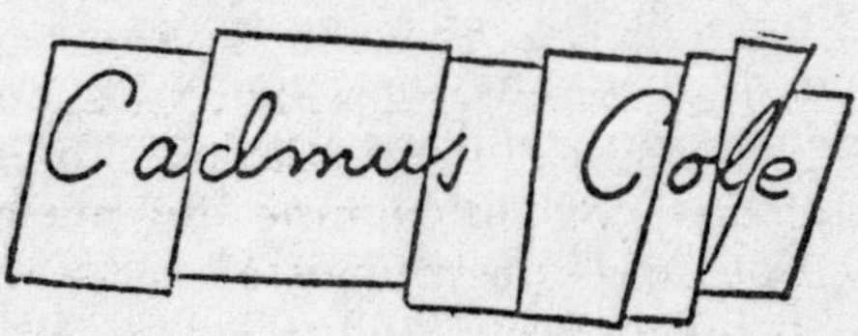

» Maintenant, veuillez comparer ces trois spécimens, messieurs... »

Pendant l'examen assez bref qui suivit, Ellery enchaîna :

– ... En fait, cette petite démonstration était inutile. Il suffit de comparer, sur le testament de Cole, la signature de Carlos – témoin – avec celle de Cole – testateur – pour constater qu'elles sont écrites de la même main. Je n'avais pas vu le testament avant ce soir, mais je m'étonne que la similitude ne vous ait pas frappé, Mr Goossens.

– Je n'en reviens pas moi-même, répondit l'avoué. Et j'imagine que le tribunal partagera ma surprise, fort désagréable d'ailleurs !

L'inspecteur se redressa en déclarant :

– Ma conviction est assurée. Cet homme est Cole et personne d'autre.

Le procureur du district dit à contrecœur :

– Les apparences semblent le prouver.

Queen reprit :

– Pourquoi vous êtes-vous fait passer pour mort ? Qu'est-il arrivé au véritable Carlos ? Quel but cette comédie avait-elle, Cole ? Avec le meurtre de la fausse Margo Cole pendu comme une épée de Damoclès au-dessus de votre tête, vous aurez un certain nombre d'explications à nous fournir !

– Mais je ne suis pas Cole ! protesta l'autre. Combien de fois me faudra-t-il vous répéter que je suis Edmund de Carlos ? (Il remit son râtelier et ses lunettes, ce qui lui donna une nouvelle vigueur ; puis il se leva d'un bond et il arpenta la pièce en gesticulant et en criant :) ... Je suis Edmund de Carlos ! D'ailleurs, je vous le ferai dire par un homme qui me connaît depuis des années et qui connaissait aussi Cadmus Cole ! Donnez-moi un peu de temps, inspecteur, et...

– Qui est cet homme ? demanda doucement Beau.

– Angus, commandant de l'*Argonaute*, le yacht de

Cole ! Donc, inspecteur, donnez-moi le temps de joindre le capitaine Angus. Il vous dira qui je suis. Il...

Beau l'interrompit de nouveau :

– Le capitaine Angus attend derrière cette porte d'être appelé pour identifier en vous le nommé Cole !

Le chauve resta bouche bée.

Notre héros poursuivit :

– ... Depuis le jour où vous avez fait annoncer votre décès, nous le recherchons, Cole. Quand vous fîtes désarmer l'*Argonaute* à Santiago de Cuba, le capitaine Angus décida de prendre des vacances et de faire le tour du monde, en touriste. Hier, il a débarqué à San Francisco où un de mes hommes a enfin pu le joindre. L'avion qui l'amenait a atterri dans la soirée... (Beau ouvrit la porte de l'antichambre avant d'ajouter :) ... Entrez, messieurs.

Un homme grand et mince, en pardessus civil, entra dans le bureau entre le détective de San Francisco et le sergent Velie. Le teint du capitaine Angus était bronzé par le soleil et l'air salin, la nuance bleu verdâtre de ses yeux rappelait celle des icebergs sous la ligne de flottaison, ses manières brusques et assurées indiquaient clairement qu'il était habitué à commander et à être obéi.

Beau s'avança.

– Capitaine Angus ? demanda-t-il d'un ton cordial. Je me présente : Rummell et voici Ellery Queen, mon associé. Ces deux messieurs à l'air préoccupé sont l'inspecteur Queen, de la Brigade des Homicides et le procureur du district Sampson.

Le nouvel arrivant salua d'un signe de tête.

– Etait-ce moi que l'on attendait ? demanda-t-il sèchement.

– Je n'ai qu'une question à vous poser, capitaine, répondit Beau. (Il s'écarta et désigna l'homme qu'il s'agissait d'identifier.) ... Qui est-ce ?

Perplexe, le vieux loup de mer regarda tour à tour le chauve et les inconnus qui l'entouraient.

– Je ne comprends pas, répondit-il enfin. Vous me demandez de vous nommer ce monsieur, Mr Rummell ? Mais il a dû se présenter tout seul ! C'est Mr de Carlos, Mr Edmund de Carlos.

Beau faillit s'étrangler, puis il s'écria :

– Carlos ? Regardez-le de nouveau ! N'est-ce pas Cadmus Cole ?

– Mr Cole ? ... (Le capitaine Angus éclata de rire.) ... A quoi pensez-vous, Mr Rummell ? Mr Cole est décédé.

– Mr Cole est décédé ? répéta Mr Ellery d'une voix enrouée.

– Depuis plus de trois mois ! Il est mort sur l'*Argonaute* et j'ai immergé son corps de mes mains, dans une voile.

Beau rugit :

– C'est un coup monté ! Il a été payé pour dire cela ! Arrêtez-le comme faux témoin, inspecteur !

– Permettez... (Le ton du capitaine Angus imposa silence à tous.) ... Dois-je comprendre que vous m'accusez d'être mêlé à quelque sale histoire, monsieur ?

– Vous m'avez entendu !

– Jeune imbécile ! Vous mériteriez une correction exemplaire, mais je suis bon prince et, qui mieux est, je puis prouver ce que j'avance. Je sais où trouver au moins cinq membres de l'équipage qui confirmeront mon témoignage comme un seul homme. Mr Cole a eu une fin parfaitement naturelle... Les choses se sont passées exactement comme je l'ai fait savoir par T.S.F. au *White Lady*.

– Donnez-lui la correction qu'il mérite, Angus, dit Carlos d'un ton haineux.

Mais le capitaine continua posément :

– En outre, Mr Cole était un peu plus grand et plus maigre que Mr de Carlos. Ses yeux avaient une teinte différente et ils étaient excellents. Alors que Mr de Carlos est myope et obligé de porter constamment des lunettes, Mr Cole avait conservé une vue de jeune homme. Autre différence : le défunt était complètement chauve ; Mr de Carlos a une couronne de cheveux. Comme Mr de Carlos, Mr Cole n'avait plus une dent, c'est un fait ; mais, d'après lui, ses gencives étaient trop sensibles pour supporter un râtelier ; d'ailleurs il était végétarien et il se passait fort bien de dents...

Oubliée dans son coin, Kerrie entendait tout. Dans ses yeux, la lueur d'espoir s'était éteinte. La mine consternée de Beau causait une visible satisfaction au capitaine Angus qui continua :

– ... Et ce n'est pas tout. Mr Cole souffrait depuis 1919 ou 1920 d'une arthrite déformante... Ses mains n'avaient plus forme humaine et elles lui refusaient tout service. Il était infirme au point de ne pouvoir tenir une fourchette ou un couteau ; le second steward lui donnait à manger, comme à un jeune enfant.

Beau commença une phrase, mais l'inspecteur lui coupa la parole.

– Pouvez-vous nous fournir une preuve quelconque à l'appui de ce que vous avancez, capitaine ?

L'interpellé sourit. Il tira de sa poche et jeta sur la table une volumineuse enveloppe.

– J'ai pensé que ces photos, prises à bord de l'*Argonaute*, pourraient servir et je les ai apportées.

Le procureur du district s'empara de l'enveloppe et il regarda des douzaines de grands instantanés, pris avec un excellent appareil. Plusieurs montraient Carlos à côté d'un autre homme plus grand, plus mince, complètement chauve et avec des mains toutes tordues par le rhumatisme.

Le capitaine Angus désigna le compagnon de Carlos en disant :

– Voici feu Cadmus Cole.

Ellery saisit les photos. Beau jeta un rapide coup d'œil dessus, puis, rouge jusqu'aux oreilles, il gagna le coin opposé à celui que Kerrie occupait.

– Cela me suffit, articula l'inspecteur.

Il fit un signe au détective et à l'assistante de la police. Beau parut effrayé... Jamais encore Mr Queen n'avait vu semblable expression sur le visage de son associé.

Kerrie fut emmenée sous bonne escorte ; Vi partit avec elle. Bientôt, le capitaine Angus, le détective de San Francisco, Carlos, Beau et Ellery se retrouvèrent seuls dans le bureau.

Edmund de Carlos remit sa perruque en disant :

– Au revoir, messieurs. Pendant votre séjour à New York, vous êtes mon invité, capitaine... C'est bien entendu ? (A la porte, il se retourna pour ajouter, avec un sourire fielleux :) ... Mes remerciements pour m'avoir fait raser à vos frais, messieurs.

Mais, d'un bond de chat, notre héros fut devant la porte pour lui barrer la route.

– Non ! s'écria-t-il. Restez !

Un bruit insolite lui fit tourner la tête. Plié en deux dans le fauteuil du bureau, Mr Queen riait aux larmes en se tenant les côtes.

SIXIÈME PARTIE

20

Mr Queen remet les choses au point

– Vous êtes fous ! s'écria Mr Edmund de Carlos. Si vous ne me laissez pas partir immédiatement, je vous ferai arrêter !

Le capitaine Angus se frotta la joue pour dissimuler un sourire.

– Je vous laisse régler vos comptes personnels, messieurs. Avec votre permission...

Entre deux hoquets, Mr Queen l'interrompit :

– Restez, je vous en prie, capitaine.

Il rit de plus belle.

– Qu'avez-vous ? demanda notre héros avec irritation. On croirait, ma parole, que la séance de ce soir était une plaisanterie !

– C'en était une, Beau... et une fameuse ! Résignons-nous à avoir été les dindons de la farce, mon cher... (Mr Queen s'essuya les yeux avant d'ajouter :) ... Ayez l'obligeance de rester également, Mr de Carlos.

– Pourquoi ?

– Parce que je vous le demande, répondit Ellery avec un sourire. Asseyez-vous, messieurs. Acceptez un verre et commentons ce fiasco comme des êtres civilisés.

La physionomie du capitaine Angus s'éclaira.

– Pour ma part, j'accepte, déclara-t-il.

Mr Queen posa sur la table une bouteille de whisky et des verres. Le capitaine jeta son pardessus et son chapeau sur le canapé, puis, sans se faire prier, il accepta un verre.

– Et vous, Mr de Carlos ? Oh ! Passez l'éponge sur ce malencontreux incident. Les meilleures agences de police privées sont sujettes à l'erreur, comme le commun des mortels. Soyez beau joueur !

Le sourire d'Ellery était si désarmant, la bouteille si tentante que Mr de Carlos finit – à contrecœur – par accepter à son tour un siège et un verre.

Quand Beau et lui furent servis, Queen leva son verre en disant :

– Un toast, messieurs. A la logique... Malheur à ceux qui comptent sans elle !

Après avoir bu, Ellery sourit avec une satisfaction qui acheva d'exaspérer son associé.

– La situation n'a cependant rien de drôle, gronda Beau. Kerrie a été ramenée en prison et nous n'avons pas fait un pas vers la solution !

– Vous exagérez, mon cher, protesta Mr Queen. L'expérience de ce soir m'a appris une chose, à savoir qu'il faut toujours se fier aux préceptes de la raison pure. Une bonne petite voix m'en avait averti... Mais j'avais fait la sourde oreille. *Mea culpa*...

Carlos se versa brusquement une seconde rasade qu'il but d'un trait. Sans le quitter des yeux, Ellery continua :

– ... Comme je vous l'avais dit, Beau, un des faits portés à notre connaissance détonnait avec les autres et cette fausse note me tracassait. Mais j'étais si certain que notre pauvre ami Carlos, ici présent, ne faisait qu'un avec Cadmus Cole que j'ai commis une faute impardonnable, celle de me prêter à une « démonstration » prématurée. Cette erreur a déjà eu des conséquences désagréables pour Mr de Carlos, et l'inspecteur Queen, mon respectable père, n'a pas dit son dernier mot ! Avez-vous remarqué son expression, quand il est parti ? Je prévois un mauvais quart d'heure dans l'intimité du home.

– Mais comment avons-nous pu nous tromper, Ellery ? demanda notre héros. Je ne vois toujours pas...

– Notre conclusion, selon laquelle Carlos était réellement Cole, reposait sur trois points : la présence du stylo de Cole dans sa poche ; sa ressemblance – une fois les fausses dents, la perruque, les lunettes et la barbe retirées – avec notre visiteur d'il y a trois mois ; la similitude absolue des deux écritures.

– Ma présence est-elle bien nécessaire ? murmura Carlos. Je préférerais...

Un regard d'Ellery le cloua sur sa chaise. D'une main tremblante, il se versa un troisième verre de whisky et Mr Queen reprit :

– Le premier point était le moins concluant... Mais il mérite néanmoins de retenir particulièrement notre attention. Pourquoi ? Parce qu'il comporte la contradiction dont j'ai déjà parlé.

– Laquelle ? rugit Beau.

– Les marques visibles sur le capuchon du stylo n'avaient pu être faites que par des dents, n'est-ce pas ? Elles prouvaient que le propriétaire de l'objet avait l'habitude de mâchonner le bout de son stylo. Nous sommes bien d'accord ?

– Certes.

– L'homme qui écrivit avec, dans notre bureau, en était probablement le propriétaire, et le propriétaire du stylo avait incontestablement l'habitude d'en mâchonner le capuchon. Or, le client qui se présenta sous le nom de Cadmus Cole et qui se servit du fameux stylo, notre visiteur d'il y a trois mois, n'avait pas une dent !

» Voilà la contradiction, mon cher. J'eus le plus grand tort d'écarter, sans l'avoir résolue, une question qui me tracassa pendant longtemps : *« Comment un homme édenté peut-il imprimer des marques de dents sur le capuchon d'un stylo ? »*

Angus se versa une autre rasade, mais, remarquant l'expression de Carlos, il lui tendit son verre. L'autre le vida avec un air de condamné à mort. Le regard du capitaine durcit encore.

– Mais Carlos porte un dentier, protesta Beau. Des fausses dents ne peuvent-elles faire des marques, tout comme les vraies ?

– Si, répondit Mr Queen. Mais ces marques ne pouvaient avoir été faites par les fausses dents de Mr de Carlos.

– Pourquoi ?

– Peu importe. Passons au second point : notre identification, basée sur une similitude de traits entre Carlos et notre visiteur.

– Mais nous nous trompions. D'après le témoignage du capitaine, Carlos est bien Carlos et non Cole.

– C'est Edmund de Carlos, je le répète, déclara Angus.

– Je suis Carlos, dit l'intéressé d'un ton de défi.

– Vous êtes Carlos, répondit Mr Queen. Mais il n'en demeure pas moins vrai que notre visiteur d'il y a trois mois vous ressemblait trait pour trait, Mr de Carlos ; conséquemment, notre précédente conclusion doit être révisée. Nous nous étions tenus le raisonnement suivant : « Carlos ressemblait trait pour trait à Cole, notre visiteur, Carlos doit être Cole. » Mais la proposition se retourne ainsi : « Notre visiteur d'il y a trois mois ressemblant trait pour trait à

Carlos, ce n'était pas Cole comme nous le croyions... C'était Carlos ! »

– Par exemple ! s'écria le capitaine Angus. Carlos s'est présenté à vous, il y a trois mois, sous le nom de Mr Cole ?

– C'est cela même.

– Que le diable m'emporte ! murmura Beau.

– Une autre fois, répondit doucement Mr Queen. Pour en revenir à nos moutons, cette dernière conclusion a le double mérite d'être exacte et d'éclaircir un autre détail qui me tracassait. Le voici : l'homme qui se présenta à nous sous le nom de Cadmus Cole venait engager nos services professionnels ; or, quand je lui demandai de m'indiquer la nature des services qu'il attendait de nous, il refusa de me la dire.

» Ultérieurement, nous découvrîmes qu'il s'agissait tout bonnement de retrouver deux héritières. Mais le mystère n'en fut pas éclairci, au contraire. Vu la simplicité de la tâche, le silence de Cole était absolument incompréhensible.

» Maintenant, tout s'explique, messieurs. Notre visiteur – Carlos, ayant usurpé l'identité de Cole – ignorait lui-même la nature de la mission qu'il était chargé de nous confier ! »

Carlos vida un autre verre. Le bas de son visage, fraîchement rasé, était d'une pâleur livide, mais ses pommettes et son nez étaient cramoisis.

Angus dit, songeur :

– En fin de compte, c'était un malhonnête homme. J'en avais toujours eu l'intuition... Il ne nous regardait jamais en face, mauvais signe... (Le capitaine éleva la voix pour demander à celui qu'il venait de condamner :) ... Quelle était votre mauvaise idée de derrière la tête, cette fois-là ?

– Je crois la deviner, répondit Mr Queen. Arrêtez-moi si je me trompe, Mr de Carlos. Vous saviez que Cole avait rédigé son testament et qu'il souffrait d'une maladie de cœur avancée ; pendant une escale à New York – la dernière, peut-être – le milliardaire vous chargea de porter son testament, sous pli cacheté, et d'engager les services d'Ellery Queen, détective privé, pour une enquête dont il ne vous révéla pas le motif. Cette réticence vous ennuya, Mr de Carlos. De quelle enquête s'agissait-il ? Votre curiosité était piquée au vif, mais vous étiez trop discret pour questionner Cole... Pour tourner la difficulté, vous imaginâtes un plan selon lequel vous étiez obligé de jouer, pendant quelques heures, le rôle de votre richissime patron.

Carlos gronda :

– C'est vrai. Mais vous ignorez les raisons qui me firent agir de la sorte ! Le capitaine les connaît... Il a vécu avec Cole aussi longtemps que moi ! C'était un tyran, un démon et pis encore !

Angus acquiesça avec un sourire sombre.

– Le vieux n'était pas toujours commode, murmura-t-il.

Carlos reprit :

– Pendant des années, je fus sa victime. Combien de fois m'a-t-il dit : « Je sais pourquoi vous me servez si fidèlement, pourquoi vous acceptez de vivre dans cette prison flottante. Vous attendez le gros héritage, n'est-ce pas ? » Parfois, il promettait de me laisser une fortune ; parfois, il disait avoir changé d'avis. « Vous n'aurez pas un cent, mon pauvre ami »... Ce petit jeu dura pendant des années, je le répète.

Répondant à une muette interrogation d'Ellery, Angus fit un nouveau signe d'assentiment en disant :

– C'est vrai, Mr Queen. Il a droit à cette excuse.

– Les derniers mois furent particulièrement atroces, continua Carlos. Cole n'avait plus qu'un refrain : « Je ne vous laisserai rien. » J'imagine qu'il prenait un malin plaisir à contempler mes efforts pour paraître indifférent. Quand il rédigea son testament, il le dicta à Angus et il me mit à la porte de sa cabine. Moi qui lui servais toujours de secrétaire et qui étais au courant de toutes ses affaires, moi, son « homme de confiance », je ne fus pas admis à connaître ses dispositions testamentaires !

– C'est exact, dit le capitaine. Mr Cole m'appela dans sa cabine et il me dicta ses dernières volontés ; quand le projet fut corrigé, je le copiai à la machine. Enfin, je dus brûler le brouillon sous les yeux de Mr Cole. Il riait.

– Et, moi, j'étais comme fou, s'écria Carlos. Il était joli, le fruit de ce long esclavage ! Le fait que Cole m'eût tenu à l'écart me donnait la certitude de ne pas toucher un cent, à sa mort. En me remettant le document cacheté et adressé à Goossens, il me dit : « Ne l'ouvrez pas, Edmund. Sinon, gare ! Je recommande à l'avoué d'examiner très soigneusement les cachets... Ainsi, je saurai si vous avez ouvert le pli, malgré mes instructions formelles. » Et il ricana méchamment, comme s'il s'agissait d'une bonne plaisanterie.

– Naturellement, il n'avait donné aucune recommandation de ce genre à Goossens, dit Mr Queen. Il jouait avec vous comme le chat avec la souris, voilà tout.

Carlos inclina la tête et il saisit la bouteille. Après avoir bu au goulot, il reprit :

– Mon plan date de ce moment-là. Il était assez confus car j'étais à demi-fou. « Qui connaît Cole personnellement ? » me demandai-je. Personne ! « En dehors d'Angus, de l'équipage et de moi, nul ne l'a vu depuis dix-huit ans. S'il meurt en mer et si Angus marche dans la combine, nous pourrions acheter l'équipage et annoncer, en débarquant, le décès et l'immersion de *Carlos*... Mort aux yeux des hommes, je continuerais à vivre sous le nom de Cole. Nul ne se douterait de rien et nous nous partagerions, Angus et moi, la coquette fortune de cinquante millions de dollars. »

Effrayé par l'expression du capitaine, il s'arrêta net. Angus le saisit au collet, et il gronda d'une voix sourde :

– Misérable ! Dites à ces messieurs que c'est la première fois que j'entends parler de cet infâme projet... Dites-le, ou vous vous en repentirez !

Carlos s'exécuta vivement :

– Non, non, je ne voulais pas vous mêler à cette histoire, capitaine ! Mr Queen, Mr Rummell, je vous donne ma parole que le capitaine Angus ignorait mon projet. Je ne lui en avais jamais parlé.

– C'est mieux.

Le vieux loup de mer se rassit et il remplit posément son verre.

– Je comprends, murmura Ellery. Voilà pourquoi vous fîtes de votre mieux pour ressembler à Cole. Avec votre couronne de cheveux rasés, sans lunettes ni dentier, vous pouviez faire illusion. Plus tard, quand le véritable Cole serait immergé et que vous débarqueriez en annonçant votre propre décès, vous pourriez compter sur trois personnes pour jurer en toute sincérité que vous étiez bien Cole... Les trois personnes que vous aviez été voir, sous le nom de Cole : Goossens, Rummell et moi. L'idée était magnifique, Mr de Carlos... Mais ne péchiez-vous pas par excès d'optimisme ?

– Je m'en suis rendu compte par la suite, répondit

l'autre avec un mince sourire. De toute façon, à mon retour à bord, Cole bouleversa lui-même mes projets ; il me montra un double au carbone du testament que je venais de remettre à Goossens... J'étais inscrit dessus, pour un legs d'un million de dollars ! Du coup, je renonçai à mon idée.

– Mais vous vous étiez mis dans un sérieux embarras, remarqua Mr Queen. Goossens, Rummell et moi, nous vous avions vu complètement chauve, sans barbe, sans lunettes et sans dents... Ce n'était pas tout d'abandonner votre plan, encore fallait-il reparaître devant nous sous un aspect différent ; le véritable Mr de Carlos ne devait pas ressembler au faux Mr Cole, n'est-ce pas ? Votre premier soin fut de laisser pousser votre barbe, vous remîtes lunettes et dentier et vous achetâtes une superbe perruque... A Santiago de Cuba, j'imagine ?

– Permettez, intervint Beau. Il y a une chose que je ne m'explique pas : l'affaire de l'écriture. Cet individu signa, sous nos yeux, un chèque au nom de Cole et la banque accepta le chèque sans l'ombre d'une difficulté. A première vue, cela paraît incompréhensible. De plus, la signature du testament...

– Ah ! l'interrompit Ellery, vous arrivez au point essentiel de l'affaire... Carlos fondait de grands espoirs là-dessus et, de fait, cela nous parut probant et nous aiguilla sur une piste absolument fausse. En un mot, ce point rendit possible un projet fantastique en soi. Comment aurions-nous pu nourrir le moindre doute sur l'identité du visiteur qui avait, sous nos yeux, signé « Cole » un chèque accepté sans l'ombre d'une difficulté par la banque du milliardaire ?

» Mais le capitaine Angus a déjà éclairci ce fameux point. Atteintes d'un rhumatisme déformant, les mains de Cole ne lui rendaient plus aucun service.

Cette forme d'arthrite est incurable et extrêmement douloureuse. »

– Douloureuse ! s'écria Angus. Mr Cole endurait un véritable martyre et je n'ai jamais vu quelqu'un prendre autant d'aspirine que lui. Que de fois lui ai-je dit qu'il devrait renoncer à la mer, l'humidité étant détestable pour son cas ! Mais j'imagine qu'il souffrait trop, moralement, de son infirmité pour rentrer dans le monde.

Ellery reprit :

– Le capitaine nous a appris également que l'on devait nourrir le défunt comme un enfant... Ses mains étaient trop déformées pour lui permettre de tenir un couteau et une fourchette. Si Cole ne pouvait manger seul, il était tout aussi incapable d'écrire. Voilà la réponse à notre problème.

» Même retiré du monde, un milliardaire est appelé à signer des papiers d'affaires et des chèques. Mais comment donner les signatures indispensables quand on est incapable de tenir un porte-plume ? Réponse – dans le cas de Cole : on se sert des mains d'un homme de confiance... J'ai nommé Carlos.

» Sur l'ordre de l'infirme, Carlos signa « Cadmus Cole » tous ses papiers d'affaires et tous ses chèques. D'après le capitaine Angus, Cole ne s'était jamais résigné à son infirmité. Pour garder son douloureux secret et éviter des explications fastidieuses, il se fit ouvrir des comptes dans de nouvelles banques, n'est-ce pas, Carlos ? Ainsi, sa signature tracée par vous fut acceptée une fois pour toutes, dès le début de sa vie d'ermite.

– Dois-je comprendre que Carlos vous avait caché le fait, messieurs ? demanda Angus.

– Il ne nous en avait pas soufflé mot, répondit Beau.

– Mais je ne comprends pas... Mieux que tout, ce fut Carlos qui signa le fameux testament ! Mr Cole étant incapable de tenir un porte-plume, il n'y avait pas moyen de faire autrement. Après avoir dactylographié le testament, je le signai comme témoin ; puis je le portai au poste de radio où Sparks le signa à son tour. Ensuite, je rapportai le document à Mr Cole qui appela Carlos dans sa cabine ; après mon départ, Carlos dut signer sous le nom de Mr Cole... (Angus ajouta en riant :) ... Avant de sortir, j'observai que Mr Cole lui cachait soigneusement le texte. Il fallait voir la mine déconfite du futur héritier d'un million de dollars !

– Une chose m'étonne de la part d'un homme qui n'était certainement pas un imbécile, remarqua Beau. Comment laissait-il Carlos signer ses chèques pour lui ?

– Bah ? J'imagine qu'il surveillait de près son « homme de confiance », répondit Ellery. De plus, Carlos était une sorte de prisonnier à bord de l'*Argonaute*... Excellente garantie contre les indélicatesses possibles !

– J'y pense ! s'écria notre héros. La nuit dernière, cet homme a essayé de nous acheter ; il nous a offert vingt-cinq mille dollars pour que nous nous désintéressions de l'affaire. Pourquoi ?

– J'attendais cette question, déclara Mr Queen. Vous avez la parole, Carlos...

L'autre se tortilla sur sa chaise, mais il garda le silence.

– ... Je répondrai donc à votre place. De mauvaises spéculations, le poker et les femmes vous ont coûté cher, Carlos. A l'heure actuelle, ce qui restait du fameux million – une fois les droits de succession payés – s'est évanoui en fumée et la poule aux œufs d'or sert de pâture aux poissons. Des circonstances adverses vous dictèrent un nouveau projet.

– Vous êtes le diable incarné, murmura Carlos.

– Chut ! Satan pourrait vous entendre et ne pas être flatté... Où en étais-je ? Ah ! oui. Quelle était la nouvelle situation, créée par le drame du *Villanoy* ? La femme qui se faisait passer pour Margo Cole était morte ; l'autre héritière, Kerrie Shawn, inculpée de meurtre... Et vous espériez ardemment la voir condamnée à la chaise électrique. Si vos vœux se réalisaient, les administrateurs de la succession – Goossens et vous – auriez les mains absolument libres.

– Je commence à comprendre ! s'écria Beau. Ce misérable envisageait une nouvelle combinaison pour s'emparer de l'argent ! Cette fois, c'était avec Goossens qu'il voulait s'allier.

– Mais, avant tout, il fallait se débarrasser de la firme *Ellery Queen and Co.*, répondit Ellery. Notez bien ceci : je suis certain que Mr Goossens ignore ce second projet tout comme, il y a une heure encore, l'excellent capitaine Angus ignorait le premier.

Carlos se leva, non sans peine. Il était complètement ivre.

– Vous... Vous avez été très fort, Mr Queen...

– Un compliment en vaut un autre, l'interrompit Ellery. J'apprécie votre maîtrise de vous-même, Mr de Carlos. Dans le rôle de Cole, vous nous aviez vus, mon associé et moi... Donc, vous saviez dès le début que vous aviez affaire à Beau Rummell et non à Ellery Queen. Mais, ne pouvant nous démasquer sans avouer votre petite comédie d'il y a trois mois, vous avez gardé un prudent silence. Quelle situation de vaudeville !

Carlos titubait d'une façon inquiétante.

– Que... Que comptez-vous faire ? demanda-t-il.

– Pour l'instant, rien.

– Je m'en doutais ! Autant en emporte le vent... Sans rancune, messieurs.

La porte refermée sur l'indésirable personnage, le capitaine Angus dit :

– Je vais accepter son hospitalité. Ce sera un moyen de veiller sur lui et de vous aider.

– Excellente idée, capitaine, déclara Mr Queen. Jusqu'à nouvel ordre, nous ne pouvons lui laisser la bride sur le cou.

– Bonne chance, messieurs.

Angus s'élança sur les pas du pochard.

Resté seul avec son associé, Beau gronda :

– Et maintenant que nous sommes revenus à notre point de départ, qu'allons-nous faire ?

– Réfléchir, répondit Ellery. Le temps presse. Nous avons promis à mon père de lui livrer un prisonnier dans les vingt-quatre heures... Le délai expire un peu avant midi.

Notre héros se jeta sur le canapé.

– Inutile de jouer la comédie avec moi ! s'écria-t-il. Pauvre Kerrie !

– Je ne joue pas la comédie, mon cher.

Beau se releva d'un bond.

– Est-ce possible ? Croyez-vous sincèrement qu'il nous reste une chance d'éclaircir ce satané mystère ?

– Oui.

– Mais la situation est plus embrouillée que jamais !

– Elle le paraît... Ce n'est pas la même chose. Nous nous trouvons devant un monceau de faits nouveaux ; plutôt que de jeter le manche après la cognée, il faut les trier, ces faits. A l'heure actuelle, nous avons toutes les données en main, Beau. Je le sens. Pas vous ?

– Non. Pour l'instant, je ne sens qu'un impérieux

besoin de boxer quelqu'un. Quand je pense à Kerrie, pleurant dans sa cellule. (Le jeune homme saisit la bouteille de whisky et il ajouta d'un ton furieux :) ... Qu'attendez-vous, malheureux ? Allez-y, réfléchissez !

21

Le fruit de profondes réflexions

Mr Queen vida dans un verre le fond de la bouteille de whisky ; Beau s'éclipsa pour revenir, au bout d'une dizaine de minutes, avec une nouvelle bouteille et une grande cafetière de café noir. Puis la veillée consacrée à de profondes réflexions commença...

A une heure trente du matin, le silence fut rompu par un bruit régulier. Tiré de ses graves pensées, Mr Queen jeta un regard vers le canapé ; Mr Rummell ronflait !

– Beau !

Le ronflement continuant, Ellery remplit un verre de café, il s'approcha du canapé et il secoua le dormeur.

– Hein ? Quoi ? J'écoutais... bredouilla notre héros en se frottant les yeux.

– C'est singulier, déclara Mr Queen. Je ne disais rien. Buvez ceci.

Beau bâilla. Il avala le café noir et soupira :

– Je me dégoûte. Une lueur point-elle à l'horizon ?

– Une ou deux données m'échappent encore, mais, dans l'ensemble, je suis assez satisfait. Etes-vous capable de rester éveillé le temps de répondre à quelques questions ?

– Feu !

Mr Queen se mit à arpenter la pièce.

– La situation est vraiment étrange, commença-t-il. Pour la première fois de ma carrière, j'ai dû m'en rapporter complètement aux sens d'autrui... Grosse complication. Dès le début, vous étiez mêlé à cette affaire ; j'ai dû me contenter de la suivre de « l'extérieur ». Or une voix me souffle que la clef du mystère se trouve dans un petit détail, une remarque sans importance apparente... Vous comprenez ce que je veux dire ?

– Je vous aiderai de mon mieux, répondit Beau d'un ton découragé. Je me suis endormi quand ma tête fut sur le point d'éclater ; maintenant, le trop-plein s'est déversé et j'espère être à la hauteur.

– Au travail, murmura Ellery. Je vais reprendre cette affaire depuis le début. Chaque fois que j'omettrai un détail quelconque – qu'il me soit sorti de l'esprit ou que vous ayez oublié de le mentionner –, arrêtez-moi et comblez la lacune. Il me manque un chaînon... Je compte sur vous pour me le fournir. N'hésitez pas à signaler le plus infime détail, vous m'entendez ?

L'interrogatoire commença. Mr Queen le poursuivit impitoyablement, jusqu'au moment où Beau dut lutter de toutes ses forces contre le sommeil.

Soudain, Mr Queen manifesta une exultation désordonnée. D'un geste, il renvoya Beau sur le canapé et il se mit à arpenter le bureau comme un ours en cage.

Son soliloque à voix basse se termina par cette exclamation :

– C'est cela ! C'est bien cela !

Entre ses cils, Beau le vit courir à la table, saisir un crayon et dresser fiévreusement une liste des faits.

– ... Beau !

L'interpellé s'assit sur le canapé.

– Oui ?

– J'ai la réponse.

Le calme soudain de Mr Queen contrastait étrangement avec l'agitation fiévreuse des minutes précédentes ; il déchira ses notes, jeta les fragments dans un cendrier et y mit le feu.

Beau dévisagea son associé d'un regard perçant ; son examen dut le satisfaire car il se leva d'un bond en s'écriant :

– Décidément, vous êtes un as ! Quand dois-je me mettre au travail ?

– Immédiatement...

Avec un large sourire, Ellery se carra dans son fauteuil.

– ... Nous avons une chance, Beau, une chance très sérieuse. Mais il va falloir agir avec rapidité et prudence.

– Donnez-moi vos ordres.

– Je connais l'assassin d'Ann Bloomer. Tout bien pesé, tout contrôlé, ce ne peut être que la personne à laquelle je pense.

– Qui ?

– Un peu de patience, que diable ? Laissez-moi savourer ma minute de triomphe. Notre ami commit deux erreurs dont l'une, je le crains pour lui, aura des conséquences fatales. De quelque côté que l'on regarde l'affaire – et je l'ai examinée en tous sens –, l'on aboutit à la conclusion suivante : nous devons arriver à trouver trois preuves formelles à l'appui de notre accusation.

– Trois preuves formelles ?... (Beau hocha la tête.) ... De deux choses l'une, ou je suis un imbécile en face d'un génie, ou je jouis d'une intelligence normale et j'ai affaire à un fou.

Mr Queen rit doucement.

— Deux de ces preuves sont à notre portée... Pour les cueillir, il nous suffira de tendre la main au bon moment. La troisième... (Il se leva.) ... La troisième – la preuve essentielle – sera plus difficile à atteindre.

— Quelle est sa nature et où faut-il la chercher ?

— Je connais approximativement sa nature, répondit Ellery avec un demi-sourire. La seconde partie de votre question m'embarrasse davantage car je n'ai aucune idée du lieu où elle se trouve, cette fameuse preuve.

— Dans ce cas, comment savez-vous qu'elle existe ?

— Elle doit exister. Tous les faits s'accordent pour exiger son existence ; la voix de la logique proclame son existence... A vous de la découvrir, mon cher. Vous avez jusqu'à midi, ne l'oubliez pas.

— Vous parlez hébreu, bougonna notre héros. Néanmoins, dites-moi de quoi il s'agit et je pars en campagne.

Mr Queen lui dévoila sa pensée. Quand l'un se tut, l'autre murmura avec admiration :

— Prodigieux ! Comment diable avez-vous atteint cette conclusion vraiment géniale ?

— Un jour, je reprendrai mon raisonnement devant vous, mon vieux. Maintenant, le temps presse. Quelle heure est-il ? Trois heures ? Il va falloir tirer les gens de leurs lits, brûler les fils téléphoniques, tourner les complications bureaucratiques, graisser un certain nombre de paumes sèches, lever une armée d'aides... Bref, obtenir la preuve avant midi ! A vous l'honneur, Mr Rummell.

Beau s'empara du téléphone.

Quant à Mr Queen, il s'étendit sur le canapé avec un grognement de béatitude ; son associé n'avait pas fini de composer le premier numéro qu'il dormait déjà.

A son réveil, Mr Queen éprouva l'impression désagréable d'avoir un vieux morceau de flanelle sèche dans la bouche. Il s'étira et ouvrit les yeux. Sa montre marquait neuf heures.

Le bureau était vide, parfaitement en ordre et inondé de soleil. Evidemment, miss Hecuba Penny était arrivée avec sa ponctualité habituelle ; comme une souris, elle avait emporté les verres sales, les bouteilles vides et les cendriers débordants.

Ellery se leva et alla ouvrir la porte de l'antichambre. De fait, miss Penny était assise devant sa table, en train de tricoter la cent quinzième pelote de laine qu'elle employait depuis son entrée au service de la firme *Ellery Queen and Co.*

— Bonjour, dit Ellery d'une voix rauque. Avez-vous aperçu Mr Rummell ?

— Non, Mr Queen. Mais, en arrivant, j'ai trouvé ce billet pour vous. Dois-je aller chercher votre petit déjeuner ?

— Merci. Pour l'instant, je ne désire qu'un bain... Et il faudra bien que je me débrouille seul, miss Penny.

Beau avait griffonné ses lignes :

Vous êtes le roi des ronfleurs. Je vole sur la bonne piste. Comptez sur moi pour midi. Jamais je n'avais dépensé autant d'argent en si peu de temps... Et ce n'est pas fini ! Beau.

Souriant, Mr Queen s'enferma dans le laboratoire. Ragaillardi par un brin de toilette, il décrocha le récepteur téléphonique.

— Allô ! L'inspecteur Queen ? Ici, un vieil ami.

Une voix bourrue lui répondit :

— Ah ! c'est toi. Où as-tu passé la nuit ?

— ... Dans les bras des Muses. Il s'agit d'un libertinage purement intellectuel, vous le voyez. Tiens, cela vous ennuie ? Rira bien qui rira le dernier.

— Pour l'instant, je ris aux larmes. Sampson et moi,

nous avons parlé de cette affaire une partie de la nuit et... Peu importe. De quel trait de génie viens-tu d'être frappé ?

– Etes-vous disposé à entendre une petite conférence, ce matin, mon père ?

– Encore ! Je n'ai pas de temps à perdre !

– Hier soir, il y a eu maldonne... Cette fois, vous ne perdrez pas votre temps, je vous le promets.

– Quelle attraction comptes-tu nous offrir ? Une nouvelle résurrection d'entre les morts ?

– Si vous faites allusion à feu Cadmus Cole, non. Mais je sollicite votre coopération en vue d'une nouvelle enquête relative au meurtre d'Ann Bloomer... Enquête menée sur les lieux du crime.

– Au *Villanoy* ? Dans l'appartement 1724 ?... (La voix de l'inspecteur exprimait une vive surprise.) ... Vas-tu nous présenter un nouveau mélodrame ?

– J'ai dit : « les lieux du crime », rectifia doucement Ellery. Le terme comprend les numéros 1724 et 1726, père. Surtout, ne l'oubliez pas !

– Si tu y tiens... Mais l'appartement et la chambre ont été ratissés au peigne fin. Tu ne me feras jamais croire qu'un indice quelconque nous ait échappé !

Mr Queen rit, puis il déclara :

– Sérieusement, papa, ne vous amusez pas à nous mettre des bâtons dans les roues. Marchez-vous avec la firme *Ellery Queen and Co.*, ou dois-je m'adresser directement au chef de la police ?

– Tu ferais ce coup-là à ton propre père, canaille ? (L'inspecteur rit à son tour :) ... Bien, je marche avec vous. Mais je t'avertis : si tu fais fiasco, Sampson inculpera officiellement Kerrie Shawn de meurtre.

– Si je fais fiasco ! C'est une perle ! Qui est chargé de résoudre cette affaire, je vous prie ? La Brigade des Homicides ou un pauvre diable de détective privé ?

Mais je suis d'humeur magnanime... L'agence à la rescousse !

– Fils ingrat, irrespectueux...

– Disons : onze heures et demie, au *Villanoy.* A tout de suite, père.

22

Coup de théâtre

Comme le boudoir de l'appartement 1724 s'emplissait peu à peu, le sergent Velie confia à Mr Queen :

– Le patron est d'une humeur massacrante.

– A qui le dites-vous ! soupira Ellery. Quand mon respectable père est grincheux, je suis toujours le premier à écoper... Ah ! Kerrie. Comment vous sentez-vous, ce matin ?

– Très mal, merci. Où est Beau ? Il n'est même pas...

– Beau a été très occupé, mais j'espère le voir arriver d'un moment à l'autre. Ces temps-ci, il a perdu beaucoup d'heures de sommeil à cause de vous, Kerrie.

– Je crois en avoir perdu davantage, à cause de lui, répliqua la jeune fille. Cette réunion est-elle... est-elle importante ?

– C'est votre dernière épreuve, Kerrie. Une petite démonstration et le cauchemar sera fini pour de bon. Prenez cette chaise et contentez-vous d'écouter.

– Je... je préfère m'asseoir à côté de Vi. Pauvre Vi ! A la voir, on croirait que c'est elle qui est inculpée de... Vous savez de quoi.

– Il faut bien que les amis servent à quelque

chose ! Ah, Sampson ? Vous avez l'air soucieux. Seriez-vous repris par ce vilain mal de gorge ?

– Ne vous occupez pas de ma santé, bougonna le procureur du district. Vous feriez mieux de penser à la vôtre ! Est-ce sérieux, cette fois ?

– Vous en jugerez par vous-même. Entrez, capitaine Angus ! Malgré une nuit écourtée, vous avez une mine superbe... Je ne puis malheureusement vous en dire autant, Mr de Carlos... Je... Pardon, voici Mr Goossens. Excusez-moi de vous avoir fait déranger de nouveau, Mr Goossens ; c'est la dernière fois, je vous le promets. Ah ! L'inspecteur Queen ! Bonjour, père.

– Bonjour.

Ellery consulta sa montre. Ce diable de Beau qui n'arrivait pas avec la preuve ! Mr Queen sourit, toussota et gagna le centre du boudoir.

– Hier, commença-t-il, nous avons pris l'engagement, Beau Rummell et moi, de livrer à la police l'assassin d'Ann Bloomer, alias Margo Cole. Nous sommes prêts à tenir notre engagement. L'assassin d'Ann Bloomer est parmi nous...

Les yeux de l'inspecteur et ceux de Sampson se fixèrent sur Kerrie Shawn qui rougit et regarda ses mains ; puis elle releva la tête et soutint leurs regards. Ellery poursuivit :

– ... Je conseille vivement à cette personne de se nommer dès maintenant. Pour elle, la partie est perdue. Si elle ne se démasque pas d'elle-même, je vais m'en charger...

Où Beau pouvait-il bien être ? Mr Queen marqua une pause ; puis il reprit, avec un haussement d'épaules :

– ... Bien, vous m'obligez à dresser contre vous un réquisitoire impitoyable. Votre crime étant sans excuse, ne comptez ni sur la clémence divine, ni sur celle des hommes...

Les auditeurs retenaient leurs souffles ; dans un silence impressionnant, la voix d'Ellery s'éleva de nouveau :

– ... La solution de cette affaire repose sur trois faits doublés de trois preuves. Commençons par les faits ; ce sont les trois caractéristiques du meurtrier d'Ann Bloomer.

» Comme je vous l'ai déjà dit hier soir, Mr de Carlos – dans le rôle de Cadmus Cole – nous laissa, voici trois mois, un stylo reconnaissable entre tous. Les marques qu'il portait ne pouvaient avoir été faites que par des dents... Or les dents sont – en réduction – une image de l'homme ; comme lui, elles sont imparfaites.

» Jadis, un râtelier était reconnaissable à première vue. Pourquoi ? Parce que les dents étaient trop régulières pour être naturelles. Aujourd'hui, la prothèse dentaire s'inspire de la nature et les bons râteliers passent inaperçus. Pourquoi ? Parce que les dents ne sont ni trop blanches, ni trop bien alignées, ni d'une forme trop parfaite... L'œil du profane s'y trompe.

» Les impressions dentaires pourraient jouer le même rôle que les empreintes digitales et permettre des identifications tout aussi formelles, mais, dans le cas présent, nous ne possédons pas des impressions complètes, loin de là. Les marques visibles sur le capuchon du stylo ont été faites par deux ou trois dents du haut et autant du bas. Néanmoins, pour l'œil observateur, elles sont révélatrices. »

L'auditoire était suspendu aux lèvres d'Ellery ; on eût dit que, pour chacun, un intérêt vital dépendait de ses moindres paroles. Il jeta un nouveau regard sur sa montre et il reprit, avec l'ombre d'un sourire :

– ... Ici, je m'accuse d'avoir détourné une pièce à

conviction trouvée par Mr Rummell et par moi sous le radiateur de la chambre 1726. La découverte eut lieu quelques instants après que le meurtrier d'Ann Bloomer se fût enfui de cette chambre ; l'objet, un porte-mine noir à bague d'or, formait la paire avec le stylo dont il a déjà été question.

L'inspecteur Queen et le procureur du district Sampson, s'entre-regardèrent ; puis tous les regards convergèrent sur Ellery.

– Ai-je bien entendu ? gronda l'inspecteur.

– Je vous en prie, père, murmura Mr Queen. Gardez votre juste colère pour plus tard. Puis-je continuer ? Voici les circonstances qui entourèrent cette découverte : la chambre venait d'être préparée pour un client et elle était d'une propreté impeccable. Tombé entre la fenêtre et le radiateur, le porte-mine avait glissé accidentellement de sa poche à ce moment-là. Incidemment, papa, la cendre, le mégot de cigarette et l'allumette brûlée avaient été laissés dans la chambre par moi... A titre de compensation pour le porte-mine subtilisé...

Rouge de colère, l'inspecteur retomba contre le dossier de sa chaise. Ellery s'empressa de continuer :

– ... L'examen du porte-mine révéla qu'il appartenait au propriétaire du stylo. *Les deux objets portaient des marques de dents absolument identiques.* Il ne s'agit pas, comme vous pourriez le croire, d'une simple constatation personnelle ; j'ai tenu à mettre dans la balance l'autorité d'un expert. Celui-ci a déclaré que les marques étaient identiques. La personne ayant la déplorable habitude de mâchonner son stylo et son porte-mine possède une canine particulièrement longue et occupant, par rapport à ses deux voisines et à la dent correspondante d'en bas, une position caractéristique. Inutile d'entrer dans de plus amples détails qui seraient fastidieux.

« Retenez seulement ceci : les marques faites par la pointe de la canine et par la dent voisine permettent une identification formelle. Ces mêmes marques se retrouvant sur le stylo et sur le porte-mine, on peut conclure avec certitude que les deux objets appartiennent à la même personne.

» Qui perdit le porte-mine dans la chambre d'où les coups de feu partirent ? La personne occupant la pièce avant et pendant le meurtre... Autrement dit, l'assassin d'Ann Bloomer. D'où l'on peut tirer la déduction suivante : trouvons le propriétaire du stylo et du porte-mine et nous tiendrons le coupable... »

Carlos cherchait visiblement à placer son mot.

– ... Oui, Mr de Carlos ? dit Ellery.

– Ces... ces objets ne m'appartiennent pas, bredouilla-t-il.

– Vraiment ? Dans ce cas, voulez-vous me nommer leur propriétaire ?

L'autre jeta des regards inquiets autour de lui ; puis il baissa la tête et bougonna :

– Vous ne tirerez pas un mot de moi. Pas un mot.

– J'espère vous amener à de meilleurs sentiments, Mr de Carlos. En attendant, examinons la seconde caractéristique de notre meurtrier ; il s'agit d'un point très curieux qui, je l'avoue, m'avait échappé à première vue.

» Le lendemain du prétendu mariage de miss Shawn avec Mr Rummell, la police reçut un « tuyau » téléphonique et anonyme... Le mariage n'en était pas un ! L'enquête confirma le fait et, du même coup, les autorités se trouvèrent en possession d'un mobile applicable à miss Shawn.

» Qui avait intérêt à alourdir les charges déjà amoncelées sur sa tête ? Réponse : la personne qui avait volé son browning et qui, après s'en être servi pour abattre Ann Bloomer, l'avait jeté à travers la cour dans cette même pièce ; autrement dit, l'individu prévoyant qui essayait de rejeter son crime sur miss Shawn... Le meurtrier en personne. Etablissons, au passage, un rapprochement assez intéressant. L'informateur anonyme adressa à la police un télégramme téléphoné d'une cabine de taxiphone... Le soir du meurtre, la chambre 1726 fut retenue exactement de la même façon... »

L'inspecteur Queen hocha la tête, comme un homme qui entend, exprimée par un autre, une idée qu'il a déjà eue. Le procureur du district rougit comme un écolier pris en faute et Ellery poursuivit :

– ... Nous en arrivons à la troisième caractéristique. J'ai déjà démontré, devant un auditoire plus restreint, qu'Ann Bloomer – alias Margo Cole – avait forcément un complice... Un complice silencieux et invisible qui lui avait procuré les preuves d'identité appartenant à la véritable Margo Cole.

» Ce complice effacé avait trois mobiles pour assassiner Ann Bloomer : l'esprit de vengeance – une fois dans la place, miss Bloomer veut tout garder pour elle et, faute de pouvoir l'obliger à partager, il la tue ; la peur, la crainte d'être trahi soit volontairement, soit, comme cela se produisit, dans un moment d'exaltation ou d'inadvertance. Quant au troisième mobile, continua Mr Queen avec un sourire d'excuse, permettez-moi de le garder pour la bonne bouche.

» De toute façon, la certitude suivante s'impose : le complice d'Ann Bloomer – l'ombre mystérieuse se dissimulant derrière la fausse revendication à l'héritage de Cadmus Cole – et l'assassin de la même Ann Bloomer ne font qu'un.

» Récapitulation et conclusions. Nous cherchons (A) le propriétaire du stylo et du porte-mine ; (B) la personne ayant informé la police que le mariage de miss Shawn et de Mr Rummell était une mystification ; (C) le complice silencieux d'Ann Bloomer... Ou, plus exactement, nous cherchons la seule et unique personne ayant eu l'occasion de commettre le meurtre, ayant aussi un mobile, et la volonté de rejeter son crime sur miss Shawn. La présence du porte-mine place cette personne dans la chambre d'où les coups de feu partirent ; son alliance secrète avec Ann Bloomer nous fournit un choix de mobiles ; enfin la dépêche anonyme adressée à la police est le dernier geste en vue de perdre miss Shawn.

» L'image me semble assez complète. Dois-je continuer ? Une dernière fois, j'invite notre ami, le complice silencieux, à sortir du rang... »

Dans le profond silence qui suivit, Mr Queen songea avec une fureur contenue : « Maudit Beau ! Il n'arrivera donc jamais ? »

Miracle ! Comme une réponse à cette question muette, la sonnerie du téléphone retentit.

Les autres sursautèrent, mais ce fut avec un large sourire qu'Ellery bondit vers l'appareil.

– ... Excusez-moi, murmura-t-il. Une communication que j'attendais...

– Beau Rummell, dit une voix vibrante de joie. Qui est là ?

– Ellery. Alors ?

– J'ai les pièces.

– Parfait... (Mr Queen poussa un éloquent soupir.) ... Dans combien de temps pouvez-vous être ici avec... avec la marchandise ?

– Dans un quart d'heure. Comment cela va-t-il, de votre côté ?

– Pas d'anicroche jusqu'à présent.

– Laissez-moi le coup de grâce. Kerrie va bien ?

– Une vraie Spartiate ! Dépêchez-vous.

Après avoir raccroché, Ellery se retourna vers son auditoire. Parmi les visages tendus, il y en avait un d'une pâleur mortelle, mais le jeune homme feignit de ne pas le remarquer et il continua :

– Revenons sur le point B. Qui tenta de consommer la perte de miss Shawn en avertissant la police que le mariage était une mystification ? Avant l'expédition de la fameuse dépêche, quatre personnes – pas une de plus – étaient dans le secret. Les voici :

» Beau Rummell, le « marié ». Mr Rummell peut-il être soupçonné ? Non, pour diverses raisons dont je ne vous citerai que celle-ci : le garçon d'ascenseur du *Villanoy* a déposé qu'il avait entendu les détonations au moment précis où Mr Rummell posait le pied sur le palier du dix-septième étage. A moins d'avoir eu le don d'ubiquité, le même Mr Rummell ne pouvait se trouver dans la chambre 1726 au moment du crime. Donc, il ne peut être la personne que nous cherchons... (Mr Queen alluma une cigarette, puis il reprit :) ... La seconde personne au courant de la mystification était votre serviteur. Je possède d'excellents arguments contre la théorie selon laquelle je serais le complice d'Ann Bloomer et le meurtrier possible. Si...

– Passons, bougonna le procureur du district.

– Merci, Mr Sampson, murmura Ellery. Ce compliment me va droit au cœur. A propos, miss Day – excusez-moi de m'adresser ainsi à vous, sans vous avoir été officiellement présenté – puis-je vous demander pourquoi vous avez l'air si malheureux ?

Vi sursauta et pâlit. Visiblement gênée par tous les regards braqués sur elle, la jeune fille balbutia :

– Je... J'ai accusé Beau Rummell d'être... Peu importe. J'ignorais...

Mr Queen sourit :

– Mr Rummell m'avait raconté ce petit incident

drolatique. J'espère que vous vous excuserez comme il convient, miss Day.

La pauvre Vi avait les larmes aux yeux ; Kerrie lui serra la main et elle murmura :

– Pour être absolument franche, je dois avouer que... que moi aussi, j'ai douté de lui à un moment donné.

– Oui, Beau est un être qui demande à être connu : un cœur d'or sous une écorce un peu rude. J'espère que vous vous excuserez aussi...

Kerrie rougit et elle baissa les yeux.

– ... Je suis certain que vous le ferez, à la complète satisfaction de Mr Rummell. Voyons, où en étais-je ? Ah ! oui. Deux des personnes possibles étant éliminées, nous restons en présence de Mr Goossens et Mr de Carlos, les administrateurs de la succession de Cole. Le soir où Mr Rummell et miss Shawn s'inscrivirent au *Villanoy* comme mari et femme, le soir du meurtre, Mr Rummell quitta presque immédiatement sa « femme ». Entre parenthèses, ce geste est tout à l'honneur de mon ami qui ne voulait pas abuser de la situation. Vous voyez bien...

– Continue, l'interrompit l'inspecteur.

– A vos ordres. Poussé dehors par sa conscience, Mr Rummell chercha le moyen d'occuper utilement son temps ; il se rendit à son bureau où il écrivit deux lettres identiques, adressées à Mr Goossens et à Mr de Carlos.

» Par ces lettres, il informait, à titre confidentiel, les administrateurs de la succession que le mariage n'existait pas. Là encore, mon ami agit en honnête homme, pour que miss Shawn conservât ses droits à l'héritage de son oncle. Ces lettres, affranchies avec une surtaxe, furent distribuées à la première heure, le lendemain matin.

» De ce fait, nous savons que – le lendemain du

meurtre – Mr Goossens et Mr de Carlos apprirent que le mariage était une mystification... (Ellery se tourna, avec un sourire, vers les deux intéressés.) ... Théoriquement, l'un d'entre vous adressa la fameuse dépêche à la police, messieurs. »

– Pas moi ! s'écria Carlos.

– Ni moi, dit Goossens.

– Permettez ! gronda l'inspecteur. Tu as parlé de quatre personnes, Ellery. Mais j'en compte cinq ; tu as oublié le soi-disant juge de paix qui célébra le soi-disant mariage ! Il était forcément au courant !

Mr Queen hocha tristement la tête.

– Vous tenez décidément à me couper mes effets, père, murmura-t-il.

– Cinq !

– Quatre et pas une de plus.

– Rummell, Goossens, Carlos, toi et le fameux juge de paix ; cela fait cinq !

– Quatre. Puisque l'heure des aveux a sonné, j'étais le faux juge de paix.

Ellery sourit à Kerrie qui écoutait, bouche bée. L'inspecteur leva les bras au ciel.

– Continuez, dit Goossens en allumant sa pipe. Je suis curieux de vous entendre nous éliminer, Mr de Carlos et moi, par un quelconque procédé logique.

– J'en ai assez entendu ! rugit Carlos. Je m'en vais.

Mais, d'un regard, Mr Queen le fit rasseoir.

– Vous n'avez pas encore tout entendu, Mr de Carlos. Tant pis si cela vous ennuie ; vous nous avez assez compliqué la tâche, depuis le début, pour supporter une petite contrariété. Je vous dois bien des insomnies, Mr de Carlos... Mais, en bonne justice, je dois avouer que, sans vous, cette affaire n'aurait jamais été éclaircie. Savez-vous pourquoi ?

– Non ! Et je ne veux pas le savoir !

– C'est indispensable, cependant. Vous êtes celui

qui, dans le personnage de Cole, nous apporta le stylo providentiel. Etait-il à vous ? Oui ou non, Mr de Carlos, ce stylo vous appartenait-il ?

– Non ! Non et non !

– Je le sais. Ce stylo ne peut vous appartenir, à cause de vos dents, Mr de Carlos.

L'autre sauta sur l'argument.

– C'est bien cela ! Comme vous le savez, je porte un dentier...

– Des bêtises, l'interrompit Ellery. Un homme portant un râtelier aurait fort bien pu imprimer des marques identiques sur un objet ; mais pas avec *votre* râtelier, Mr de Carlos. Vous devriez envoyer des honoraires supplémentaires à votre détestable dentiste ; en tout cas, remerciez-le d'ignorer à ce point les progrès de la prothèse dentaire. Dois-je vous rappeler les circonstances dans lesquelles j'eus l'occasion d'examiner votre appareil ? Mr Rummell vous avait quelque peu malmené et votre dentier tomba de votre bouche à mes pieds... Quel mauvais appareil, avec sa double rangée de dents parfaitement régulières et parfaitement alignées ! La nature ne fait jamais aussi bien.

» Mais, pour en revenir aux marques de stylo, elles n'avaient pu être faites que par une canine exceptionnellement longue et pointue, placée un peu de travers. Vos fausses canines ne présentant aucune de ces caractéristiques, je sus que vous n'étiez pas le propriétaire du stylo, Mr de Carlos... »

Carlos s'épongea le front et Ellery poursuivit :

– ... La question suivante me vint naturellement à l'esprit : comment ce stylo est-il tombé entre les mains de Mr de Carlos ? Appartenait-il à Cole, l'homme dont il avait usurpé la personnalité ? L'explication paraissait plausible, mais, hier soir, le capitaine Angus infirma définitivement cette théorie :

Cadmus Cole n'avait plus une seule dent et il n'avait jamais porté un râtelier.

» Donc, le stylo n'appartenait ni à Cole ni à vous, Mr de Carlos. Dans ces conditions, vous aviez dû vous l'approprier par erreur, en le confondant avec le vôtre. La conclusion peut paraître hardie, mais je vous savais atteint d'une myopie très prononcée. Cole, lui, ne portait pas de lunettes ; quand vous avez pris sa personnalité, il y a trois mois, vous avez dû renoncer aux vôtres ; résultat, vous n'y voyiez goutte. La meilleure preuve : en entrant et en sortant de mon bureau, vous vous êtes cogné au chambranle de la porte !

» Un homme incapable de distinguer une porte ouverte peut facilement confondre deux stylos, n'est-ce pas ? Si, quand vous êtes venu nous voir, vous sortiez de chez quelqu'un d'autre, vous auriez pu prendre par mégarde – à la place du vôtre – le stylo de ce quelqu'un. Aviez-vous fait une visite, avant de vous présenter à notre agence ?

» Oui. Nous tenions le fait de votre bouche et vous nous aviez même nommé la personne que vous veniez de voir. C'était Mr Goossens auquel vous aviez remis de la main à la main, le testament cacheté de Mr Cole... »

La dernière phrase créa des « mouvements divers » dans l'auditoire, mais Ellery continua vivement :

– ... Attendez, je n'ai pas fini. Etait-ce bien le stylo de Goossens que Carlos oublia dans notre bureau ? Voyons... Si Carlos emporta, par mégarde, le stylo de Goossens, il dut laisser le sien à sa place...

D'un geste prompt, Mr Queen ouvrit le pardessus de l'avoué qui, de stupeur, faillit lâcher sa pipe. D'une poche de son veston, Ellery tira un stylo noir. Des égratignures et des marques peu profondes se voyaient sur le capuchon.

– ... Vous n'êtes donc pas guéri de votre mauvaise

habitude de mordre, Goossens ? demanda Ellery. (Puis il présenta le stylo à Carlos en ajoutant :) ... Reconnaissez-vous votre bien, Mr de Carlos ?

D'un doigt tremblant, l'interpellé désigna trois petites initiales, E.D.C., sur le corps du stylo.

– ... La preuve est faite, déclara Mr Queen. La comédie a assez duré. Mr Lloyd Goossens. Etes-vous enfin décidé à avouer le meurtre d'Ann Bloomer ?

23

St. Ellery égorge le dragon

L'inspecteur Queen et le procureur du district Sampson se levèrent d'un bond ; le sergent Velie s'avança vivement vers eux, mais Mr Queen les repoussa d'un signe.

Goossens commença par le dévisager, puis il hocha la tête pour exprimer une profonde stupeur ; enfin, il retira sa pipe de la bouche et il rit doucement.

– Très drôle, Mr Queen, déclara-t-il. Le sujet n'est peut-être pas très heureux, mais je suis de ceux qui comprennent la plaisanterie... (Soudain, l'avoué s'aperçut que ses voisins s'écartaient le plus possible de lui. Son sourire s'effaça et il cria :) ... Vous êtes fou ! Je vous ferai arrêter pour diffamation, je...

Mr Queen soupira :

– J'irai donc jusqu'au bout. Mr de Carlos ! Vous êtes prêt à jurer que le stylo sorti sous vos yeux de la poche de Goossens vous appartient ?

– Oui, oui ! Voici ce qui s'est passé : pendant que j'étais dans le bureau privé de Goossens, je sortis mon stylo pour écrire la liste des escales prévues au cours de notre prochaine croisière ; puis je posai mon stylo sur la table. En partant, je dus empocher par mégarde celui de Goossens ; je l'avais trouvé en train d'écrire. Je ne m'aperçus de mon erreur que lorsque votre commissionnaire rapporta sur l'*Argonaute* le stylo laissé dans votre bureau ; à ce moment, je compris ce qui s'était passé, mais nous appareillions et il était trop tard pour le rendre à son légitime propriétaire. Par la suite, j'oubliai complètement ce petit incident.

– Et Mr Goossens de même, j'imagine, dit Mr Queen. Votre première erreur, Goossens fut de conserver le stylo de Carlos. A en juger d'après les marques des dents, vous l'aviez même adopté et mâchonné comme les objets vous appartenant en propre. Montrez-moi votre pipe, je vous prie.

Le ton d'Ellery fut si dégagé et son geste si rapide que l'avoué, pris au dépourvu, se laissa docilement ôter la pipe de la bouche ; mais, quand il comprit l'intention de son adversaire, il se leva d'un bond !

Trop tard ! Mr Queen examinait attentivement le tuyau de sa pipe et le sergent Velie immobilisait ses mains d'une poigne ferme.

– ... Preuve numéro deux, déclara Ellery. On voit ici des marques identiques à celles du stylo et du porte-mine. Beau m'avait dit n'avoir jamais vu Goossens sans une pipe ; or le fumeur de pipe est tellement habitué à serrer le bout du tuyau entre ses dents que, même lorsqu'il ne fume pas, il mord un objet quelconque. Dès maintenant, le résultat de l'examen microscopique est assuré. Qu'avez-vous à dire, Goossens ?

L'avoué articula avec un calme imperturbable :

– Ne vous fatiguez pas en vain, sergent. Il est inutile de me tenir comme un criminel...

Il haussa les épaules en riant.

Sur un signe de l'inspecteur, Velie lui prit les poignets d'une main et, de l'autre, il le fouilla rapidement. Après s'être assuré que son prisonnier n'était pas armé, il le lâcha et resta derrière lui.

Goossens se secoua avant de reprendre :

– ... Croyez-vous un mot de cette histoire à dormir debout, inspecteur Queen ? Et vous, Mr Sampson ? Une fausse arrestation pourrait vous attirer des ennuis, pensez-y !

– Ce ne serait que la seconde, murmura Ellery.

Le bruit d'une discussion, dans le corridor, créa une diversion. Velie alla ouvrir la porte.

– Bonjour à tous, dit gaiement Beau Rummell en entrant. Velie, dites à ce brave policeman que j'ai la conscience pure... (Voyant Goossens, debout et pâle de rage au centre de la pièce, le nouvel arrivant s'arrêta.) ... Oh ! fit-il. Le troisième acte, si je ne me trompe ? J'apporte de quoi corser la dernière scène.

Avec un tendre regard vers Kerrie, Beau entraîna son associé dans un coin et il lui remit une grande enveloppe ; pendant qu'Ellery jetait un coup d'œil sur le contenu, il lui parla à l'oreille.

Enfin, avec une expression triomphante, Mr Queen s'avança vers Goossens en agitant l'enveloppe.

L'avoué fronça les sourcils.

– Au point de vue juridique, vos soi-disant charges contre moi sont inexistantes, déclara-t-il. Des marques de dents, un stylo, un porte-mine et une vieille pipe... Voilà vos fameuses pièces à conviction, voilà sur quoi repose votre absurde accusation !

– Pardon, riposta Ellery. Maintenant, nous sommes en possession d'une troisième preuve dont l'importance n'échappera pas aux jurés.

» Résumons-nous. En prouvant que le porte-mine trouvé sur les lieux du crime vous appartenait, j'ai démontré que vous aviez eu l'occasion de commettre le meurtre. J'ai également démontré que vous étiez bien placé pour avertir la police que le mariage était une mystification... A propos, ce fut votre seconde erreur, Goossens. Maintenant, je vais prouver que vous aviez un mobile.

» Cette troisième pièce à conviction vous implique personnellement, Mr Goossens. Elle prouve que vous étiez le complice d'Ann Bloomer et que vous êtes à la base de toute cette affaire. Oui, l'idée de créer une fausse Margo Cole est née dans votre esprit ; je crois même savoir quand vous avez conçu et quand vous avez exécuté cette partie du programme !

– Vraiment ?

– Le premier trait d'inspiration vous frappe le jour où Carlos – dans le rôle de Cole – vous remet le testament caché du milliardaire. Vous ouvrez ce testament, Goossens ; quand elles connaîtront la nature de ma troisième preuve, les personnes ici présentes comprendront la raison de ce geste.

» Donc, vous ouvrez le testament, vous méditez sur certaines clauses, et de cette méditation jaillit une étincelle. Brusquement, vous entreprenez un « voyage d'affaires » ; et où allez-vous ? En Europe. Je tiens ce renseignement de votre secrétaire qui me répondit au téléphone, peu de jours après la visite du pseudo Cole. Ce coup de téléphone restera gravé dans ma mémoire... Et pour cause ! Quand j'ai raccroché le récepteur, mon appendice a éclaté.

» Quel fut le motif de votre brusque départ pour l'Europe ? Le voici : vous saviez que Margo Cole avait vécu en France. Vous étiez assez bien renseigné sur l'histoire de la véritable Margo Cole pour comprendre instantanément que la fausse héritière devait venir de France. D'une façon ou d'une autre, vous avez rencontré Ann Bloomer pendant votre « voyage d'affaires ». C'était exactement le genre de femme qu'il vous fallait, et elle a accepté de jouer le rôle que vous lui proposiez... »

L'avoué se mordit la lèvre et Ellery continua :

– ... Vous aviez les preuves d'identité de Margo Cole en votre possession, mais, la méfiance étant mère de sûreté, vous ne les avez pas données à Ann Bloomer pendant votre séjour en France ; vous vous êtes contenté de lui apprendre son rôle : l'histoire de Margo Cole. Vous lui avez remis les preuves au moment où elle quittait le *Normandie* retenu en quarantaine ! Car c'est vous – et vous seul – qui, une serviette sous le bras, êtes allé au-devant de l'héritière ! Quand vous êtes monté à bord, les preuves d'identité se trouvaient dans votre serviette ; mais elles étaient dans le sac d'Ann Bloomer quand vous avez passé, quelques minutes après, du transatlantique sur le remorqueur.

» Mais, une fois dans la place, Ann Bloomer refusa de tenir ses engagements envers vous. J'imagine qu'elle s'était renseignée secrètement sur votre compte et qu'elle avait découvert vos gros embarras actuels. Officiellement, vous vivez avec Mrs Goossens, mais, derrière cette honorable façade, votre véritable existence est consacrée aux femmes, au champagne, au jeu et à tout ce qui s'ensuit. Une fois la fortune paternelle croquée, vous avez essayé par tous les moyens – honnêtes ou non – de vous procurer de l'argent.

» Vivant sur l'excellente réputation de votre père comme gérant de biens, vous avez pris dans la caisse d'un client de quoi boucher les trous faits dans la fortune de l'autre... Et ainsi de suite, jusqu'au bord du gouffre. Vous étiez à un doigt de la culbute finale quand Cole vous institua administrateur de sa succession... L'occasion d'emplir rapidement vos poches était belle ; vous avez sauté dessus comme l'on sait...

» Ann Bloomer dut découvrir tout cela et, du même coup, elle acquit une arme toute-puissante contre vous. Pour consommer votre perte, il lui suffisait d'élever un doute sur votre administration de la succession Cole... Ce fut cette arme-là qu'elle brandit le jour où elle refusa de partager avec vous les revenus de Margo Cole.

» Mais vous étiez assez intelligent pour cacher votre rage et pour chercher le moyen de faire d'une pierre deux coups ; écarter la menace que vous aviez créée et garder pour vous seul le contrôle des millions laissés par Cole !

» Kerrie Shawn mettant obstacle à vos nouvelles ambitions, vous vous êtes associé aux projets criminels d'Ann Bloomer, votre ennemie. Peut-être celle-ci vous avait-elle obligé à devenir son complice, en menaçant de dénoncer vos agissements frauduleux... C'eût été une bonne précaution de sa part car, complice, vous ne pouviez la dénoncer comme meurtrière.

» De toute façon, les attentats criminels échouèrent et Ann vint ici même insulter Kerrie ; à cet instant, vous l'avez abattue pour de multiples raisons : satisfaire votre esprit de vengeance, l'empêcher de vous désigner comme complice, écarter définitivement une grave menace, charger Kerrie Shawn de votre crime et, du même coup, vous débarrasser d'elle. Ainsi, selon les dernières volontés de Cole, vous continuiez, après le décès des héritières, à administrer la succession pour le compte d'œuvres charitables ! Autrement dit, vous aviez devant vous des années de fructueux tripotages. Mr Edmund de Carlos, l'autre administrateur et la seule personne susceptible de vous contrôler, ne demanderait certainement pas mieux que de partager le gâteau avec vous... A quelques détails près, je crois avoir brossé un tableau assez exact de la situation, n'est-ce pas, Goossens ?

L'avoué bégaya :

– Vous... Vous prétendiez être en mesure de prouver le mobile ! Or, jusqu'ici, vous n'avez rien prouvé du tout ! (Il se ressaisit et grimaça un sourire.) ... Pour me récompenser d'avoir sagement écouté vos divagations, montrez-moi votre preuve sensationnelle.

– Bravo, Goossens ! s'écria Mr Queen. Vous auriez fait un excellent avocat d'assises. Niez-vous avoir produit Ann Bloomer à la place de Margo Cole !

– Certes. Je n'avais jamais vu cette femme avant notre rencontre sur le *Normandie*. Elle m'a roulé comme les autres, voilà tout. Croyez-moi, Queen, j'étais persuadé qu'elle était la véritable Margo Cole !

– Ah ! fit Ellery.

Son soupir exprimait une telle satisfaction que Goossens sentit venir un nouveau coup.

– ... Vous croyiez qu'Ann Bloomer était la véritable Margo Cole. Vous avez entendu, Sampson ? Cette fois, je vous prends en flagrant délit de mensonge, Goossens.

– Comment ? murmura l'autre.

Mr Queen tendit l'enveloppe au procureur du district, en lui disant :

– Là-dedans, vous trouverez la preuve que cet homme connaissait Margo Cole avant de recevoir le testament de son oncle ; bien mieux, Goossens avait en sa possession toutes les preuves d'identité de la véritable Margo Cole. Dois-je continuer, Goossens ?

» En 1925, après avoir perdu sa mère en France, Margo vint aux Etats-Unis. Malgré sa pauvreté, j'imagine qu'elle en voulait trop à son oncle Cadmus pour essayer de le retrouver... Bref, elle se rendit en Californie où elle prit une place de serveuse dans un restaurant de Los Angeles. Je tiens ce renseignement et certains autres de Mr Rummell qui a bien employé ses huit dernières heures !

» En 1925, vous aviez vingt-cinq ans, Goossens, et vous prépariez votre licence de droit à Los Angeles. Vous avez rencontré Margo Cole et, un soir d'ivresse, *vous l'avez épousée secrètement*. Votre femme, la véritable Margo Cole, mourut peu après ; vous l'avez fait enterrer sans tambour ni trompette. Vous avez même poussé, j'imagine, un profond soupir de soulagement ; somme toute, vous vous étiez bien tiré d'un mauvais pas...

» Cette enveloppe contient les photographies de deux documents, transmises par téléphotographie de Los Angeles : le certificat de décès de Margo Cole *Goossens* et votre licence de mariage, datée de 1926.

» Sachant que le complice d'Ann Bloomer avait dû lui fournir les preuves d'identité de Margo Cole, je fus tenté par l'explication la plus simple, à savoir que ces papiers lui étaient tombés entre les mains par suite de son mariage avec Margo Cole. Basée sur cette conjecture personnelle, la mission téléphonique, télégraphique et téléphotographique de Mr Rummell fut couronnée par un éclatant succès. Avez-vous quelque chose à dire, Goossens ? »

Mais, pour toute réponse, l'avoué tomba sur sa chaise, comme s'il ne pouvait plus porter le poids de son corps, et il enfouit son visage dans ses mains tremblantes.

Ainsi, il advint que par un radieux après-midi de septembre, Mr Beau Rummell dit à miss Kerrie Shawn :

– Où allons-nous de ce pas, ma jolie ?

– Primo, répondit miss Shawn, nous liquidons nos affaires... Je veux parler de la succession. A ce propos, qui l'administrera dorénavant ? Naturellement, Mr de Carlos et Mr Goossens...

– Le tribunal désignera sans doute une banque pour gérer la fortune.

– Peu importe, d'ailleurs... (Kerrie soupira, puis elle ajouta :) ... Après le procès, quand tout sera rentré dans l'ordre, nous nous trouverons oubliés, ignorés, et pauvres comme des souris d'église.

– Pauvres ? Vous y allez fort !

– Tiens, c'est vrai, je ne vous l'avais pas dit. Nous allons nous marier, puis nous serons malheureux ensemble pour le restant de nos jours. Beau Rummell, commencez par vous raser.

– Vous voilà repartie sur votre idée de mariage ! bougonna le jeune homme. Après tout le mal que je me suis donné pour vous conserver cette fortune ! Kerrie, je refuse...

Le mariage fut célébré aussitôt après le jugement et la condamnation de Lloyd Goossens. Cette fois, ce fut un véritable mariage, avec un pasteur accrédité, une licence en règle, le nombre voulu de témoins et la moitié des reporters du monde, curieux de voir la jeune fille qui, par amour, abandonnait une fortune. Un cas aussi exceptionnel, à notre époque, méritait de retenir l'attention universelle.

Les jeunes époux reçurent beaucoup de cadeaux. Dans un juste esprit de réparation, l'inspecteur Queen offrit à Kerrie un écrin de beaux couteaux à manches d'argent. Violet Day envoya un magnifique vase de Lalique qui lui coûta son dernier cent, d'innombrables et modestes présents arrivèrent de Hollywood... Seul Mr Ellery Queen n'envoya rien.

Cette omission incompréhensible blessa Beau qui, un jour, dit à Kerrie :

– Ce n'est pas le cadeau en soi qui compte, vous comprenez ? C'est l'intention. Ellery aurait tout de même pu...

– Il est peut-être malade, Beau.

– Tiens, je n'y avais pas pensé ! Voilà plusieurs jours que je ne l'ai pas vu... Allons prendre de ses nouvelles !

Mr Queen n'était pas chez lui. Il était au bureau de l'Agence *Ellery Queen and Co.*

– Au bureau ? s'écria Beau. Il est malade, c'est certain !

Mais les jeunes gens trouvèrent Mr Queen en parfaite santé et d'excellente humeur.

– Ah ! Les tourtereaux ! s'écria-t-il en s'empressant de donner à Kerrie un « baiser d'associé ». Que pensez-vous de la vie conjugale, mes amis ?

– Peu importe, déclara Beau. Où vous êtes-vous caché ces derniers temps ? Vous avez disparu aussitôt après le mariage et...

– Je me suis terré dans cette tombe solitaire et j'ai médité sur les ironies de la vie. A propos, pourquoi ne roucoulez-vous pas dans une station de luxe ?

– Parce que nos moyens ne nous le permettent pas, répondit Kerrie. D'ailleurs, notre courte lune de miel à Atlantic City fut merveilleuse.

– Merveilleuse, répéta Beau comme un écho fidèle. Je serais venu vous voir plus tôt, El, mais nous courons partout pour trouver un petit appartement...

– Atlantic City... Petit appartement !... (Mr Queen fit une grimace horrifiée.) ... Où diable avez-vous la tête ?

– Je ne suis pas riche, vous le savez comme moi, dit Beau. Dès que notre vie sera un peu organisée, je reviendrai au bureau et je recommencerai une bonne petite publicité. « Célérité et discrétion ». « Succès assuré »... Et ainsi de suite.

– Vous ne ferez rien de tout cela, déclara Mr Queen d'un ton ferme. Actuellement, je fais de la publicité pour trouver un autre associé.

– Comment ? Quelle mouche vous a piqué ? Un autre associé ! Et moi, alors ?

– Vous n'êtes plus détective privé, mon cher.

– Voyons, Ellery... C'est une plaisanterie, n'est-ce pas ? Il faut bien que je gagne ma vie...

– Je n'en vois pas la nécessité.

– De plus, reprit notre héros avec colère, qui a mis de l'argent dans cette affaire ? Vous ou moi ? Je vous considérais comme un ami et maintenant...

Kerrie tapota doucement le biceps gonflé de son mari.

– Vous ne voyez donc pas qu'Ellery vous fait marcher ? lui demanda-t-elle. Taisez-vous et écoutez.

– Depuis votre mariage, je me suis creusé la cervelle pour trouver une réponse satisfaisante à la question suivante : « Quel cadeau de mariage ferai-je à ces deux jeunes imbéciles ? »...

Kerrie rit, Beau rougit, et Mr Queen continua :

– ... Après avoir beaucoup cherché, je crois avoir trouvé un cadeau digne de vous et de moi.

Kerrie battit des mains, puis elle demanda :

– Qu'est-ce ? Je suis certaine qu'il me fera un plaisir fou !

– Oui, je crois qu'il sera bien accueilli, murmura Mr Queen.

– Parlez, animal ! gronda Beau.

– J'ai décidé de vous offrir... (Ici, Mr Queen se lança dans un de ces détours oratoires particulièrement exaspérants pour ses interlocuteurs.) ... Je ne connais pas encore le chiffre exact, mais, approximativement, mon présent de noce s'élèvera à près de quatorze millions de dollars.

– Quatorze millions... commença Kerrie, abasourdie.

– Encore une fois, ce n'est qu'un chiffre approximatif, l'interrompit vivement Mr Queen. Peut-être serez-vous obligés de vous contenter de treize pauvres petits millions.

– Oh, il se paye notre tête, soupira Kerrie.

Mais Beau rugit :

– Videz votre sac, El !

Mr Queen rit avant de s'expliquer :

– Depuis votre mariage, j'ai employé toute mon intelligence à chercher un moyen de faire annuler le testament du vieux Cole. Le décès de Margo Cole ayant été établi, Kerrie avait renoncé, pour le plaisir de s'appeler Mrs Beau Rummell, à une coquette rente viagère de cinq mille dollars par semaine... Cette affaire me chiffonnait, je l'avoue.

– Vous avez réussi à faire casser le testament ? murmura Beau.

– Ce n'est plus qu'une question de temps. Le point juridique est fort délicat, mais les sommités et le bon droit sont de notre côté. Vous êtes docteur en droit, Beau. Dans quel but la loi exige-t-elle que la signature d'un testateur soit contresignée par deux témoins ?

– Pour empêcher les fraudes, j'imagine. Pour avoir la preuve que la signature fut apposée par le testateur à un moment déterminé. Les témoins servent, en quelque sorte, à garantir l'authenticité de la signature.

– C'est cela même. L'attestation des témoins est le point vulnérable du testament... La raison pour laquelle il va être cassé. D'après le capitaine Angus, l'opérateur de T.S.F. et lui contresignèrent le testament *avant* que le testateur eût signé lui-même. Bien mieux, l'opérateur ne se contenta pas d'attester l'authenticité d'une signature inexistante, il signa, les yeux fermés, la pièce qu'Angus lui apporta dans son poste de T.S.F. Peut-il, dans ces conditions, jurer que ce document exprimait bien les dernières volontés de Cole ? Non. D'autre part, le capitaine Angus ayant quitté la cabine avant que Carlos n'inscrivît la signature de Cole, il ne peut témoigner formellement du moment auquel le testament fut signé.

» Il y a d'autres points sur lesquels on pourrait attaquer ce fameux testament ; mais j'imagine que le tribunal sautera sur l'occasion d'annuler ce défi jeté à la justice, à la moralité et au bon sens. De toute façon, une fois le testament cassé, Cole sera considéré comme étant mort intestat ; Margo Cole n'ayant pas laissé de descendants, miss Kerrie Shawn, actuellement Mrs Beau Rummell, reste la seule héritière de Cadmus Cole.

» Que pensez-vous de mon modeste petit cadeau de mariage, Mrs Rummell ? »

Pour toute réponse, Mrs Rummell se mit à renifler tandis que Beau restait pétrifié, avec un sourire niais.

Par la suite, Mr Queen reçut des lettres de Paris, de Monte-Carlo, du Caire, de Bali... Toutes étaient écrites sur du luxueux papier et chacune apportait son rayon de soleil. D'aucunes venaient d'une certaine miss Violet Day qui avait repris sa place de « secrétaire » auprès de Mrs Beau Rummell. En réalité, les attributions de miss Day consistaient principalement à battre Mr Rummell au ping-pong, fait exaspérant pour ledit Mr Rummell.

Mr Queen accueillit ces lettres avec un vague sourire ; déjà son esprit était absorbé par la solution d'un nouveau mystère.

Quel mystère ?

Il fera l'objet d'un autre récit.

Cinéma et TV

De nombreux romans publiés par J'ai lu ont été portés à l'écran ou à la TV. Leurs auteurs ne sont pas toujours très connus ; voici donc, dans l'ordre alphabétique, les titres de ces ouvrages :

Adieu à Berlin (Cabaret) 1213***	Christopher Isherwood
A la poursuite du diamant vert 1667***	Joan Wilder
Alien 1115***	Alan Dean Foster
Aliens 2105****	Alan Dean Foster
Angélique, marquise des Anges	
L'ami Maupassant 2047**	Guy de Maupassant
L'année dernière à Marienbad 546**	Alain Robbe-Grillet
L'Australienne 1969**** & 1970****	Nancy Cato
Blade Runner 1768***	Philip K. Dick
Bleu comme l'enfer 1971****	Philippe Djian
La Brûlure 2112**	Nora Ephron
Carrie 835***	Stephen King
Châteauvallon 1856**** & 1936****	Éliane Roche
Christine 1866****	Stephen King
La couleur pourpre 2123***	Alice Walker
Coulisses 2108*****	Alix Mahieux
Cujo 1590****	Stephen King
Dallas 1324****	Lee Raintree
- Les maîtres de Dallas 1387****	Burt Hirschfeld
- Les femmes de Dallas 1465****	Burt Hirschfeld
- Les hommes de Dallas 1550****	Burt Hirschfeld
Les exploits d'un jeune don Juan 875*	Guillaume Apollinaire
Des fleurs pour Algernon 427***	Daniel Keyes
2001 - l'odyssée de l'espace 349**	Arthur C. Clarke
2010 - Odyssée deux 1721***	Arthur C. Clarke
Le diamant du Nil 1803***	Joan Wilder
Dynasty 1697** & 1894***	Eileen Lottman
E.T. l'extra-terrestre 1378***	Spielberg/Kotzwinkle
E.T. La planète verte 1980***	Spielberg/Kotzwinkle
Enemy 1968***	B. Longyear et D. Gerrold
L'exorciste 630****	William Peter Blatty
Fanny Hill 711***	John Cleland
Fletch 1705***	Gregory Mcdonald
Les Goonies 1911***	Steven Spielberg
Jonathan Livingston le goéland 1562*	Richard Bach

Joy 1467** & *Joy et Joan* 1703**		*Joy Laurey*
Kramer contre Kramer 1044***		*Avery Corman*
Ladyhawke 1832**		*Joan D. Vinge*
Love story 412* & *Oliver's story* 1059**		*Erich Segal*
Mad Max au-delà du dôme du tonnerre 1864***		*Joan D. Vinge*
Le magicien d'Oz 1652**		*Frank L. Baum*
Mission 2092***		*Robert Bolt*
Les oiseaux se cachent pour mourir 1021**** & 1022****		*Colleen McCullough*
Pavillons lointains 1307**** & 1308****		*M.M. Kaye*
Peur bleue 1999***		*Stephen King*
Police 2021***		*Catherine Breillat*
Poltergeist I 1394***		*James Kahn*
Poltergeist II 2091**		*James Kahn*
Racines 968**** & 969****		*Alex Haley*
Rambo First Blood 1924***		*David Morrell*
Rencontres du troisième type 947**		*Steven Spielberg*
Révolution 1947***		*Richard Francis*
Rosemary's baby 342***		*Ira Levin*
Sauve-toi Lola 1678****		*Ania Francos*
Scarface 1615***		*Paul Monette*
Le secret de la pyramide 1945***		*Alan Arnold*
Shangaï Surprise 2106***		*Tony Kenrick*
Shining 1197****		*Stephen King*
Terminus 2122**		*Patrice Duvic*
37,2° le matin 1951****		*Philippe Djian*
Les 39 marches 1862**		*John Buchan*
Un mari c'est un mari 823**		*Frédérique Hébrard*
Witness 1855**		*Kelley & Wallace*

2148
★★★

Impression Brodard et Taupin à La Flèche (Sarthe)
le 7 mai 1987
6012-5 Dépôt légal mai 1987. ISBN 2-277-22148-1
Imprimé en France
Editions J'ai lu
27, rue Cassette, 75006 Paris
diffusion France et étranger : Flammarion